姑蔑侧剬

张乎 著

天天出版社

图书在版编目（CIP）数据

姑蔑侧影 / 张乎著. -- 北京：天天出版社，2025.
1. -- (新时代优秀散文书系). -- ISBN 978-7-5016
-2477-5

Ⅰ. I267

中国国家版本馆CIP数据核字第20250C5S29号

责任编辑：赵　迎　　　　　　　　**文字编辑：**程笛轩
责任印制：康远超　张　璞

出版发行：天天出版社有限责任公司
地　址：北京市东城区东中街42号　　　　邮编：100027
市场部：010-64169002

印　刷：成都市兴雅致印务有限责任公司　经销：全国新华书店等
开　本：880×1230　1/32　　　　　　　印张：9
版　次：2025年1月北京第1版　　印次：2025年1月第1次印刷
字　数：221千字

书　号：978-7-5016-2477-5　　　　　　定价：78.00元

版权所有·侵权必究
如有印装质量问题，请与本社市场部联系调换。

时光如水流逝

◎伊有喜

汤溪人有姑蔑情结是可以理解的,因为在历史上,"汤溪"的出现是明成化年间的事,在汤溪跻身于"八婺"之前,汤溪人宗谱上频频闪现的是"太末人""龙丘人",是"姑蔑墟""三衢道中",诚如明代胡森所说:"豫章东来走姑蔑,烂柯巉削龙丘结。"从江西玉山一路东来,即为姑蔑境,过衢州烂柯山,抵达龙丘山。"龙丘",源于东汉隐居九峰山的龙丘苌,后人以"龙丘"指代九峰山。胡森还有一首诗叫《再赠龚山人》,全诗如下——

姑蔑溪头山可怜,绿萝深处喷红泉。
幽人牧犊平云里,樵父弹棋白石边。
何处歌声度首曲,有时花片引鱼船。
宜栖地远人难识,却怪声名起力田。

诗中的"白石"是汤溪的祖山,目前在陈村境内的"白石尖",当年是"汤溪八景"之一。关于"白石",汤溪首任县令宋

约等人多有题咏，而胡森"姑蔑溪头山可怜"，直接把厚大溪（也叫越溪）命名为"姑蔑溪"。

汤溪与姑蔑，渊源有自。如是说来，张平把描述汤溪的散文结集面世且称为《姑蔑侧影》倒是妥帖的。

让我们来看看张平笔下的汤溪吧。

张平是当年高考的受益者：从汤溪出来融入金华这座城市，但父母双亲又让她一次次返回家乡。这种关系很适于一个人从容审视她的故乡：她在故乡的游走是深入的、持久的；她的叙述是感性的、日常烟火的；她的写景状物是灵动的、形象的；而她的抒情则是节制的、隐忍的。因此，相较而言，张平笔下的汤溪因审视而真实，因真实而厚重。张平没有岁月静好的那份矫情，相反，她的笔下洋溢着一种质朴动人的忧郁。张平并没有维吉尔"万事都堪落泪"的敏感，但忧郁是如此真实。

这种忧郁从何而来？

是源于脚下贫瘠的土地吗？汤溪一带动辄有上万亩的良田，目前依然是浙江省的大粮仓之一，但也有大片贫瘠的丘陵地带。毋庸讳言，汤溪人还说不上富裕，有时劳作一年也就混个温饱，大跃进时，汤溪甚至发生过大饥荒，这场饥荒深深刻印在汤溪人的脑海里，张平的长辈是亲历者，至今说起来一片唏嘘。是源于大变革时代的困顿与迷茫？在张平笔下，我们能看到乡下淳朴老农对田地荒芜不种粮的担忧，看到人口流动导致邻里关系的疏离。是源于物非人亦非的故乡变迁？在张平笔下，我们能看到在城市化的推进中，每个人都在失去他的故乡。张平一度忧虑，在不久的将来，她的家乡将会是个什么样的乡村？

还是源于张平独特的少小经历？相比较而言，张平经历的人事要多一些，并且都与消逝有关。

莘畈无疑是张乎第一个消逝的故乡——水底故乡。莘畈是张乎祖辈生活的地方，在她两岁时，因修筑水库而整体移民。那个村庄从地表消失，沉落水底，只有老人坐在时光中怀念它们。如果有一天老人也消失了，还有谁记得沉落水底的故乡？第二个消逝的是洞叭坞以及她的外婆家。洞叭坞是距金华汤溪镇南十五里左右的一个小山谷，多年以来，它鲜为外人知，如今更是无人提及。洞叭坞有庇佑过逃难人的各种岩洞，也有张乎劬劳的外公、慈祥的外婆、四个舅舅，有守山人、养蜂人等，洞叭坞有着外婆家所有的温暖元素，但如今，那个曾给张乎无限美好欢乐童年的洞叭坞已被废弃，那个肥胖和蔼、乐天安命的外婆也已辞世。

"最是人间留不住，红颜辞镜花辞树"，消逝无所不在，诗人诺瓦利斯说过："人类怀着乡愁的冲动四处寻找家园，哲学的本质即是精神还乡。"所以张乎的追寻也就无休无止，比如在《北山亲戚》中，我们看到春节上北山拜年，动辄要十来天半个月的拜年方式——

"嘿，北山的半个村子，都是我家亲戚！"舅舅往往笑着说，他一点儿也不为这样麻烦的准备而烦恼，因为他喜欢去那儿，喜欢那里的风景、那里的人，喜欢北山顶山窝窝里那个热热闹闹的村子。

他向来把"盘前"叫成"北山"，仿佛整个北山都是他亲戚家的。

"我要上北山去了！"他说，"一下子真回不来，要是任由一家家吃下去，一个月都下不了山。"

——这种挨家挨户吃去的拜年方式，难道不是从前农耕慢生活

方式的映照吗？作为读者，一方面羡慕其小舅舅的欢喜；一方面感慨，在快节奏的当下，我们都已经回不去了。我相信，人到了一定年龄，这种消逝的感受是很自然的。看张平笔下的汤溪，与她有关的人事景物，无不处在时光如水的流逝中，而这过程中的忧郁是如此的真实，像暮春时节乡下苦楝树开出淡紫的小碎花，像路边泡桐树开出硕大的浅紫的泡桐花。

目录 CONTENTS

第一辑　丘陵深处：渐行渐远的村庄

莘畈记忆　- 002

北山的水　- 006

故乡的茶园　- 018

北山雪　- 022

晨光照耀上境　- 026

尖峰梅园　- 030

化肥厂　- 035

南山秘境　- 040

学岭头之夜　- 047

十九岁的小镇　- 052

青草乌云，高儒停久　- 060

双汇路　- 064

汤塔公路　- 069

塔石夜色	- 073
陶家站	- 078
小红楼	- 082
下社坞	- 087
晒谷场	- 091
祝村	- 096
月牙湾	- 102
井上村	- 105
汇潭甘蔗林	- 109

第二辑　南山往事：旧照片里的倒影

洞叭坞纪事	- 116
北山亲戚	- 130
桃的记忆	- 136
丑丑	- 141
父亲	- 147
复式班	- 152
苦楝树	- 162
火挈	- 165
癞头	- 169
慢性病	- 173

麦秆扇 - 178
街灯 - 182
我的数学梦 - 185
灶台 - 188
轩轩小路 - 192

第三辑 乡野美食：篱笆墙内的烟火

年粿 - 198
年味汤团 - 202
的卜 - 206
柿子 - 210
菱角 - 215
薜荔 - 218
烂咸菜滚豆腐 - 222
端午说粽 - 226
秋来辣酱香 - 229
早桂花，迟桂花 - 233
作糕 - 237
灰汁糕 - 240
佛耳草 - 243
人间美味番薯干 - 247

豌豆、佛豆和蚕豆　－ 250

四月初八，乌饭叠塔　－ 253

第四辑　履痕处处：姑蔑人的山南水北

游埠市早茶　－ 260

古村酿酒人　－ 267

第一辑

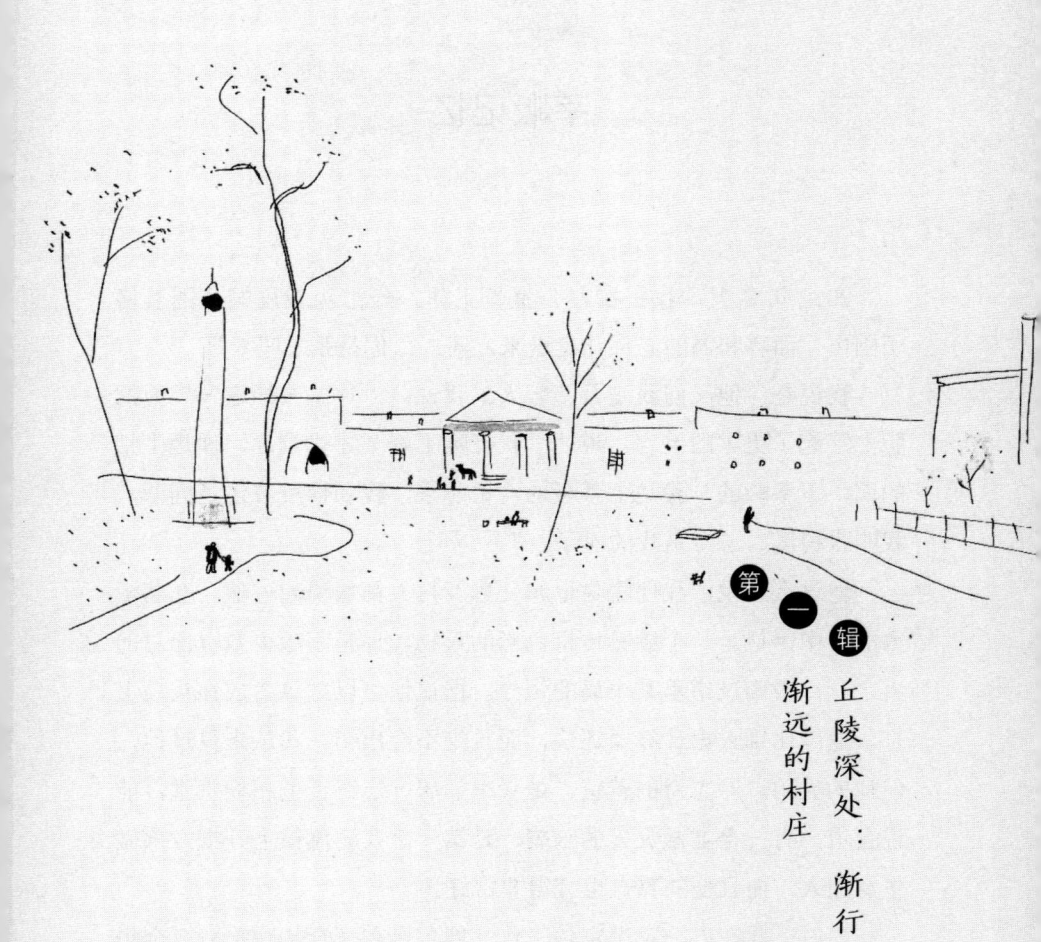

丘陵深处：渐行渐远的村庄

莘畈记忆

2012年冬天，我正在办公室里工作，一个头戴皮帽、围着格子围巾、面容和蔼的老头儿走进来，问："你是张乎吗？"

我说是，他又问我是否莘畈人。我说："你怎么知道？"他的脸上浮起了更大的笑容，说："我打听了好久才找到你，你是牛牯的囡，下莘畈的，我是上莘畈的，论起来，我和你爷爷还是同辈，我叫张树滨，志奇是我的侄子。"

他这么一说，我便隐隐记起父母及村人都曾说起过他。在莘畈人的口中，他是一个颇具传奇色彩的人物，也是莘畈少数有出息的人之一，曾当过市里某个局的领导。据说他可以把算盘放在头顶上打，速度比别人摁计算器还快，而且绝不会出错。我从未见过他，但他的兄弟，即志奇的爸爸，是我家邻居。志奇爸爸相貌堂堂，能说会道，有一个非常灵光的脑袋，是第一个在汤溪镇上开批发部做生意的人，而且他的算盘也打得非常好。

当时，我在办公室做宣传工作，偶尔会在《金华晚报》《金华日报》上发表一两篇豆腐干文章。张树滨说："我退休已经十多年了，现在有很多空闲时间，你发在报纸上的文章，很不错，我都有看，并且保存着，我们莘畈出个会写的人，很难得，希望你多写写，特别是写一些家乡的文章。"

第一辑　丘陵深处：渐行渐远的村庄

他拍了拍我的肩，走了。

再见他是三年后，他更老了一点儿，脚步有点儿蹒跚。他一见面就问我："报纸上怎么看不到你的文章了？"

我说："我现在不大写了。"

他很着急似的说："这怎么行，一定要写，我还指望你去写一写莘畈呢！"

他的一双眼热切地望着我，似乎在等着我答应。

"莘畈是你的家，你爷爷、你爸爸热血落地的地方，不能忘记的，祖宗的骨头都埋在那里呢。"

他似乎有很多话要说，但在办公室里，人来人往，电话铃声不断，他坐了一会儿，问了一些我父母及现在工作的情况，让我有时间到他家里坐坐，给我留下了一个地址和电话，就走了。

我对莘畈的记忆不深，修筑莘畈水库、莘畈村整体移民时，我刚刚两岁，才学会一摇一摆地走路，但有一个场景却牢牢定格在脑中：我穿着棉袄和开裆裤，外套一件黄色的宝宝衣，一步三摇地走到公社的房子里，抱住方桌旁边的四尺凳，费力地往上爬，却怎么也爬不上去。公社房子的门槛上，坐着吸水烟袋的老头儿，笑眯眯地在地上磕烟灰。后来听奶奶说，我家在莘畈的祖屋，与公社相连，从我家西面的小门出去，就是公社的过道。那个吸水烟袋的老头儿是谁呢？我后来想想，可能是润风爸爸，也可能是如泰大爷，或者是现在已一百多岁的宝成爷爷，反正我看着，哪个都像。

莘畈是一个大村，有上莘畈、下莘畈、苏村、乾头垅四个自然村。与我家同族的张姓人家，住在下莘畈。上莘畈移到下新宅、山坊、下溪淤，下莘畈移到西章、派溪童、牛桥。另外还有小龙桥、

下叶垅、堰头，还有一些零散的户，插队到别的村子里，像东夏、上境、祝村、中戴、宅口等。张树滨一家，就插队到祝村。

所谓上下，是指河的上游与下游。上游溪水从井下村经学岭头流出后，在莘畈与山上流下来的各条小水沟融为一体，在下莘畈形成一处宽广的深潭水域，然后，顺着莘畈溪经祝村、中戴、黄堂、下潘，汇入罗埠溪到达衢江。

从风水上看，莘畈是一个典型的藏风纳水的地方。整个莘畈就像一幅太极图，莘畈溪呈"S"形顺东南—西北方向从谷口的狮虎山中流出。过了谷口，是一座水口殿。从外面根本看不见里面有田地村庄，只见这个水口殿。水口殿旁边的山，叫后山。走进去一里多路，前面是一片很宽的田地，有一千多亩。莘畈溪上有三座桥，沿岸有六个埠头，叫"三桥六埠"。

由于地理位置优越，莘畈人赚钱的门路要比山外人更宽一些。

莘畈有一个竹排码头。从莘畈到洋埠再到兰溪，只有莘畈和洋埠两个码头，山里面的山货想要卖出去，必须运到莘畈，然后用竹排撑到洋埠。外面的客商想买点儿什么，也要到莘畈。莘畈的码头常年都有很多收山货的人住着，除了茶叶、烧纸、炭、杉树、毛竹外，最畅销的就是棍子柴。就算懒汉，只要稍稍动一动，也能活下去，早上腰里别一把柴刀，到山上转一圈，一个早上一担柴，轻轻松松，两斤米就到手了。

莘畈依山傍水，小孩都能自己赚饭吃，六七岁的小孩能放牛，十来岁的小孩能砍柴换米，再大一点儿的可以去撑排，还可以到水碓和纸槽去做工。

莘畈溪穿村而过，又清又甜，既是莘畈人的生活用水，也是村里人的饮用水源。早上七点钟前，女人们是不准到溪里洗衣服的，这时是全村人挑饮用水的时间。待过了七点，家家户户的水缸基本挑满了，河边的埠头，才成为女人的天下。一群一群的妇女，全蹲在埠头上洗衣、洗菜、聊天、嬉闹，孩子们蹿上蹿下，一长溜的河埠头上都是人。

　　埠头上去就是桥头。桥头有一间挨一间的店面，卖油条烧饼的、卖馄饨的、卖酒的、卖馒头包子的、卖各种日用品的、打年糕的、打麻糍的……那时没有像现在这样的小饭馆，倒是有一种"豆腐酒店"。活儿干得累了，到"豆腐酒店"，靠着柜台，一碗老酒，一块老豆腐蘸酱油，一口老酒一口豆腐，咕噜一声咽下去，叫作"柜台靠"，真是说不出的舒心乐胃。

姑蔑侧影
GUMIECEYING

北山的水

"早些时候,出了兰溪门往西就是郊区,八一街边上那条小溪,叫回溪,是从北山上一路流下来的水,非常清澈,可以当饮用水。早上五点多,我起来挑水,那时溪边还没人洗衣服,上游也没什么污染,水清见底。挑好一天的生活用水,溪边才慢慢热闹起来,洗菜的,洗衣服的……小溪边是一排破破烂烂的泥草房,房子后面,就是一条铁路,火车的声音很响,冒着黑烟,咣当咣当地从草房顶上开过去……"

年初,我在看望一位年逾九旬的钟表匠时,他是这样描述回溪公园一带的。他说,回溪从北山最高峰的西玉壶流下来,和双龙洞的水同出一源,所以水质很好,又清又甜,用来烧饭特别香。回溪流过兰溪门,到汪下滩,在现在的时代花园一带,流入婺江。

我的工作地点,就在回溪公园旁。午饭之后,常到回溪边转转,消消食。受城市污染,回溪曾经又脏又臭,污浊不堪,改造过后,虽没恢复到"水清见底"的地步,毕竟也算清澈,小小的、曲折的回溪蜿蜒着从闹市区流过,慢悠悠的,像慵懒的妇人似的,几乎看不见水的流动。河底有厚厚的、肥沃的淤泥,养得河中水草丰茂,岸边密布着肥绿的铜钱草和开紫色花朵的鸢尾,垂柳下铺几块大石——它确确实实是一座普通公园的一条普通小河了。我想起它的上游，那珠玉飞溅的冰壶洞，那清亮活泼的双龙溪，那号称"涂在双眼上可以明目"的徐公庙山泉，那幽蓝如翡翠一般的玉壶……

北山，是金华人的父山，是金华城的倚靠，它稳稳地站在小城后面，承托着、看护着小城，护佑一方平安。北山南麓的尖峰山，也一直是金华人心中的精神皈依，金华人常说"不见尖峰山，两眼泪汪汪"，那绝不是虚的，可以想象一下，假如有一天我们抬头，看不见那座小小的、秀丽挺拔的尖峰山，心中该多么惊恐慌乱。

有山必有水，有水的山，才有灵魂，才有活力。山水相依，最符合中国人刚柔相济的美学思想。北山是江南的山，并不特别雄浑大气，最高处只有1314米，但它胜在儒雅温润、灵秀可爱，胜在满腹的诗书才华，无一不散发着典型的江南才子的气息。而一泓清澈山泉，一汪碧绿的高山湖泊，一条无声流动的地下河，则把这种气息体现得淋漓尽致。北山的水，无处不在，无论是从智者寺起身往双龙洞走，还是从芙蓉峰东边经弹子下往鹿田走，或者更远一些，从洞殿下往盘前走，在山行过程中，山涧小溪一路伴人左右，时而甜蜜如情人间的窃窃私语，时而大开大合龙行虎步，时而又如暴脾气的蛮汉，毫无章法地撞击危崖巨石。走在山中，脚下踩着的是山石，眼里看到的也是山景，但实际上，我们同时也行走在水的怀抱里，呼吸着它的飞沫，聆听它清脆悦耳的美妙歌声。脚下的大山，是空的，无数澎湃荡漾的水，积聚在亘古的黑暗里，积聚在更深的溶洞下，如遥不可及的星星，闪烁着一点点光亮，在光亮后面，隐藏着巨大而神秘的力量。

一、河上桥

河上桥这个地名，有人说是"和尚桥"。具体如何，不得而知，但我觉得"河上桥"更靠谱些，河嘛，自然是指脚下这条河，它最初很可能是无名无姓的，它的上游，叫通玄河；它的下游，叫回溪。我看过金华古城的地形图，这条河从山上下来至北城，便沿城墙分汊，一条往西为回溪，一条往东为通元溪。溪在城墙处有一个大回环，叫回溪是很形象的。河上有一座宽宽的石桥，是连接金兰两地的官道。从罗店那边翻山过来的客商要进金华城，必须先经过这座桥，过了桥，再向东南行几里，就到了旌孝门。金华古城有四大城门：迎恩门、通远门、赤松门、旌孝门。旌孝门也叫义乌门，在四门中最为牢固壮观，往来的客流量也比较大。

既是交通要道，河埠头两边一定商旅集市繁华热闹，围绕着这条河、这座桥，众多小商贩聚集，粮油店、布店、点心店、车马店依次列于芙峰大路两侧。河上桥边，一块赭红色的石碑立在墙角处，记录了民国时期重修芙峰大路的捐资者姓名。石碑的用材并不好，是当地常见的红石，极易风化，这块石碑已多处破损，残留的碑体上依稀可见四个大字"芙蓉大路"，底下是密密麻麻的名字和商店字号。粗粗数一下，竟有二百多个，捐助款多的八十大洋，少的也有五个大洋。离碑十几米，穿过一段弄堂，便是河上桥。这座古桥，隐藏在密匝匝的居民楼后，一端是弄堂，另一端通向一片菜园。原先的拱桥，现已用水泥铺平，看上去没有一丝古意。桥下的小河，只有两米多宽，隐匿在高大的建筑下，显得十分阴暗窄小。一个花白头发的妇女正在河里洗衣，我心里想，这常年不见阳光的河水，会不会很脏？走到埠头一看，河水意外地清澈明亮，河底铺着浅浅的鹅卵石，卵石上生着青苔和细细蔓蔓飘柔摇动的水草，可能是没有阳光的缘故，卵石是乌黑而圆润的，水从石上流着，如绸缎般轻轻拖过去，无声无息，遇到阻拦，才会发出一点儿小小的抗议。河水浅而清凉，看上去像什么都没有，只有水草在慢慢地摇，落叶在慢慢地走，天空中倒映的云彩在折叠破碎。

这座河上桥虽不大，却有一个极感人的传说。明朝有一个开国将领叫张坞，行军打仗路过回溪，因桥断路阻，军队无法前进，张坞心急，跳入回溪，以身当桥为队伍铺路，终因力竭而死。金华人为纪念他，就在桥边建了一座庙，叫将军庙。张坞其人，是否真的是个将军，甚至是否真有其人，都已不重要，重要的是金华人对英雄的肯定和景仰。回溪水悠悠，斯人已逝，而将军庙至今香火鼎盛。

二、山桥殿

山桥是宋代名臣王埜的隐居地。王埜字子文，号潜斋，南宋嘉定十三年进士，是著名诗人、文学家、书法家，曾任建宁知府、两浙转运副使。晚年隐归山桥后，曾建山桥书院。

一代大儒，走南闯北，阅风景无数，北山那么多地方，为什么偏偏看中山桥？

王埜在《始得山桥隐居记》中说，金华山赤松、智者、三洞"皆无悬绝奇伟之观。惟徐公湖居北山之峰绝顶，水分两派而下，其泻乎山之阳者，由山桥而达于溪。其注乎山之阴者，由鹿田而入冰壶洞，杳默险怪，水悬穴中，穿双龙洞而出，临者股立。山桥一

涧,奔崖转壑,如绅如练,乍分乍合者数处,于诸涧最为可观……"

原来他最初看中的,还是山桥的瀑布、山桥的水啊!

除了水,他还爱山桥的山,"横棹渡涧,迭石梯山,又如蜀道之危,闽山之阻也。回首南望,则山川城郭极目千里,为吾乡登览之冠"。过了几年,又与两个朋友重访山桥,"望两岩间有竹一坡,竹外有石一拳……竹外则瀑泉泻其右,支流会其左,峥嵘喷薄,细若操琴,状若奔雷……"站在斗鸡岩下,俯瞰婺州城,"俯瞰群山之顶,下视飞鸟之背。天日清明,直南数百里之山,若开画图"。有山有水,声色俱佳,登高远眺,斯可抒怀矣!

从弹子下村往上,沿着并不宽阔的山道往上爬,半山腰上的山桥殿隐约可见。山桥殿号称"北山第一庙",是供奉北山神徐大仙的。原来的徐公庙在老虎岩下石棋盘处,每逢天旱,金华知府必带领百姓上山求雨,每每灵验。因山路狭窄难行,庙前场地又小,方寸之外便是绝壁,不利于搞大型祭祀,后将分庙移到山桥殿,主庙还在石棋盘。

山并不高,脚力好的人,大约十几分钟便可到山桥殿。路旁的小涧,并不引人注目——它是极普通的,被茅草和灌木遮挡着,偶尔发出细细弱弱的声音,像古代书生出行时身边带着的书童,一点儿存在感都没有,但少了它就逊色很多。快走到一座横跨山涧的石桥时,山骤然陡了,溪涧的水声大起来,白色的水花从高岩上跌下,在底下突兀伸出的一块黑色巨石上摔成千万朵细碎的白菊花。这黑色巨石像一枚火箭炮弹头,又似被卡在岩石中不能动弹的鱼雷,底下的村庄因此名"弹子下",想来王埜到访时,这个村庄应不在这儿,也不叫这个名字。跌落崖下的水似遭受巨大的痛楚般呻吟着,訇訇的,并不清脆响亮,但浑厚低沉,"状若奔雷",是的，王埜是这么说的。

王埜是真爱山桥，他曾写下过无数描写北山、描写山居生活的诗，其中，我最喜欢的一首是《磊磊亭》：

> 磊磊涧下石，泠泠涧中泉。
> 涧阿有幽人，结茆泉石边。
> 泉洗许由耳，石砺子荆齿。
> 所以山中翁，长年远朝市。

宋人王柏也十分喜爱山桥，曾写下过《题山桥十首》，对山桥的山、水、竹林、巨石、清风作了全方位的描述，其中写瀑布的一首：

> 石磴斜蹊下水隈，玉虹喷雪挂崔嵬。
> 虽然只是泉三叠，澎湃声摇万壑雷。

我几次登临山桥殿，晴天也好，雨天也罢，瀑布虽好，却远远没到"万壑雷"的地步，现在的山桥瀑布，收敛起那野马般狂放不羁的奔腾气势，变得平和稳重、不慌不忙。溪水潺潺流动，终年不息，瀑布的白练，也一直挂着。站在桥上听瀑布，平缓、安宁，如一曲古琴，让人的心也跟着静下来，烦躁的蝉声和纷乱的市井声均阻在山水之外。抬头看山下，白色村庄珍珠般嵌在山腰，翠绿山峰像一头头小兽蛰伏在大地上，那小涧幽泉，正是大地的琴弦，被空中无形的大手拨弄着。人的手，常常要模仿着弹出那样的琴声，但古往今来，能做到的，又有几人？

山桥殿的道长带我们去看他自己考证出来的山桥书院的遗址。从两座殿宇之间的过道穿过，转到屋后，往右一条小路岔过去，行不多远，是一个小小的鸡舍，这是他自己养的土鸡。再走几步，一块巨石当道，一条小溪涧从巨石边流过，溪涧已半干，只有一点点水或走或停，慢慢地挪动，剩下一溪滩的嶙峋怪石。道长说这条溪涧原先水量还是蛮大的，现在水路没人清理，闭掉了，所以没水。溪涧边是一大块相对平整的山谷，长着茂盛的苦竹和荆棘，溪边还有几条柱状石，有人工雕刻的花纹，他说这些石头原先是埋在地里的，他把它们挖出来弄干净后当成座石，这也是他认为山桥书院遗址在这儿的依据，这些柱状石明显是房子的屋柱或横梁。他说，这里离村子不远，竹林掩映，山谷平整开阔，重点是有水，而且是上好的不会干涸的水，绝对是读书的最佳环境。

山桥殿的水，是甜的，这一点道长深有体会，他喜欢这里的水，喜欢喝这里的茶，茶是自己从山上采来的野茶，用滚烫的山泉水泡开，加一点儿野草，无限清凉，舒心养胃，喝了夜晚都好睡一些——但他却没告诉我们这种野草是什么！

三、鹿女湖

鹿女湖原先叫鹿田水库，并没有那只金光闪闪的小鹿的雕像，也没有湖边的沙滩。鹿田村，只是山坳里一个全是泥瓦房的小村子，没有像今天这样有一幢幢的小别墅。但不变的，唯有鹿女湖的水，唯有鹿女湖上的迷茫的晨雾，唯有它变幻多彩的朝霞和落日。

许多年前，我参加过黄大仙祖宫组织的周末学员班，时间两天，周五和周六住在祖宫，学习一些道家的基础养生法、道家音乐，跟随道长们上早晚课体验道教生活。祖宫就在鹿女湖边，早上天蒙蒙亮，师父就带着学员绕湖边晨跑，对着湖水练呼吸吐纳。晚上山里黑，没有其他娱乐活动，大家也基本在鹿女湖边散步。

　　山里太阳落得早，五点多，太阳就下山了，湖边有许多住在鹿田村避暑的游客，也有一些搭了帐篷露营的人，有许多私家车停着。城里太热，有些人专程开车上山吃饭、游泳，他们穿着花花绿绿的游泳衣，蓝翡翠一般的湖面上，就停了许多红黄橙紫的"花甲虫"。"甲虫"们在光滑的镜面上打起水花，慢慢向前爬着，一个猛子扎下去，"甲虫"不见了，岸上的孩子叫起来，不一会儿，"甲虫"又在不远处钻出来。这些是游水的好手，他们往往不到人多的地方去，喜欢独自在幽深墨绿的深水区里游。人多的地方，湖水的颜色略淡，像用绿盏盛着的清凉粉，看上去绿汪汪，然掬起来，又是无色透明的，孩子们的笑声更大，女人们的游泳衣也更加鲜艳明亮。如此透明纯净的水，再不漂亮的人，被它衬托着，身上也镀上一层圣洁美好的光；再郁闷的心情，也会暂时抛开。人的快乐是简单的，一泓干净的水足矣。

　　尚有余晖的天边，是浓墨重彩的金色晚霞，云是通红的火烧云，如赤兔马，如火公鸡，如游动的火龙，但隔着大山，只送过来几朵镶着淡黄色金边的白棉花，这棉花还不成形，稀稀的，像被压扁榨出籽的皮棉。云远远地站在山岗上一动不动，山像戴着一顶金边白草帽。山峰倒映在水里，黑而突兀，像从水底里长出的另一座山。

　　第二天五点晨起，跟着道长环湖跑步。

　　天还未大亮，村庄还包裹在蛋青色的液体里，警觉的鸡和狗已经醒来了，狗跟在人群身后，一边叫一边跑。山中雾气大，浓浓的

白雾把鹿女湖层层包裹覆盖，只模模糊糊地看见湖的一角，白雾里，有若隐若现的蓝色身影，换个地点，又变了一番模样，成了一个罩着白纱的青瓷笔洗。湖边清凉如水，我怀疑是湖里的水跑到身上，这沁人心脾的凉意，涤荡着人的肺腑。湖水像蜷在母体里的婴儿，一动不动，它那么纯洁、稚嫩、毫无杂质，对人世毫不设防，仿佛用手碰一碰，它就会破裂，会受到伤害，饱经沧桑的手指，如刀一般，怎么忍心去伤害它呢。

四、仙瀑洞

水有多面，像人一样，有温和彬彬有礼的，也有狂躁易怒的。仙瀑洞，初入洞中，便听见里头似囚禁着一万头狮子在咆哮，大地震撼，城墙倾圮，山的脸铁青、冰冷，像一个肩负着重大责任的看守。

此刻，水温柔的手已长出冰冷的骨爪，紧紧抓住岩壁，像不甘心坠入深渊，努力沿滑溜溜的崖壁往上爬，迎头却遇见更多嘶喊着吼叫着掉下来的水，把它们冲得七零八落。水一掉到地上，就摔断了全身的骨头，变成软绵绵的一团，只好在深潭里哭泣着爬行。深潭里，是万年不变的钟乳石，裹着更多黏稠的泪，无动于衷地站着，看呜咽着的水旋转着流入更深的山腹。深潭底下，是无边无际的黑暗和数不清的暗河与溶洞。溅在地上的水，被摔出粉末，长出细细的、毛茸茸的翅膀，在洞顶射入的一丝光亮中往上飞。在空中，到处是这些长翅膀的小东西，在狭小的空间里乱转，在手电筒的灯光下，可以看见它们湿漉漉的身体，它们像具备了知觉，劈头盖脸，抓住任何一个能依附的物体。人的头发湿了，脸湿了，衣服也湿了，在巨大的轰鸣声中，只听得见水在呐喊、咆哮。我们从来不知道水有那么大的脾气，会发出那么大的响声，我们也不知道那些一直在流泪的岩石，是否能承受水一拳一拳的重击。它以为自己走投无路了，在极惊恐的瞬间，不再温柔，不再轻声细语，像一个失去理智的拳击手，没有技巧战术，没有规则，把身体化作拳头，不断地往下砸。

这是一条绝路，但如果绝路上再往前一步，会不会柳暗花明呢？拥挤在黑暗地底下的水，心里未必没有对尘世的一点点依恋，怀着一点点希望。跌落在深潭谷底的水，依然那么努力，从岩石的缝隙中挤过去，渗进去，在巨大的山腹里东走西走，寻找所有可能的出口。在它们忙着四处探寻的时候，我还呆立在洞中，我被一种自内而外的冷意包裹了，我想我已经领略到北山之水的另一面，体会了另一种力量。这种力量，也许同样蕴藏在每个人的体内。

五、小西湖

小西湖也叫西玉壶，因在玉壶山西侧而得名，海拔1200米左右，是北山上最高的一个湖泊，也是北山三洞与通元溪、通玄溪之源。北山脚下大部分的水源，都自西玉壶而来。

西玉壶处于北山之巅，周边又是密密匝匝的树林，负氧离子含量极高，空气清新湿润，吸入一口，在五脏六腑中转一圈，再吐出来，直叫人神清气爽。从小西湖往上，有两条分叉路，一条向下进入一个山岙，到盘前村，一条向上到电视台的转播塔，转播塔旁边就是金顶山庄。

西玉壶的水，受着北山的供养，又在这高山之巅人迹罕至之

处，汲取日月精华，它的水，已不是普通的水了，它成为"圣泉仙水"，有着诸多神迹，令人喜爱之余又心存敬畏。

据明万历《金华府志》云："晋徐公，亡其名，金华人，尝登长山顶，顶有湖，其水湛然。遇二人弈棋，自称赤松子、安期生。酌湖水为酒，饮徐公醉。至醒，二人不见，而宿莽萦上。家人服丧三年毕。徐公此后亦得仙。故号其处为徐公湖。"

徐公当年碰到两神仙的地方，就在小西湖边，据说曾留下仙人足印，湖侧有徐公醉卧之石。传说中的仙人足迹已不可寻，然徐公醉饮为酒的玉壶水，千百年来一直未变，依然保持着水晶般澄澈、翡翠般润泽，它像宇宙的神灵镶嵌在大地上的一只独眼，那么美丽，再也找不出第二只眼睛可与它相配。蔚蓝的天空、天空中的朵朵白云、斜翅掠过的飞鸟、水杉树的俏丽身姿、夜晚极亮的北斗星，均融入它的眼睛里。它深邃的眼眸就这样静静地注视着，斗转星移，四季更替，人来了又去，树换了一批又一批，天落雨落雪，山毛榉的叶子黄了，枫杨树长出了新果子，惊蛰的春雷一过，蛇和昆虫在洞中醒来，这些它全知道。

小西湖边，种着成片的水杉，春天来时，水杉林刚刚泛绿，长出一排排整整齐齐的羽叶，像一把把精美可爱的小篦子。水杉婷婷俏立在水边，用稚嫩的笔，把老祖母一样的湖水涂成俏皮的青绿色。络石花如瀑布一样，从岩石上流泻下来。映山红躲在树丛中，举着一把把春天的火炬，有大红、粉红、紫红，也有白色的。湖边的林子里，鸟成天叫着，湖水为它们运送着来去的倒影，变得格外繁忙。小溪喧响，仿佛它也刚刚从冬眠中醒来，也是新生的，活泼而新鲜。夏季，小西湖是露营者的最爱，大大小小的帐篷挤满了湖边空地，人们爱在北山顶看星星，看日出，体会湖边的凉爽和幽静，躲避山下的酷暑，夏夜睡在湖边，连梦也是清甜的。而到了秋天，整座山就变成了一幅绚丽多姿的水彩画，咖啡色的栗树，红的盐肤木和皂角树，金黄的银杏，鲜红的枫树……叶子慢慢地飘落，山瘦了，水轻了，湖水也浅了许多，但它贮存了更多的色彩，在秋阳的夕光里慢慢发酵，像在酝酿一缸醇酒。

  湖水流到石棋盘的徐公庙后面的岩洞中，变成响龙泉。泉水清甜可爱，守山人用一只木勺舀水，叫大家轮流洗眼，"圣水"洗过的眼睛，当然是不同凡响的，看山更翠，看花更美，山前掠过的飞鸟，也能看清它的羽毛！

  西玉壶，承接上天的风雪雨露，化作清凉湖水，又通过山的缝隙，慢慢地向下流淌，成为北山无处不在的溪涧、暗流、幽泉，流入鹿女湖，流入双龙涧，流入芙峰脚下的原野城郭，泽被万物生灵。

故乡的茶园

我的故乡在汤溪镇西章村,一个只有二十几户人家的小村子,距汤溪镇上仅六里左右。小学五年级,我在瀛洲村读书,天气好的时候,中午饭也回家吃。下了课,撩开长腿一阵猛跑,二十来分钟就到家了。而瀛洲村,距镇上最多两里路,站在学校的操场上,可以模模糊糊地看到城镇里的房子。那时我总在想,什么时候,我才能离开那个烂泥铺路、黄泥裹墙、穷得连泥土里也没有一丝营养的村子,离开那些满脸菜色、一年四季发着汗馊味儿、身上泥斑点点的村人,到汤溪镇上去或是到汤溪镇以外的更远的地方去呢?许多年过去了,我的居所离它越来越远,而它的召唤却越来越清晰。少年时急于逃离的家园、阴郁恐怖的黑松林、青翠碧绿的茶园、坟地里挖出来的青瓷片,一次一次把我从梦中唤醒,又一次一次出现在我的笔端。

西章村的东北角是一个大水塘,东面是又宽又广的田野。它的西、南、北三面被荒山包围,原先是长满黑松林的坟地,属于荆棘丛生,野兔和黄鼠狼出没的废地。村民迁到那里后,在南面荒山种上橘树,开垦西、北两面的土地种上茶树,几年过去,渐渐地有了山清水秀的意思了。因为是荒山,种不了庄稼,所以漫山遍野种上了不需要十分侍弄的茶树;因为村小交通不便,发展不了工业,村民们便依着老祖宗的规矩,日出而作,日落而息,没有权力纷争,没有大的利益冲突,倒也安静闲适。

站在村中小小的山岗上向西望去,连绵起伏的茶园像一片绿茸茸的地毯,柔柔地铺在大地上。因为光线的照射,背阴的地方,绿意更深,而向阳的地方,是嫩绿色。每株茶树都差不多有半人高,被修剪得平平的,好像阅兵式上的士兵,一行行一列列,有着整齐的仪表和姿容。茶树的行列,并不是直线的,依着山势,有着宛转的曲线,仿佛大海上的波纹。在某一个地方显得密集,在另一个地方,又缓缓地荡漾开去,仿佛海水缓缓离开海滩。茶园的块与块之间,又有着宽窄不一的小路,像一篇冗长文章的断句,又好像乐谱中某些欢乐的小节。小路两旁,长满高过脚踝的小草:有开着小白花的满天星,有开着黄色小花的酸酸菜,有枝叶肥厚的野芥菜,有浑身毛茸茸的长毛头,还有身材颀长的蒲公英,更多的是不知名的杂草,从春天到夏天,它们努力生长着,茂盛着,一大片一大片,将小小的花开到最艳,将窄窄的草叶长到最丰润,将根扎到最深,将生命活成极致,然后在秋天里枯萎。

早上,当第一缕晨光照耀到茶树上,潮湿的、暗绿色的茶园里弥漫着一层淡淡的、薄纱似的雾,仿佛在天色未明时,刚刚有赤足的美少女走过,洁白的裙裾尚挂在松树和李树的枝梢。少女的赤足轻柔,连茶叶芽尖上的露珠都未划破,连沉睡的花朵也未唤醒。鸟雀们往往是最先知晓的,它们飞来飞去,叽叽喳喳,但它们思维混乱,什么都说不清。在越来越明亮的天光底下,茶园仿佛是一块未化开的翡翠,内里满满地含着晶莹剔透的宝。

傍晚,夕阳收走树梢上的最后一丝金黄,茶园里变得分外热闹起来:小虫子们在叶子上跳来跳去;蛇在草丛中游走;麻雀在电线

杆上排成一排，像一串黑乎乎的糖葫芦；风快速掠过茶树，叶子们集体发过一阵"唰啦啦"的叫喊；灰色的野兔在草丛中一蹦，露出一双亮亮的眼睛；工厂里打工的年轻人回来了，电动车和摩托车从小路上飞驰而过，奔向茶园深处的一个个小村落，仿佛快乐的鸟儿回到快乐的巢。

茶园虽然千好万好，在农人的眼里，却没有如此这般诗情画意，因为采茶，即使对于做惯农活儿的人，也是一种非常辛苦的劳动。茶树行里不仅非常脏，还有铁箅虮、绿毛虫、飞虱等各种毒虫，农人得穿上最破最厚实的长衣长裤，防止蚊叮虫咬。她们在头上包上毛巾，戴上斗笠，避免太阳把脸晒脱皮，腰间还要围上一块塑料布，防止夜露打湿衣服，再绑上一个大号的蛇皮袋，用来装采下的茶叶。一个采茶的大娘如此行头，迎面走来，猛一看还以为是一个半疯癫的乞丐。一天十几个小时在茶园里弯着腰，等到回家，脊柱好像已用水泥浇灌，无法再伸直了。更难看的是一双手，十个手指全部变黑，继而变成茶褐色，很长时间都洗不干净。

在我的家乡，因为到处都是茶园，采茶自然是媳妇大娘们赚取油盐钱的重要途径。春茶一开采，茶园里星星点点的都是身穿破衣烂裳的妇女。采茶是没有年龄限制的，小到十来岁的姑娘，大到八十来岁的老奶奶，只要能动，都可以采。现在年轻人大多在工厂打工，茶园里的主力军，基本上在五十以上七十以下。

近二十年来，从上学到工作，我一直在外，并没有真正意义上的"在故乡"，但我与故乡的联系，却从未中断。因为我的父母还生活在那里，我的兄弟姐妹还生活在那里，随着金西这片土地的开发，我见证了它一次次的变化。后来，又听说一条新造的大路要穿过我们村，茶园的命运不知几何。我热爱着它，担忧着它。一方面，我希望故乡的人们能够更加富裕，荒田荒地都能被利用、被开发；另一方面，又希望美丽的自然山水不要被破坏，希望人心还是淳朴而不被铜臭熏染。这是一对矛盾体，然而世界上，哪件事情不存在矛盾呢？

姑蔑侧影
GUMIECEYING

北山雪

十多年前,我参加了一个关于公文写作类的培训会,住在北山的金顶山庄,那是我第一次看见北山的雪。

金顶山庄位于北山顶海拔一千二百多米处。初冬,山庄里冷冷清清的,没有其他客人,等我们培训会结束,金顶山庄就会暂时关门歇业。深冬里,北山顶会有一场接一场的雨雪,道路不能通车,要到明年天气渐暖,才会有新的客源。

下午上山时,天气还是多云的,阳光将露未露、遮遮掩掩地不肯痛快出来,云层像涂抹得不均匀的油彩,几块黑灰色的云块间露出湛蓝天幕的淡影。上山的过程中,天色越来越暗,雾气渐渐地笼罩了整个山峦,除了不断回旋的公路和扑面而来的山峰外,几乎看不见什么了。到达北山顶,已是下午三点多,一下车便感觉一阵异样的清冷,这种冷是极具穿透性的,只觉得浑身的肌肉已经没用了,只有骨头还在顽强地抵抗。

在吃晚饭时,就有人在喊:"下雪子啦!"隔着玻璃向外看,真的,细如珠砂的雪子窸窣打在红叶石楠及桂树的叶子上,偶尔也敲敲玻璃窗户,又立即逃走,留下一两个湿湿的小手印。

不久,噼里啪啦的声音消失了,雪子变成了轻盈无声的雪花。我走到山庄右侧一块空旷的平台上,望出去,山林莽莽苍苍,像大大小小的灰黑色巨兽蹲伏在微暗的天光下,天地间静悄悄的,没有风,没有雨和冰屑撞击的簌簌声,没有夜鸟的啸叫,仿佛天空之神已经下令万物停止了一切活动,只剩下他一个人在专心致志抛撒着一捧捧白梅花。整个天空银屑纷披,洁白的雪在灯光中渐渐亮出了身影,那是身姿袅娜的舞蹈,小仙子们穿着银色长裙,小小的鞋尖缀着珍珠,在空中飞旋、腾挪,又轻盈地落在细细的树枝和松针上,落在枯黄的树叶和草尖上,落在园中那一堆废弃的生了锈的铁丝网上。

雪有着美丽的六角形花边,细细看,每一朵雪花都是不同的。雪花轻盈、洁白、脆弱,轻轻一触碰便散了架,仔细听,还能听到微微的骨折声,嚓的一下,似有若无,雪在叹息。一会儿,草叶上渐渐积起了一层薄雪,松林还是油黑色的,草丛中却已泛起了白光。在雪中走回山庄,不但一点儿都不冷,反而觉得格外的平和温暖。大雪夜适合孤独,也适合热闹。热闹的,就是约三五好友,围炉而坐,聊天、喝酒、喝茶;孤独的呢,就是一个人隔窗看雪,什么也不想,看困了,枕着厚被子睡去,连梦也不做一个。

这几年,冬天越来越暖和,下雪的日子越来越少,不说平原地区或市区,单说海拔不高的南山,都难得下雪了,金华人要看雪,必须到北山去。天气一冷,北山观景台以上的高海拔处,雪必定是一场接一场下的。金华人对于看雪的热情,也特别高涨,温度一降,第二天朋友圈里必定是满屏的雪花。一位常登北山的同事说,只要一下雪,从武平殿到大盘尖的山道上必定挤满了红红绿绿的登山队伍,那块1314米的标志牌下,时时刻刻都有人在拍照,还有人带着帐篷,晚上就睡在小西湖的露营基地上,风餐露宿,只为了看最晶莹美丽的雪景。但麻烦的是,由于气温低,下雪之后,接踵

而来的是路面冰冻，而山道陡峭，弯度又大，普通的汽车轮胎会打滑，开车上山非常危险，所以近几年，北山只要一下雪，交警就会对上山的车辆进行限行管制，早上八点以后不许私家车上山，除非是山上村庄子里的居民或走亲访友的人，所以，倘若要上北山看雪，必须早起，赶在早上八点以前通过关卡。但如果路面真的结冰，这样做的风险系数更大，北山上每年都有因轮胎打滑而发生的安全事故或停在半山腰上等待救援的车辆。

据盘前村一位村民说，以前，路面上积雪及膝高，茅草屋顶的房子、土墙的房子，经常有被大雪压塌的。一旦下雪起冻后，整个盘前村就冰封在雪窠里，村民们吃了睡，睡了吃，田地里没法干活儿，也没法下山，只能靠贮存的食物来度过冬天。现在路修好了，汽车装上防滑链，就能开上去，登山的人戴上冰爪，也能在冰冻的山道上行走。现在的雪没有以前厚，穿着普通的登山鞋，甚至球鞋，基本上也能爬上大盘尖。

今年春节头几天一直阴雨绵绵，气温在零摄氏度上下徘徊，北山却早已冰天雪地。因下雨冰冻，原先说好的双龙溪峡谷也没能去成。正月初五，难得的晴天，一大早，我就和老伊两人开着车上北山。从双龙起，道路两边树上的雪就渐渐多起来，不时有雪团从树上掉落，树枝嗦嗦嗦一阵乱抖，偶尔也有小块积雪砸到汽车引擎盖上。八点多到观景台，已满是人了，汽车停了一里多路。很多人站在观景平台上看雪景，放眼望去，底下群山白茫茫一片，近处厚厚的积雪加上远处山谷里不断升腾的白雾，整个天地都是白的，城市、乡村、田野，在白雾中只有淡淡的一层黑影。弃车，从一岔路口上山，走了一会儿，就到了石棋盘。此处有一座小庙，供奉着金华山的山神徐大仙，庙前，有一块二十来平方米的小平地，几个人坐着休息。此处的雪更厚，有清晰的脚印，一步一步从雪中踩过去。小路上，结着一层薄冰，有点儿滑，须拄着登山杖，抓着茅草丛或树枝，小心翼翼地走。一对河南口音的夫妻带着女儿跟在我们后面，女的说："这么大雪呀，我们那边都没有。"男的对小孩子说："今年过年回不去了，带你来看看雪。"

过老虎岩至山顶，不知是不是向阳的缘故，雪更白更美了，淡淡的阳光映在雪上，使雪有了一层迷幻般的色彩，仿佛刹那间就要发出七彩的光来，定眼细看，雪分明还是白的，晶莹闪亮地晃人的眼睛，散发着洋洋的喜气，连融化也是微笑着的。

在山顶沿防火道往盘前村方向走，有三个坡度较大的上下坡，其中一个下坡，雪很厚且干净，我准备滑滑梯下去，但滑得很不顺，雪团坑坑洼洼，一顿一顿，滑得快了，又碰到挡路的树，差点儿让我翻个大跟斗。另有一处地势较开阔的缓坡，一伙年轻人在摆造型拍美照，一个穿黄衣的女孩子开心地又笑又跳，躺在雪地里跷脚、翻身、嘟嘴，做出各种搞怪的姿势，他们还堆了一个不太好看的雪人，以一蓬乱糟糟的松针作头发，两块橘子皮作眼睛，一根黑木棍作嘴。雪人看上去一脸愁容，像很不高兴把它弄得这样丑似的。

北山看雪，给盘前村带来了超高的人气，原本只在夏天才有生意的旅馆饭店，在有雪可看的日子里顾客盈门。人们爬山累了，都愿意来续杯热茶，吃点儿农家菜，美景看饱，肚子也吃饱，精神物质双丰收。临过年，各家饭店的门口挂起了一排一排的腊鸭、腊肉、土制香肠，酱红色的腊肉散发着特殊的咸香，用腊肉炖鲜笋，别提有多美味了。

晨光照耀上境

周六晚上，因在厚大看斗蟋蟀，结束时已九点多，朱向东又竭力邀请，遂决定不回金华，在他新装修还未入住的新房里睡了一晚。早上天蒙蒙亮，被一阵接一阵的鸡叫声吵醒。推开窗四面一望，晨光熹微下的汤溪镇笼着一层淡淡的银灰色的雾霭，从东湖一直铺展到大地尽头。印象中汤溪是一个很小的镇子，只有五条主街：东门街、南门街、西门街、黄道街、城隍庙街。但此时望去，汤溪镇屋宇林立，马路宽阔纵横，一眼望不到边，竟有了一座小城的气势。南面，九峰山在烟岚中若隐若现，像一群蒙着面纱的美少女。打开窗户，略带着薄薄凉意的秋风，挟裹着田野中孕穗庄稼的青涩味儿，毫不客气地灌入鼻腔，睡意蒙眬的头脑瞬间清醒。伊有喜说反正已经起床了，时间还早又没事可干，不如去上境转转，再回到镇上吃早饭。

上境是汤溪镇古建较多且保存较好的一个村子，曾获批成为省级历史文化名村，但在此之前，上境人已着手修复村中大量古建，如刘氏宗祠、崇礼堂、百顺堂等。五月份"汤溪风物志"公众号搞活动时，邀请了二十多个诗人、作家走访古村落，我也跟着来过一次，那时刘氏宗祠已修整完毕。占地三千多平方米、恢宏庞大、建筑及雕刻都精美异常的刘氏宗祠把我们一行人都惊到了。古建专家高老师却言，刘氏宗祠虽然又大又精美，历史价值和美学品位却不如建于明代的百顺堂和一户普通的民居中的楼上厅，不过外行人看不出来，古建的欣赏需要一定的人文和美学基础，是最能体现"外行看热闹，内行看门道"的一项活计。

到达上境时，晨光刚刚照耀大地，古朴、整洁的古村落静静地安卧在一方碧绿的田野中，村人们在忙着一天活计的开端：池塘里、水圳旁，村妇在洗涤衣物；老人们端着碗坐在门口吃早饭；担着水桶的人在给菜园子浇水；清洁工在清扫村中道路。崇礼堂前，一群外国人在跟着一位身着白色练功服的中年人打太极拳，这是参加"海外名校学子走进古村落"活动的外籍大学生。与现在大多数农村一样，上境村中，年轻人、小孩子依旧不多，来来往往的多是些老年人的面孔，其中不乏年过古稀之辈。崇礼堂往东，一户人家门口坐着两个老妪在聊天，身后的天井中露出一角精致的牛腿和雀替，我走进去看了看，问两位老人："奶奶，是你家吗？"两人皆茫茫然不回答，连问了几遍，两人才各自指指耳朵，大声说："我耳朵聋，听不见。"看她们两人之前聊得热火朝天的样子，竟是相互听不见、各说各的，不觉有趣。

蜡梅厅，黛青色的墙砖和暗红色的梁椽桌椅水乳交融，看样子是新建的，但仍显得古意盎然。屋中一位大妈在擦桌子，问我们吃过早饭没，没吃的话，对面的作坊里正在做水粉，刚好可以吃。走到对面，果然看到一个打年糕的水碓样的东西——一根七八米长的大圆木架在一个支架上，一头绑着一个纺锤形的圆木块，地上有一凹坑，坑中放着米粉团，四个人分工合作——两人在长圆木一端一下一下地踩，利用杠杆原理使纺锤形木块一下一下地敲打米粉团；一人用木条拉着纺锤助力，一人用铲子不断翻动米粉团使它均匀受

姑蔑侧影
GUMIECEYING

力。屋子另一头，一口热气腾腾的大锅上架着一个带圆孔的支架，一人爬得高高的，把打好的米粉团往圆孔中摁，圆孔下，细细的米线从孔洞中源源不断地爬出来，掉到沸水中，捞出来晾凉，加以各色作料——这就是汤溪人最爱吃的早餐——水粉，金华人称之为冷淘。平时街上卖的冷淘并不鲜见，比较粗大，不韧，是机器时代的产物。而这手工制作的冷淘，光浸米就要四天，还要经过手工磨粉、压干、煮熟、锤打、揉搓等多道工序，既韧又软糯，真是一分功夫一分货。

百顺堂向西，跟着铺得整齐的石子路和红灯笼走，一处低矮的泥墙屋边立着一块圆形石碑，原来是嘉庆年间曾任太子太傅、人称"白壳鸭子"的刘肇浍故居。推开简易的木门，穿过堆满一地的农具和杂物，里面竟然别有洞天。跨过一道石门槛，呈现在眼前的是一个古色古香的厅堂，堂前有天井，牛腿上的云纹线条非常流畅圆润，花卉造型独特，跟清代一般富贵人家的精美繁复相比，倒显得特别端雅大气。房子的主人是刘肇浍的第七世孙，叫刘作新，七十二岁，有一子二女，独居在家。他得中风刚刚出院不久，腿脚不太灵便。许是独居久了喜欢找人说话，看到有客人到访，有问必答，后又拉着老伊坐在石门槛上，聊了半个多小时。告别作新后，我们转到不远的六合堂——据说是刘肇浍出资建造的，大门关着，但门楼的砖雕和刘氏宗祠一样，极尽繁华精美之能事，门楣上方有"福禄寿喜"四个篆字，底下是马和猴子，意味着"马上封侯"，再下面是八仙、和合二仙、花鸟、鹿、喜鹊等祥花瑞兽，显示着主人雄厚的财力和不凡的身份地位。单从建筑上看，古代人比现代人要雅致得多，古代有权有钱就会花上几年几十年，甚至几代人，把房子当作一件艺术品来精雕细琢，让它们流芳百世；而现在的有钱人，在房子上只会一味地追求数量，真真无趣得很！我们在六合堂转的时候，腿脚不便的作新又蹒跚地走来，热心地给我们介绍六合堂——他实在太少与人交流了。但这样的热情劲儿估计也就能维持一年半载，等以后一大批一大批的游客蜂拥而来，年年天天都被问同一个问题时，估计他也要厌烦了。

对于上境，我并不陌生，我家离上境不过四五里路，我姑父又是上境刘氏顺字辈第三十世孙，我表哥一家现还住在村中。小时候，到姑姑家拜年，沿着黏黏的泥土路走到上境，沿途山坡上，有连绵不绝的黑松林和乱葬岗，小路少行人，即使是大白天，路上也十分寂静阴郁，胆小的不免心惊肉跳。但一到上境村口，阴郁的感觉便一扫而光，心情豁然开朗。犹记得当年到百顺堂看戏，那粗大的柱子得由三个人才能合围，小孩子个子矮，只能站在柱础上，像鹅一样伸长脖子张望——百顺堂历久弥新，那站在柱础上的孩子，想必都已头发花白了吧。

尖峰梅园

宋人林逋爱梅至痴,隐居西湖孤山,植梅养鹤,终身不娶,人谓"梅妻鹤子"。林逋生性恬淡,喜欢清闲自在、不受拘束的隐逸生活,日常写诗读书之外,常常驾着小船游玩西湖各处风景。他所养的鹤中有一只叫"鸣皋"的,每逢客人来访,如林逋不在,看门的童子就会放出鸣皋,林逋看见鸣皋,便知有客前来。除养鹤,林逋的另一爱好是植梅,他常常四处寻访,遇到好的品种,便想尽各种方法买来,天长日久,终成梅园。他的梅花诗也成为千古绝唱:

众芳摇落独暄妍,占尽风情向小园。
疏影横斜水清浅,暗香浮动月黄昏。
霜禽欲下先偷眼,粉蝶如知合断魂。
幸有微吟可相狎,不须檀板共金樽。

在爱梅写梅上,多少文人墨客在此诗前止步,辛弃疾曾写道:

未须草草,赋梅花,多少骚人词客。
总被西湖林处士,不肯分留风月。

梅花在万木萧条的冬季，凌寒独立，清香醉人，既有妍丽端庄的姿容，又有不惧冰雪、优雅自持不媚俗的独特气质，上至帝王将相，下至平民百姓，爱梅者不计其数。

北山脚下山下曹村，也有这样一家爱梅人，兄妹几个联手，自筹资金，自己设计建造了一座梅园，在全国各地搜罗名贵梅花品种，加上自家十多年来精心栽培的珍贵老梅树。建园之日，已植梅几十个品种，两千多株花，因梅园所处地就在尖峰山山脚，所以命名为"尖峰梅园"。

梅园的梅花，有榆叶梅、素心蜡梅、美人梅、白玉梅、绿萼梅、宫粉梅、大红梅、中国红梅、龙梅等，千姿百态，红的、粉的、白的、鹅黄色的、淡绿色的……早春时节，阴雨绵绵，冷空气一阵紧似一阵，催来了小刀片一样冰凉的寒风、冷雨和雪子，但风雨雪愈大，梅开得愈灿烂美丽。小小的红色、粉色花瓣簇拥着一丛可爱的黄蕊，花瓣上滚动着一两滴晶莹的水珠，层层叠叠的花瓣缀满枝头，像在黑色的老枝上铺了一层层烟霞似的锦缎。红梅的香气不盛，近乎于无，不过凑近了闻，还是能闻到一股极淡的香，握过红梅花瓣的手，这种淡淡的甜香能维持很久。蜡梅的香气却是无处不在的，幽冷清冽，沁人心脾，它的香是静悄悄的，幽远而缓慢，不具有侵略性，不张扬，是一种恬淡悠长的清香。蜡梅的花也是含蓄内敛的，淡绿色、有一层蜡质光泽的花朵向下谨慎地张着一个小口，像慢慢合拢的手指。漫步梅林中，只觉山川静好，草木含英，污浊的人世，原来也这般让人恋恋不舍。

梅是未叶先花的植物，同样的植物还有玉兰、木棉、结香、樱

花……春气一动,花朵便迫不及待绽放,率先为人们带来春天的信息,以多姿多彩的颜色装点美丽的田野山丘。花的粉嫩娇美与虬枝的黝黑苍老形成鲜明的对比,给人以强烈的视觉冲击,让从灰暗寂寥的冬天走过来的人们深切体悟到大地以及草木身体里春潮的涌动和暴发。这些花树,仿佛初次走向社会的年轻人,能力有限却愿意付出所有努力,不管枝,也不管叶,只积蓄了一切力量,开出最娇艳的花朵,展现出最美的自己。

梅园的最高处,有一檐牙高啄的亭子,名"玉涧亭",正对台阶的两根柱子上有对联:

故纸残编觅影踪,幽深玉涧对芙蓉

亭中设美人靠,供游客休息。站在亭中,可俯瞰山下曹村全貌,以及更开阔的宝峰垅峡谷。抬头看,左边是巍峨高峻的北山,半山腰上嵌着一幢幢风格各异的民居别墅,那是号称金华"小布达拉宫"的大岭村。右边就是金华人"不见尖峰山,两眼泪汪汪"的地理标志——尖峰山的东北坡。尖峰山古代又叫潜岳、芙蓉峰、婺女峰,孤峰突起,秀如芙蓉。明代胡应麟咏芙蓉峰诗曰:

万仞嵯峨雾色重,青天谁削紫芙蓉。
扶筇恍忆西游日,玉女盆边第一峰。

站在玉涧亭中,尖峰山仿佛触手可及,青碧山色扑面而来,一大片正在开花的白枇杷树沿着山坡往上爬。

玉涧亭前，立着一块巨大的椭圆形石头，上有中国海洋大学傅根清教授所撰的《释若芬玉涧传略》：释若芬玉涧（一二零二～一二八一），南宋禅意破壁山水画派一代宗师，俗姓曹，字仲石，婺州人，为吾村曹氏一世祖曹瑾之幼子，幼颖悟，九岁剃度，受业于宝峰院，习天台教……

释若芬玉涧，与法常牧溪齐名，是一个博学多才又聪慧通达的画僧。他幼年皈依佛门，六十岁后回归老家，筑玉涧亭、芙蓉阁，过着与世无争的隐居生活，八十岁终老北山。青年时期曾在临安著名的寺庙上天竺寺担任书记，且一干就是四十年，其间学习了大量的佛学经典及书画精华，终成深厚的文学底蕴，他"遍游诸方，描摹云山，托意山水"，在山水画与禅意画中形成自己独特的画风。他早期擅写梅竹，晚年专意山水。后世的文人墨客对他有极高的评价。其《潇湘八景图》及《庐山图》今藏日本美术馆，另有北山、西湖等图传世。他画的北山图，大约是中国古代画家描绘金华北山的极稀有的画作，可惜现在找不到了。玉涧和尚擅画，也擅诗文，他的诗作灵动飘逸，极具才气，王柏说他"遥望诗坛高，势与芙蓉角"，可惜存世不多，大部分佚散。

尖峰梅园是敞开式的，不收门票，不设园门，以十足的诚意欢迎远近游客驻足观赏。过年期间，正在梅花竞相绽放、如锦似霞的时候，蒙蒙烟雨又给梅园增添了一丝柔婉、纤弱之美。这些梅树，大多被种在巨大的花盆中，是盆景梅，游人如喜欢，是可以当场买走的。山下曹村原就是一个靠栽种苗木盆景和种植白枇杷致富的小村，村子四周的田地及山坡上，除了白枇杷，到处都是精致漂亮的盆景园，最多的是茶花，其次是罗汉松、黑松、金钱松、金橘、紫薇、紫荆、枸骨、红花继木、槭树……梅园给山下曹村带来了美

景，带来了巨大的人气，带来了商机，也让人更多地了解了释若芬这个沉没在历史的滚滚烟尘中的伟大画家，让金华的文脉在这一方小小的土地上延续。

化肥厂

化肥厂在金华西郊，环城西路以西，对面是河盘桥社区，不远是已经拆迁的鲍塘村，再过去就是汽车站和火车站。西郊原本是金华的工业重地，六七十年代的许多大厂都集中在此地：肉联厂、罐头厂、煤厂、化肥厂、水泥厂、热电厂……用原住民老陈的话说，"西郊以前是富人区，住户全是大厂的工人，菜价都比别的地方要贵一些。"随着城市一再向东南扩张发展，西郊像一头年老体衰又身躯笨重的大象，趴在灰蒙蒙的西北一隅喘息。曾经为我们贡献了生产生活必需品、承载着光荣与记忆的老工业基地，经过改制、搬迁、倒闭，所剩者寥寥，慢慢淡出人们的视线。

从环城西路一个不起眼的路口往右拐，一条破旧的水泥路穿过高大的杨树、桐树以及枝叶繁茂的香樟，路边树丛中趴着几幢低矮破旧的水泥平房。一辆浑身裹着厚厚灰尘的重型卡车呜呜呜叫着碾过来，扬起的尘土如大鸟张开一双劈头盖脸的灰翅膀。路尽头耸立着一个高七八十米的红砖砌成的烟囱，烟囱下就是化肥厂的厂区。里面的厂房大部分已被拆除，变成一个黄泥裸露的大工地，上面堆放着一堆堆大小不一的钢管。原来的门卫房倒还在，一间小小的平房，打着黄色的马赛克，房子的平顶上矗着八个红色的大字："爱岗敬业、勤奋工作。"倘若化肥厂还在，里面是不是应该坐着一个

用警惕的眼光打量来往车辆与行人的老头儿呢？厂区对面，现挂着"华顺煤炭有限公司"牌子的一个大院子，则是原化肥厂的办公楼，院子里胡乱堆放着小山包似的煤和锈迹斑斑的铸铁块，还有一辆吊机无精打采地耷拉着长臂。最里面有一幢二十世纪八十年代造的低矮的二层小楼，楼道黑魆魆的，门前杂乱地堆着砖块、蛇皮袋、红绿塑料袋、废纸板、长着霉苔的破家具……在一间锈迹斑斑的房门口，竟然挂着一架用贝壳做的白色风铃，在若有若无的微风中慢慢晃动着，贝壳撞击，轻轻地发出一声"叮"，并不清脆，倒像是变声期的少年。

　　二十世纪七十年代末，化肥厂在农村面黄肌瘦、衣不蔽体的乡人心中，是一个"天堂"般的存在。我的姨父有幸在化肥厂上过班，他穿着皮鞋，头发整整齐齐地往脑后梳，红光满面，印堂发亮，说话中气十足，无论在哪里，腰杆总是挺得笔直。尽管他家的日子也不宽裕，家里也种着几亩田，但无论如何，他是化肥厂的一个工人，这就足够让人羡慕了。那时候，我们家三个孩子正处于身体疯狂生长、对食物如狼似虎的年纪，我的父亲尽管像牛一般死命挣扎，仍然喂不饱一家人，我的母亲愁眉苦脸，拎着一个簸斗，整天想着往哪家可以借点儿粮食。但印象中姨父家从来没有这样窘迫的时候，他家的日子像涓细的水流，虽细得像丝，但毕竟没断过流。姨父很少在亲戚们面前说厂里的事情，我们并不知道他到底从事哪个工种，想来也是辛苦得很吧。

　　化肥厂当时最主要的产品，就是磷肥。一车车的磷矿石，经过高温煅烧、冷却、分离，变成灰色的水泥一样的磷肥颗粒。每一个生产环节都是在高温、肮脏、尘土飞扬的环境里，又能舒适到哪里去。姨父不愿意多说化肥厂的事，但他会用洁白的、画着双下划线的信笺给我写信，工整地、一笔一画地问我的身体可好，每日做什么，学习累不累。后来，姨母跟着他进城，在化肥厂附近的鲍塘村开小饭馆，姨父便很少回乡下了。

我站在一幢低矮趴伏着的灰黑色小平房前，房檐上覆盖着的破烂的石棉瓦戳到我的鼻子，我不得不弯下腰，低着头，才能钻进黑咕隆咚的房间。进门先是一个只有四五平方米、堆满了杂物无处下脚的厨房，再过去摆了一张小方桌和一个菜柜，挨着菜柜用薄薄的三合板隔着一个仅放着一张单人床的小房间，除了单人床和一个破木柜，余地只容一人转身，最里面算作是正经卧室，稍大，一张双人床，有几样旧家具，也层层叠叠地堆着衣服、被褥、篮子、大木箱、纸板箱、塑料箱，塑料袋、蛇皮袋里装着鼓鼓囊囊的东西，一直摆到绷着彩色塑料条纹布的天花板。天花板离地面也仅仅两米多，个子稍高的人手一伸便摸到了。"房子漏水，没办法，"陪我看房子的章姨叹着气说，"下雨时，外面下大雨，屋里下小雨。"

章姨是化肥厂职工家属，她的丈夫老章从二十岁进厂，今年已七十三岁，原先在磷肥车间。磷矿石从高温燃烧的炉子里出来后，需要人工降温，章师傅负责给高温的磷石浇水。这浇水的活儿，他一干就是一辈子，没有事故，也没有故事。

"这浇水也有技术吗？"

"那当然有！"章姨说，"不小心就会烫伤。这烫伤跟别的烫伤不一样，伤口很小，只有一点小小的洞，但里面会烂一大片。"据章姨说，早些年一个外地的小伙子曾烫伤过，皮肤下的肉烫烂了，烂到骨头，加上医药不当，治了很久才好，很长时间几乎不能干活儿。

老章二十岁入厂时，工资是二十九元，两年后加到三十四元，

最后加到三千多元。夫妻俩一儿一女，就住在那间三十平方米的矮平房里，夫妻俩及女儿睡里间，单人床是儿子的，窄小黑暗、又闷又热又漏水的房间里塞了四个人，磕磕碰碰，转个身要么磕着人要么磕着物，连呼吸都得屏着，仿佛呼吸重了氧气都不够似的。

"双职工的家庭，就有两室一厅分，我们单职工，只能住这种小房子。"章姨一直很羡慕那些双职工。双职工不仅指夫妻俩都是化肥厂的职工，也包括一方在化肥厂另一方在其他单位的正式职工。她指着前面一排排的二层老式职工宿舍楼，羡慕地说："那些都是双职工住的，宽敞得很，有五十多个平方米！"

"双职工的房子"有着二十世纪八十年代职工宿舍最典型的造型，一长溜走廊上开着十几门，一个门里是一户人家，房子边上有一个公用的楼梯，一楼的人家门前摆着煤饼炉、水桶、小竹椅、罐子、花盆，煤筐里堆着煤。水泥地破损了，夹缝中长出一蓬一蓬绿莹莹的蒿草、车前草、蒲公英、鸡冠花。房间大多关着，双职工都到市区买房去了。倒是单职工的小平房里还住满了人，全部是老年人，一户一间鸽笼似的房间，男人打着赤膊，女人穿着大花裤子摇着蒲扇，在门前或坐着聊天，或摸摸索索地洗衣做饭，陌生人来了，齐齐盯着看，一叠声地问："找谁？找谁？"

章姨有一手做油条烧饼的手艺，女儿十多岁时，她从乡下来到化肥厂，先是在附近的杨梅山村租了一间房子做早餐，初来人生地不熟，租房子费了很多周折，加之生意也不太好，关了店后，到厂里做过一阵子临时工，任务是称石头，工资每月有三百多。后来又在厂门口租了两间小平房做店面，做拉面带炒菜，小店比宿舍略宽敞，儿子结婚时，还是在店里拜的堂。这几年，化肥厂的住户越来越少，加之隔壁开了一家土石方工程公司，三十多辆大货车，每天轰隆隆地运泥土运沙石,一天不扫,灰尘就有半寸厚,小饭馆越来越没生意,就停业了。但店子的租期并没有到,仍然住着。化肥厂要拆迁了,西郊社区的拆迁已是如火如荼,但这些没有房子产权的单职工还没有动静,章姨有些着急,拜托每一个看起来有点儿像公家人的来访者:"领导,帮我们反映反映,房子拆了我们没地方住了。"

章师傅出去遛弯了。沿着化肥厂职工宿舍的围墙,有一条两边长着高大树木的水泥道路——包括桐树、冬青树和香樟树,破败的围墙上爬满了薜荔藤、爬山虎和迎春花,这是通往杨梅山村的道路,不时有骑电瓶车的人从小路的另一头蹿出来。左边围墙内,是宿舍区的小矮房,或许是垃圾堆或者厕所,腐臭的气息从围墙内飘出来。右边围墙内,几幢新造的大楼正在施工,尚围着层层的铁架。章师傅低着头、靠着右边墙根疾走,瘦削的肩膀被厚厚的浓荫遮盖着,仿佛挑着一副沉重的绿色巨担。章师傅寡言少语,跟人交谈,更多是点头微笑。我看到墙根下有一个大大的黄酒坛子,这样沉默的人,不知喝了酒后,会不会变成一个说话滔滔不绝的人。化肥厂完成了历史使命,章师傅以及老一辈化肥厂的职工们,将陆续搬出这个曾经流淌着他们青春血汗的地方,改造后的化肥厂,将迎来一个全新的未来。

傍晚的蝉,急遽而嘹亮地叫起来,此起彼伏连成一片,像在为这个躁动夏天嘶鸣。

南山秘境

伊有喜、老苏、我，我们一行三人，在吴村书记陈登华的带领下，往里东坑去。我们先坐车到外东坑，在柏油路的尽头停车步行。里东坑、外东坑统称东坑，是吴村的一个小自然村，莘畈源山谷尽头最后一个村落。再过去，沿着山路开始往上攀爬，一番辗转盘绕之后，到达海拔四百六十多米的山腰，山腰上有个古村落，是塔石坞与莘畈坞的分水岭——井上村。如果坐公交车从莘畈源走，是到不了井上的，车子会在外东坑过夜，第二天再转道回汤溪。外东坑桥头有一间空房子，是公交车司机们的临时住房。朱向东曾是走这条线路的公交车司机，一年中，会有好几次轮到开东坑的末班车，他多次和我讲起住在东坑的场景："群山万籁俱寂，只听得屋后小溪里叮叮咚咚的水声，一夜响到天明，小溪里有石蛙鱼，鼓着肚子咕咕咕地叫，偶尔也有猫头鹰的怪笑，胆小的人会心里发怵。临时住所很简陋，只有一张硬板床，小村没什么人，没地方可去，只能早早躺在床上发呆……"

至于里东坑，更加名不见经传，除去本地人，很少有外人知道这个隐藏在大山深处的村落，如果不是听人一再提起，连我这个莘畈源出来的人都不知道。

我们的朋友老何是一个摄影爱好者，他最喜欢拍的便是深山小村里纯朴的人物、风景,他说他们的脸不管有没有皱纹,都和山泉一样干净。他偏爱南山,一有空,就往南山各个小山村跑,他是一个地道的金华人,听不懂也不会说汤溪土话,但靠手势比画、笑容以及鸡同鸭讲的语言,居然也赢得很多山村老人的信任,他们会留他吃饭,泡上自做的新茶,奉上地里刚摘的蔬菜、自晒的笋干和红薯干。老何呢,也时不时去看望一下他们,给他们带点儿牛奶饼干之类。

老何说,里东坑实在太美了,镜头都拍不出,也没法形容,这么美的地方,可不能让大家都知道,不然,外面的人乌泱泱进去,万一要开发,推土机开进来,又修路又造屋,反造成了破坏。他嘱咐我们只约上三两朋友,悄悄享受,不要去打扰里面还住着的三四个村民,让那里成为名副其实的世外桃源。

从里东坑流下来的溪涧,绕着外东坑转了一个弯,汇合井上流下的金塘河,向下游的吴村流去。这条小涧叫什么名字呢?我站在小涧旁,凝视着它澄澈、明亮的水,它自由自在、无拘无束地在石缝里、岩石上欢快跳跃,像精力旺盛永不知疲倦的孩子。水从宽宽的石板上滑下,是透明的、无声的,赭黄色石板的纹路清晰可见,石板面不平整的地方,水折叠出丝丝缕缕的折痕。水从菖蒲丛中流过去,调皮地摇着菖蒲的叶子。菖蒲分大菖蒲和小菖蒲,大菖蒲叶子很长、根系大,圆圆的根部像一个凹进去的碗。大菖蒲比较常见,溪岸边、石头上、浅滩上,到处都是。小菖蒲比较秀气,叶子细弱,往往孤零零长在水中的石头上,盘着一小撮的根,像一个被排挤得无处可去、不得不离群索居的人。

山中的水是活的,它冷泠地响着、哗哗地响着、潺潺地响着,模仿着山间栎树松树的树根吸水的声音,模仿着动物走路的声音,模仿着鸟相互唱和的声音。水是一座山的血管，停留在浅浅的土层下，躲在腐殖物湿润的怀抱里，躲在温润的岩石间。水有一双冰冷的手，拂过人的皮肤，凉丝丝的，又清爽无比，被汗水和灰尘堵塞的毛孔瞬间因清洁而愉悦，舒张开来，花朵一般开放。

春天里，正是各式各样的野花开得最繁茂旺盛的时候，大片大片的蒲儿根举着明黄色的花朵，和毛茛的淡黄色相互应和。空心泡最常见，果实红彤彤，中间是空的，也叫地莓、野草莓，路边、溪岸，一大片一大片全是，果实甜中带一点儿微酸。空心泡实在太多，只能挑最大个品相最好的吃，小个的、歪斜的、有黑斑的，通通不要。我边摘边吃，还不忘腾出各种容器来装：把茶水倒掉，用茶杯装；把帽子反过来，用帽兜装。

登华书记说："一看你这样子，就知道不是山里人。山里人的房前屋后，一到春天，就被空心泡所包围，连鸡都爱理不理的，狗随便在上面撒尿，人家已经审美疲劳了。"

从外东坑到里东坑，大约两里多路。我们一边走一边聊天，主要是讲山村里的一些趣事。在一处稍平阔的地方，登华说，这条溪涧曾经发过大水，把路全淹了，大块的岩石从山上冲下来，堵住河道，外东坑哪些人家都被冲毁，奇怪的是脚下站的地方一点儿都没被淹，这个地方原先是一处水碓，现在一点儿痕迹也没有。

因为是早晨，山里的空气格外清新。混合着草木清香和湿润雾气的新鲜空气从鼻腔和肺管里源源不断地涌入，涤荡得心胸澄澈透明，五脏六腑都仿佛掏出来浸在溪水里洗过，干净清爽，不带一点儿杂质。我怀疑自己胸膜上几个钙化灶已被新鲜空气橡皮一样擦掉了，乳腺上几个结节也消失了。我注意到自己刚刚还满怀倦意的脑袋忽然清醒过来，思维特别敏捷，一下子记起了许多歌的歌词，而且嗅觉也变得格外灵敏，能清晰分辨出植物清香的细微差别。

登华和老苏都是"山里通"，老苏背了一把锄头，他东张西望，要挖一种蕨类植物的根，不知道有什么用。

说到蕨类植物，登华一路上都在给我们普及草药知识，山里的草药太多了，在路边随手一抓，说不定其中就有两棵草药。两里多山路，登华走走停停，一共找出三十二种草药。

这些仅仅是比较好认、长在路边的。躲在草丛中未发现的实在太多，还有一些太普通随处可见的，比如蒲儿根、毛茛、铜钱草、蒲公英、千里光、紫花地丁等。在山涧旁几块平整的石板旁边，我还发现了一株及膝高的地黄，贴地生着几张肥厚的大叶，像茄子的叶子，中间一根直立茎秆，顶端长着一簇花序，开着几朵极鲜艳的紫色喇叭状花。

里东坑是一个很小的山村，最盛时全村有138人，之后很长一段时间保持108人，出生一个，必去世一个，现在大部分村民都移到蒋堂去住，村子里只剩两户人家三个人。这么小的村子，也有一个小学校，人最多时全校也有十几个学生，一个老师，只能上复式班。小学校处于村西边高高的岩坎下，一排三间土房。泥墙斑驳，几条粗大的裂缝如巨型蜈蚣趴在墙上，乌黑的门和门框已衰朽破败，但仍如老祖母般勉力支撑着，门边墙上挂着一方长条形木牌，上书"金华县莘畈乡里东坑成人文化技术学校"。学校门前小块空地上，长满了矮矮的杂草，开着星星点点的白色或黄色小花。

里东坑整体呈葫芦形，山垅狭小，谷口豁然开朗，山往后退，辟出一大块让人休养生息的缓坡谷地，村庄依缓坡而建，层层递进，慢慢地抬升爬高，但并不陡峭。一条窄而曲折的石板小路蜿蜒向上，同样矮而旧的泥墙房子罗列两侧，中途又生出几条简易的枝

权，通向更里面的一户户人家。村民的土房子大多集中在此处，随地形起承转合。有的房子花大力气垒起十几米高的石基，有的又建在悬崖上。也有爬得更高、进山更深、孤零零一户的，虽宽敞、视野好，单门独户，不免寂寞。勾肩搭背粘连着的，一般都是叔伯兄弟家。村中房屋大多锁着门，各色杂草已长到门槛处。也有几处已倾圮的土墙，阳光照着墙头上的断瓦，茂盛的鼠耳草拖着长长的花序，从墙头向下探身张望。

土墙温暖而明亮，它承载着一代人抹不去的记忆：赤着脚满村呼啸的童年，瓦背上冒出的淡淡炊烟，搭着木梯去捉墙洞里刚出生的粉红色小麻雀，用长竹竿敲金钩梨的果实，把枫杨树的小翅果摘下来，粘在鼻子上……而房梁下的燕子窝，是不许捅的，就算白色的燕子粪便滴满天井，老祖母也只能教孩子们说：

子燕子燕东飞，
子燕子燕西飞，
子燕子燕飞到我家里做窝……

山路拾级而上，就地取材用黑岩石砌的石板宽阔平整，不平处也被磨得圆润，不硌脚，路边有枝叶繁盛的樟树、枸树、桂花，石板路掩映在树荫下。一泓清泉顺山势而下，村民分段筑成一个个水凼，泉水跌落，泠泠的水声似催眠曲。遥想山村兴旺时，石阶上必坐满一长溜的人，摇蒲扇，讲古，像电线杆上一串麻雀，热热闹闹，叽叽喳喳，上面的人讲，下面的人听，晚风把人的声音四散到山林深处，也把草丛中伏着的、地底下趴着的、树梢上立着的各种虫儿鸟儿的声音传过来。早中午饭，总有几人会端着饭碗，坐到台阶上来吃,你家什么菜,我家什么菜,番薯洋芋,玉米饼子,做了好吃的,招呼相好的邻居共享。

里东坑村前,有茂密深秀的竹林,竹林从半山腰绵延下来,一直到山脚的泉水边,愈往下林子愈密,颜色愈深,至水边时,差不多呈墨绿色。因干活儿走动的人少,竹林里、溪涧边,甚至田地里都长满了荒草。往村后去的小路,也被荒草遮住,登华叫我们止步,他可能害怕草丛里藏着蛇。村口一块田里,种着两株高大的风车翼,有近两米高,主干手臂粗。这么大的风车翼,我还没见过。它还未开花,正结着米粒大的白色小蓓蕾,枝条上的羽翼呈三棱形,像梳头的篦子似的。我问登华:"这是野生的还是种植的?"忽然村口走来一个壮实的小伙子,他说:"前几年特意种植的,里面还有一大片呢。"

这个小伙子是本村人,已全家搬到金华了,只周末偶尔回老家看看。他弄了一根鱼竿,站在枫杨树下钓鱼。溪涧水太清,又冷,按理说是没鱼的,但他钓了好久,竟然钓上来一条浑身乌黑、腹部金黄的小鱼。

八十五岁的老爷爷傅光厚和他的老伴是选择留守村庄的两户人家之一,另外一户是一个独居老人。傅老爷子虽然高龄,但耳聪目明,身体健康硬朗,能下地种菜,四间平房及门前的院落打扫得干干净净,鸡棚里养着鸡,家里也不见一般老年人居所的邋遢,收拾得整齐清爽,显然老两口都是整洁勤快人。这天是五一假期,儿子一家也回来了,买来好多菜,老伴和儿子在灶台上忙着炒菜,老爷子陪我们聊天,八仙桌上放着一个黑色长颈花瓶,瓶中插着六七根白色带花纹的雉鸡毛。山里人好客,留我们吃午饭,说今天难得有菜。

"登华，我做了点儿好酒哎！你尝一尝。"

"下次再来吧，我老婆饭都烧好了，没信号电话打不进来。"

对了，里东坑是没有信号的，只要愿意，这里可以成为一个完全与人世隔绝、丝毫不受光怪陆离的尘世影响的信息孤岛，手机掏出来，只能看看时间，但即使看时间，也完全用不着手机，听鸟叫就够了。山里人的清晨，都是被鸟雀叫醒的；他们的黄昏，也随着落日和鸟鸣一起到来。山里人能从鸟的叫声里，听出悲欢，听出晴雨，他们是一群懂鸟语的人。

学岭头之夜

应高老师邀约,国庆节第三天,到他的丈母娘家小住。高老师的妻子姓盛,老家在莘畈水库库尾的学岭头村,属于南山的莘畈源,与我水底的故乡莘畈村仅有三四里路。

从金华开车过去,要一个半小时。金华城里还是高温烈日,行过祝村后,气温就明显降下来,开着车窗,也不觉得热浪闷得难受了。大约是接近水库库区的缘故,徐徐吹来的风中竟带着一丝山野的凉意,山上的植被格外茂盛舒展,小村边绿意环绕,溪水喧响。要知道今年的夏天热得不同凡响,久旱无雨的酷暑已两个多月,大部分溪河都断流了。单看一路上过来,许多竹子、松树枯死,山崖上的络石藤晒得像一把干菜,便知有一条不断流的小溪有多难得。

公路沿着水库绕来绕去,过五石坞,我看见父亲口中原先莘畈村的山和田,一条很小的覆盖着茅草的小路一直向山中延伸,路两边的浅山上,种着大片的油茶林。路边有一个小湖,想必就是琴塘了,我父亲口中是一口很大的塘,但现在只剩半个篮球场那么大。

高老师夫妻俩已在家等我们,他的丈母娘是兰溪人,烧得一手好菜,正在厨房忙碌。他们家的老房子前年重新装修,除了墙没换,其他全换了,连檩柱、楼板、横梁都拆下来一根根洗过,再刷上一层明油,看上去崭崭新玉晶晶的发亮。老式的窗户开大,二楼

楼板加厚，改造了卫生间，房梁抬高做了隔热处理，房间的布局和家具设施全按高档的农家乐来布置，外表看着还是原先的老房子，走进去，特别是走到二楼卧室去看，十分像舒适安逸的森林小木屋。房间里的藤制家具都透着一股淡淡的田园风。

学岭头村，汤溪话叫作"鸭岭头"，这个名字比"学岭头"更加生动活泼。高老师是地方文史及古建专家，他认为"学岭头"可能有两个同音词，一是"鸭岭头"，意指它的地理位置，从莘畈进来，是一条长长的细细的山坳，像鸭脖子一样，往上行百余米，山势忽然张开成一片开阔谷地，那是学岭头村人的田地，像忽然肥胖起来的鸭腹一样。二是"狭岭头"，指村子的位置刚好处在狭长的岭口。汤溪话"学、鸭、狭"不分，前人取名字，"鸭""狭"都可解，唯有"学"，却令人诸多不解。

学岭头村是坐落在狭谷中的一个小村庄，一条小溪穿村而过，溪边是莘畈至井下井上的柏油路，井上村再翻过山去，就是塔石坞的岭边村。岭边村看梯田，是塔石坞最热闹的景点，这几天梯田里单季稻正在收割，去看梯田的人络绎不绝，有许多看了梯田的人，就从塔石坞翻过来，从莘畈水库出去，环汤溪南山一大圈，也是比较好的一条游玩线路。

天刚刚擦黑，村子就安静极了，几个坐在溪边小晒场上的老人各自回家吃饭，小屋里的灯光，一盏盏亮起来。小晒场空了，黄色的健身器材上站着一个人高马大的小伙子，一边看手机一边有一下没一下地做运动。浩荡的山风从东边的高山顶上倾泻下来，水银一样漫过村庄。第二天就是重阳节，月亮并没有升上来，也许是被高山阻挡着看不见，但天幕还是很亮的，云像一层透光的纱布一样，被强光的手电筒在背后照着，远处的山峰孤影突兀，像蒙面的穿着夜行衣的人，不言不语，在山中急急赶路。

晚饭非常丰盛，有大闸蟹、梭子蟹、炒黄鳝、笋干、红烧鱼、红烧肉、辣子炒豆腐干等十多个菜，老太太的手艺很好，我们夸她烧的菜好吃，她不好意思地抿着嘴笑，一口汤溪话里夹着很重的兰溪话口音。

吃完饭到溪边散步，一路走去都没有人，只有溪水流动不绝于耳的泠泠声，公路上依然有车驶过，狗叫声断断续续的，像习惯性地叫两声表示表示，其实并不怎么在意。两个小伙子骑摩托经过，停下来问有没有地方买水，原来是准备去露营的年轻人。鸟回到巢穴，其他小动物回到地底下和草窠里，偌大的天地间，只有几朵蓝云，云下是我们这几个不肯去睡的人。在一户人家门口的石礅子上坐着聊天，只觉得万籁俱寂中发出的声音格外清亮，即使轻轻一笑，也会吓自己一跳，假如隔着墙有人偷听，一定听得十分清晰。

溪水里，偶尔有一两声沉闷的咕咕声，像患了咽炎的人，声音在喉间滚动，不爽利，不知道是什么动物，想来可能是石蛙，当地人叫"石蛤"的，生活在比较清澈的山间溪流里。野生石蛤是一种比较难得的山珍，但现在养殖的较多，市场上也较常见了。大概是山里气候较凉爽，山间的萤火虫很少，也听不到聒噪的虫声。在夏夜的山中，除了山风偶尔会来套套近乎，真的什么都没有，只有极静极静的夜陪伴着你。

夜里，睡在木头尖顶的房子里，淡黄的原木，是很温暖、很让人身心放松的东西，格外容易入梦。我梦见自己去参加一场考试，但遇上下大雨，与同伴们走散了，身边到处是不认识的人，忽然瞥见一个熟面孔，虽想不起姓甚名谁，平时也没怎么打过交道，但此时如救命稻草一样抓住不放。他握握我的手说："别怕，你跟着

我,别走丢了。"雨更大了,到处是披着雨衣看不清面貌的人。虽然浑身湿透,但似乎已听到学校的钟声,快迟到了,我着急起来。一着急就醒了,起床看了看手机,四点五十分。

躺在床上数羊,一直数到五点五十也没睡着,老伊也被我翻来覆去的声音吵醒。起床,天已蒙蒙亮了,山峰间架着的天空,鸭蛋青似的,有一层混浊的乳白色的釉。山峦的峰尖隐在雾气里,看不真切,几个较高的山峰都在冒着白雾,像大冬天里挤进桑拿房,里面热得冒汗,外面却是冷的。

一路往莘畈水库走去,出村不久就是库尾。平常日子,水会一直满到库尾,最后一户人家的菜地挨着水库,可以很方便地取水浇地,但此时,沿着水库走了好久,一直见不到水。水库底都皲裂成一块一块,鱼鳞似的,踩上去,马上碎成一摊散沙。干涸的库底有一条"之"字形的小河在流淌,想必是原先水库未修时的河道。在一个水较深的低凹处,有许多一拃左右的石斑鱼在游动。再往前走,库底渐宽,更多的河床露出来,可以看出原先垒着石头的屋基、圆拱形的坟墓,用石头筑起来的梯田、小块的菜地,噢,我是走回我自己老家了,这些菜地、屋基就是原先莘畈村的,我脚下踩着的泥土,就是我的祖先们生前劳动的地方。

水库库底,泥土被晒干的地方,长出了绿茸茸的青草,一截枯木头像一条鳄鱼张着嘴往上爬,身后,水冲上沙滩,荡漾出一圈一圈的纹路。另一边,一截枯木头却正努力爬向不远处的水域,在它身后,留下一串清晰的脚印。我在沙地上寻找,想找到青石板、墓碑,或者石碾碗盏之类村庄生活的残片,但整个河滩平平整整、干干净净,除了沙就是泥,什么都没找到。

太阳升起来,阳光慢慢地照亮山峰,并沿着山脊线一路狂奔而来，很快地，近处的林梢也染上一层嫩黄的油彩，整棵树立在光影中，渐渐发亮。公路上，人声热闹起来，进山的公交车一路鸣着喇叭，南山中的一切，在光与影的交汇中，开始了一天的生活。

十九岁的小镇

这是一个嘈杂的不安定的小镇。

它似乎永远处于流动中。人来人往,灰尘漫天的街道上一会儿挤满了挑箩挎筐的人,一会儿又变得空荡荡的。冒着黑烟的绿皮火车喘着粗气,哐当哐当地压过发颤的铁轨,车窗里闪过一张张黑黄色的脸,有人在嚼甘蔗,有人往外吐唾沫。货车一律是灰黑色的,堆着高高的煤、萤石或圆木,呼啸着跑过来跑过去,有时也停在肮脏的站台上喘气,等待穿着灰布工装、拎着铁榔头的人一节一节地敲打检查。镇子四面有几个大村落,镇子中心却不大,浙赣铁路穿镇而过,铁路南面是老镇,镇上有呈"丁"字形的两条老街。铁路北面主要是三家工厂:电机厂、铸造厂、制罐厂,一家小饭馆,郑能孝开的批发部,一个香烟摊,一家剃头铺及零散的几个卖杂货的人。郑能孝的批发部前,就是公交车的停靠站,从汤溪到金华的班车每隔一个小时一趟,几个妇女鹅一样伸长脖子站在路边等车,车来了,就算只有四五个人,也要你推我搡地往前挤。

十九岁时,我被单位安排到蒋堂镇工作。蒋堂的工作组有三人,主管姓胡,主要管企业。一个姓曹的年轻协税员,比我大三四岁,已经在蒋堂工作好几年了,他是我外婆村中人,与我舅舅是朋友,因此他自觉是我的长辈,对我十分热心周到,管个体户的活儿大部分是他干的，我的任务主要是配合和学习。他有一张长长的马脸，蒜头鼻子，小眼睛，属女娲娘娘劳累之余用柳枝抽出来的——总之于外貌上并没有可圈可点之处，但他是一个情商很高的人，有许多朋友。不像我，总是孤零零的，谁都不认识，只能待在房间里，靠看书、发呆打发时间，偶尔走到郑能孝的批发部去，买一点儿零食，看看上车下车的人，然后慢慢地走回去。

我所住的地方，是电机厂的车间兼办公楼，单位特意为我们三个派到蒋堂的人安排的。沿公路长长的一排房子，大约有六七十米，一楼是车间，楼梯拐上去，是一条长走廊，排列着十多个房间，走廊往东边是电机厂的销售科、财务科、技术科、采购科等，靠西是我们三人每人一间办公室兼卧室，再过去是一间杂物室，最靠西是电机厂的保卫科。平时，厂里的人下了班就走，整个大楼空空荡荡，只有保卫科科长、我和小曹三人住在二楼。保卫科科长是一个一米八几、膀大腰圆的大汉，两只铜铃般的大眼，一个红红的酒糟鼻，说话从胸腔里发声，嗡嗡的。

三楼是董事长的办公室，但没人会轻易爬到三楼去。当时电机厂是蒋堂规模最大、效益最好的私营企业，董事长外号老熊皮，是蒋堂首富，在当地人眼里是一个呼风唤雨的人物，来往的除政府各机关部门工作人员，再就是生意伙伴、债主、银行信贷员等。董事长的块头也很大，体形跟那个保安科科长很像，但他并不像保安科科长一样经常跐着一双布鞋，他每次出门，浑身都收拾得油光水亮，头发抹了发油，微微卷着，手上戴着大金戒指，脖子里拴着大金项链，裤子是笔挺的，脚上的黑皮鞋永远一尘不染，特别是脸上的两撇八字胡，也打理得丝毫不乱。他跟胡主管关系挺好，每次看到都会很热情地打招呼，看到我们，也会客气地点头，露出一丝丝

笑容。一个瘦瘦的、矫健的年轻人是他的助理，给他拎公文包，汽车开过来，年轻人一个箭步上前，拉开司机后座的门，毕恭毕敬地请他进去。

电机厂的前面，就是汤溪到金华的公路，公路边种着稀稀疏疏的梧桐，梧桐叶上堆着一层一层的灰。再过去就是浙赣铁路，铁轨边就是一个小火车站，开始时，客车还是停的，后来就不停了，货车还是停的。经常有运萤石矿、运煤、运木头的车停在靠近站台的铁轨上，有时候，还有运活猪和活牛的。站台上，常年堆着小山一样的矿石堆或煤堆，运货的卡车隆隆隆地开过来、开过去，把站台边的水泥路压出一条一条大裂缝。站台边，有一个铁路道口，但基本上无人看守，只要没有喘着粗气的火车开过来，南北的人可自由穿行。比较危险的是牛，牛走路慢吞吞的，它才不管火车有没有来，有时火车一声长鸣，它受了惊吓，反而呆立在那里不动了，怎么鞭打都不走。

蒋堂镇的居民，除了到厂里上班和乘公交车的，基本上也不怎么需要过道口，北边人丁不旺，要吃、要玩、要买东西，还得到南边老镇上去。主街只有百来米长，街面的水泥已经破损，坑坑洼洼的，有的地方生着绿苔，积着一摊一摊的水，街道两边除供销社的房子外，大部分是小平房，门面大一点儿的是供销社的布店、粮油店、百货店，门面小一点儿的是私人开的服装店、杂货店、裁缝铺、理发店、录像厅、早餐店、拉面店……街中心摆着四五个肉摊，油汪汪的，卖肉的大汉穿着黑色的皮围裙，用大嗓门招呼客人。我知道这些人里，直里村有两个、平水殿有一个、洪村有一个，都是很难搞的人物，其中以一个直里村的为最，性格蛮横，颇难讲理，在收屠宰税时，要斗智斗勇。肉摊旁边，有一个包子铺，不知是肉新鲜还是其他什么缘故，包子特别好吃，面皮暄软，肉馅香气扑鼻，包子的脐眼汪着一层油汁，食客们坐在破旧的小店内，舀一碗咸豆浆，或一碗豆腐脑，一口下去，包子少了一半，嘴巴却鼓起来，慢慢地嚼着，油汁从嘴角溢出来，赶紧喝一口豆浆咽回去。

曹协税交好的朋友很多，但他常去的有两家，镇上的洪木匠家以及小酒厂老板维荣家。洪木匠比曹协税大上几岁，已经有了一个六七岁的女儿和一个刚会走路的儿子，一家四口租了一间小房子住，平时替人家做木工活儿，时常也打点儿家具卖。洪木匠中等身材，长得英俊，有一双漂亮的桃花眼，一对惹人喜爱的小酒窝。他的妻子稍显丰满，但性格爽朗，爱说爱笑，是个十分能干又漂亮的老板娘。曹协税与洪木匠是钓友及牌友，他经常到洪家去吃饭，两人在狭窄的房间内，把折叠的小方桌撑开，一盘猪头肉一碟花生米几瓶啤酒，天南地北能说一大通。他偶尔也会带我去，但他们聊天的话题我都不感兴趣，只能默默地听着，去了几次，他就不叫我了。老板娘是不喝酒的，他们的小儿子才刚刚断奶，很闹人，每时每刻都揪住娘不放手，老板娘没法给他们炒菜，洪木匠就吃完一个菜，到外边的小煤炉上去炒一个。洪木匠曾送给我一个用木工废料做的小马扎，我房间里的家具，除了一张床、一张办公桌、一张四方凳、一个放电炒锅的破桌子，就只有这个小马扎了。

维荣是小镇上鼎鼎有名的"酒老板"，在自家后院里开着一家黄酒作坊，他出名并不是老板做得大钱赚得多，而是他酒量大，人又特别朴实好客，经常招一班人到他家里去喝酒。菜是自家菜园里的丝瓜茄子花生米，酒是自己做的米酒，他的酒很冲且后劲儿足，没一会儿就能撂倒好几个，酒量好的说喝着带劲儿，酒量不好的说

不好归口，怎么说的都有，他一点儿不受影响，只按他的老方子酿酒，我们开玩笑说他"肯定用酒精勾兑了"，他也只是嘿嘿笑，说"没有的事"，并不怎么反驳。维荣是土生土长的蒋堂镇村民，与其他"老板"相比，他更像一个刚牵着牛耕田回家的农民，脑袋上头发稀疏，渐成地中海之势，趿着一双解放鞋，裤脚卷成一只高一只低。牙齿缺了一个，讲话慢吞吞的，一个字一个字地往外蹦，仿佛生怕讲错了似的，大多时是搓着手，一脸敦厚的笑。脸常年红着，鼻子则透着酱紫，眼神迷离，看什么都好像没有准确的焦距，蒙头蒙脑像刚刚从宿醉中醒过来。我们给他核定税款，他并不像别人一样讨价还价，只是笑嘻嘻地说："国家的税钱我一定会交，但我有条件，你们必须喝我的酒，一碗酒一千，喝完我就交，喝不完我不交。"

我和曹协税对视一眼："为了把钱收上来，拼了吧。"维荣拿出三个芦筒海碗，酒坛子端上来，"咚咚咚"倒满三碗，一字排在桌上。曹协税的酒量不好，看到这三碗明晃晃、红彤彤的酒，脚先软了。他跟我商量："我喝酒不行，一碗就溜桌下去了，你能喝多少？"我那时真年轻，不懂事，仗着也有几分酒量，豪气干云，热血一上脑，眼都不眨，端起碗就干，咕咚咕咚几大口，两碗都喝掉了，把在场的人惊呆。其实那时我是拼了老命喝的急酒，喝完后，赶紧走人，半路上，酒劲儿上来，晕头晕脑，自行车不要说骑，推都没法推。在田间小路上走，弯弯曲曲的田埂像七八条彩带在眼前飘，知道自己醉了，但尚有一丝残余的意识还坚守着阵地，跌跌撞撞回到宿舍，倒在床上睡到第二天才醒。

夜幕降临，电机厂的工人们下班了，董事长夫妇俩也坐着车子离开，曹协税不知溜到哪儿去聊天侃大山了，偌大的一幢房子只剩

第一辑　丘陵深处：渐行渐远的村庄

下我一个人，楼下还有一个看大门的老头儿。我用电炒锅炒菜，电炒锅很粘锅，不能炒年糕，也不能炒土豆、炒肉，但炒面条很好，炒蔬菜也很快，我学会了用一点儿白酒兑盐水蘸过后再炒花生米，蓬松香脆，特别好吃。蚕豆上市的时候，从家里带来蚕豆、糯米，用我妈自己腌的咸肉焖蚕豆糯米饭。做好饭，就坐在走廊上吃。走廊下面，就是车来车往的老330国道。再过去就是火车站站台，看到站台的红灯一闪一闪，当当当的钟声敲起来，就知道大约十多里路的汤溪或古方正有一列火车开来了，心里就在默默地猜测，是客车还是货车，有几节，假如猜对了，仿佛打赌赢了一般，格外高兴。

　　日子就这样一天天过去，除了和同事一起出去磨牙收税，其余大多时间都待在房间里，因为走出去见到的都是纳税户，他们对我的出现都怀有一定戒心，说话总保持一定距离，加上我本身性格内向，不善于跟陌生人打交道，所以连一个可以说说话的朋友也没有。长日漫漫，无聊的时候时间走得特别慢，太阳从正中慢慢地西斜，停在天边，渐渐收敛光芒，然后长久不动，像人到暮年一样，总是牵挂着人间不肯离去。夏天的时候，日头更长，往往吃完晚饭，还有大把的时间没地方可去。电机厂四周都是田野，稻子漫天碧绿生长着，野草沿着公路疯狂蔓延，稍不注意就会爬到门口的铁栏杆上。我沿公路走到郑能孝的批发部，站在门前听闲汉们聊天。批发部是油毛毡盖的一排小矮房，闷热，门面不大，进深却很深，黑洞洞的，白天都亮着一个十五瓦的灯泡。依着批发部，有一个烟摊，老板娘黑黑瘦瘦的，叫根兰，是个大龅牙，脑后扎一个高马尾，她一点儿也不漂亮，但性格率直可爱，说话像机关枪一样又快又敞亮，跟任何人都能开几句玩笑，讲荤话能把男人讲得落荒

而逃，男人们都喜欢到她那儿买烟。根兰不像一般的小店主一样对我保持距离，她看到我来，总是很热情地招呼，抽出屁股下唯一的凳子给我坐。她为人爽快，每月的定税，也是二话不说就交的。她问我："有男朋友了吗？没有的话给你介绍一个！"转着眼珠想了一圈自家的亲戚朋友，大概也没什么合适的人选，回过头嘻嘻笑着说，"你这样的大学生国家干部，一般人也是配不上的呢。"

小镇实在太小，过不了多长时间，几个单位里的人都慢慢脸熟了，曹协税的缘故，我又认识了他的发小，一个四方脸矮墩墩的壮小伙子，他是供销社的，具体做什么已经不记得了。小伙子很健谈，眼睛黑亮，笑容和煦温暖。他叫我"外甥囡"，问我"外甥囡吃过饭没有"，到他那儿吃，他烧白辣椒炒肉。其实他自己也是一个刚谈了女朋友还没结婚的小伙子，只比我大五六岁。他呼叫曹协税用的BB机，那时年轻人人手一个BB机，四四方方的一个黑匣子别在裤腰上，声音响起来了，就赶紧找电话机打回去。BB机便宜一点儿的是数字机，只有来电显示；高级一点儿的是中文机，可以通过传呼台的小姐姐发送几个简单的汉字，打电报一样，但因为价格贵，并不是所有人都用得起。曹协税用的是数字机，他如果到外面去了，会一时找不到电话回，过了好久，才找到一个厂子借了电话打过来。这个年轻人的厨艺很好，能用电炒锅很快地整出一桌色香味俱佳的菜，之后我和曹协税经常到他那儿混饭。他能烧菜、会做饭，但不会喝酒，半瓶啤酒下去，脸马上变得通红，连眼睛都是通红的，整个人变得格外兴奋，不停地说不停地笑，特别可爱。

夜幕降临，蒋堂镇的灯火渐渐熄灭，乡村进入酣眠，只有火车站彻夜不睡，在深夜，也能时不时地听到火车跑过铁轨时咔嗒咔嗒的声音。睡在铁路旁，我并没有出现可怕的失眠，火车有韵律的声音反而像一支摇篮曲,想起家乡人有一句话:"心思浅的人,到哪儿都好睡。"十九岁的我,心思简单得像一张白纸,对人生的要求也是极简的吧。

姑蔑侧影
GUMIECEYING

青草乌云，高儒停久

青草乌云，高儒停久，一阕《雨霖铃》的开端。也像一段小故事的开始，交代了地点、人物和起因。

从琅琊往南，在沙畈乡所属的广袤大山中，除上述四个村庄之外，还散布着许多有着诗一般名字的秀丽村庄：妙康、安珠曲、半溪、大树下、羊角前、加兰、石宫……我心里充满了疑惑，一般村庄的命名，要么带着姓氏，要么带着方位，要么有某种地域特点，很少以这种诗歌似的词语命名。在迷蒙的云雾深处，白沙溪两岸，我生怕一不小心就会看见这样一个人：有着河里的石头般清癯的面容，穿着朴素的灰色长衫，在白山黑水间踽踽独行。

高儒是一个有着上千人口的大村子，在沙畈水库大坝脚下，与停久村相连。村人大部分姓李，据说是唐代大诗人李频的后人，元末时从遂昌六都上畈迁入，至今已七百多年。而高儒村的得名，得益于一座明代的书院"漓渚书院"。漓渚书院建于明天启年间，是地方文人杜翔凤初创，鼎盛时期，常有金华、兰溪等周边地区的文人墨客云集，谈诗论文、纵议时事，因此叫高儒村。

对合巷2号，一溜破旧的古民居被风雨剥蚀得像一个苟延残喘的老人，在飒飒山风中抖动着灰白色的影子。老屋白色的墙皮一片片剥落，露出灰色的砖墙，像癫疮疤一样贴在一片漂亮的小洋房中。屋内光线昏暗,一个弯腰弓背的老妇人正端着饭碗吃饭,好奇地打量着我们这群不速之客。问她:"你这房子以前是否办过书院?"她摇头茫然无所知,回过神后,说:"没有哩,全都是住人的,土改时分下来,住了十多户人,现在只有我们两个老的住了。"旁边一个老妇人也过来说:"没听见过办书院,都是住人的,你们客人是哪里来的?"

竟然什么也剩不下了。曾经有名士大儒往来的漓渚书院,湮没于茫茫群山,连一个传说也没有。我注意到有一个不甚大的柱础,很像明代的形制,被摆在门前当石凳。另一扇门前,有一个小巧的石磨盘,精致可爱,也被弃在一边。老屋左侧,是一个荒废的园子,长着杂草和野荞麦,靠近屋旁是一口一米左右的方池子,池水油绿色的,飘着大把的青苔,旁边立着一把粪勺,像一个农村常见的污水池。这据说就是漓渚书院有名的两口井之一的"墨花井",是当年书生们的洗墨池。

据记载,漓渚书院的创始人是古方后杜村人,人称"梅舟老子"的杜翔凤。杜翔凤出身于官宦世家,少年时即有所成,擢升邑庠生,并于明初隐居桃源,在高儒建漓渚书院,编撰《昭利庙志》。《昭利庙志》前言一和前言二对其均有记载:"康熙五十三年,双溪人范志德曾于漓渚书院会虞君,虞出一编以示曰:'此白沙庙志也,明时杜翔凤所辑,翔凤字世仪,酤坊人,宋迪功郎杜再成之裔也。'"

从高儒村略向南行三四百米,即见一座暗红墙壁的小庙,隐于大片低矮的杂树林。树林边是通向停久村的"丫"字形村道,在三岔路口,是昭利侯白沙老爷卢文台的墓地。墓园面积很小,铁制围栏锈迹斑斑,青石墓碑上的字迹甚是模糊,隐约可见"敕封昭利侯

卢公之墓"字样。坟前供着香炉，坟头上青草萋萋，草叶子垂下来覆盖住墓碑，像一个披头散发的怪客。它另外还有一个名字，叫"隐圣丘"，清道光四年，由琅岩徐清臣捐资修建。和墓园一路之隔的小庙，叫"祖塽殿"，是纪念卢文台的庙宇。拨开半人多高的荒草和榛莽往里走，赭红色的庙门上挂着铁将军。一个妇女拿着钥匙给我们开门，很难为情地告诉我们，门楣上的牌匾写错了，把"祖塽殿"写成"祖墩殿"。殿中有一股长久不通风的湿霉之气，供桌上积着厚厚的灰尘，地上遍布瓦砾，瓦砾中有一撮撮顶端开着整齐圆孔的小泥沙堆，开门的妇女说是白蚁穴："殿中的柱子都被这些白蚁蛀空了，不修的话，过几年就要塌下来了。"靠北侧一边供奉着昭利侯卢文台及他的两个副将，另一边是两个女身塑像，上写武威侯，不知是卢文台的什么人，是他的夫人吗？

据《白沙昭利庙志》记载，卢文台为汉代幽州范阳人，汉成帝末年为步兵校尉，后任辅国大将军，曾随刘秀征讨赤眉军有功。王莽篡权后，卢谢病，免归顺，建武三年（公元 27 年），带领部下三十六人归隐桃源，即今天的停久。在停久，他带领部下开垦田地，种植庄稼，沿白沙溪修筑三十六道堰坝，灌溉下游的万亩良田，使沿白沙溪两岸不再受水患，成为丰衣足食的富庶之地。当地乡民感其功德，沿溪建三十六座庙祭之，尊其为白沙大帝。卢文台是一个既能建功立业又懂得急流勇退的智者，东汉初年，刘秀的两个同学严子陵和龙邱苌分别隐于富春江和九峰山，卢文台选择隐居停久，是不是也受了他们的影响呢？而在白沙溪两岸，他的恩泽至今尚存，三十六道堰坝中，尚有十三道遗存。

白沙老爷的故事，正如白沙溪水一样，历经千年，始终在琅琊汤溪一带大地上流淌。经过后人的想象加工，又添上了许多神话色彩。在不同的版本中，白沙老爷成为驻守一方的神灵化身，有各种各样不凡的传奇。停久村中有一口椭圆形的井，叫金钗井，井壁青石历历可见，井水清澈历千年不枯，传说即是卢文台夫人用头上金钗挖掘而成。

"当年辅国有奇功，勇退归山作卧龙。不向生前承帝宠，却从殁后拜侯封。巍巍古相临清渚，寂寂遗踪对青峰。三十六湾溪堰水，至今利泽未曾穷。"这是汤溪第一任知县宋约对卢文台的评价，也是后人对白沙老爷的基本认同。

停久村。一株枯死的大樟树伸开两个光秃秃的大丫杈，孤独地立在田野中，像一个仰头叩问苍天的失意者。碧蓝的天空默不作声，几朵流云散淡地飘来飘去。大地在燥热中保持着一贯的沉默。远处，五指峰山峦起伏，或大或小的山峰像一个个面目模糊的巨人。西南有一形状奇特的山岩叫老虎岩，从高儒村望去，像一只趴着的猛虎，而从停久村的角度望去，猛虎已变成一块突兀的黑岩，高踞在村庄的上空。高儒和停久所处的山谷，周围山势并不险峻，然林木深秀，景色宜人，不时有大片的竹林从半山腰上延伸下来，一直探入溪流。谷地宽阔平坦似一方端秀的泥砚，多少代人在这里耕种劳作，在大地上书写不成文的历史。白沙溪涓涓泠泠，从山脚下蜿蜒而过，把河床中的石子洗得发亮——怪不得千年前的卢文台，会一眼看中这块地方，希望这里的山水能让他的身体和灵魂得到皈依。

八十一岁的童三奶老人是白沙老爷的积极守护者，多少年，她用自己有限的力量，积极维护修缮卢文台墓，宣传白沙老爷的事迹。而在村中，很多年青一代已经不知道自己的村子叫"停久"，而是简化成"亭久"或"丁久"。

姑蔑侧影
GUMIECEYING

双汇路

  在金华市区的地图上,"双"字开头的路很多,光我知道的就有双汇路、双馨路、双鹊路、双溪西路、双龙南街……

  双汇路位于东阳街与义乌街之间,一条小小的、窄窄的街道,前后二百余米。从北往南走,五百四十步,从南往北走,六百八十步。为什么从南往北走会多一些呢?因为进双汇路的车子,从北面义乌路拐进来的较多,人跟在车子后面,慢慢地挪,走的距离短。而从南往北走,就会遇到一长串迎面而来的车子,人就要不停地辗转腾挪,在会动的车子和不会动的车子间弯弯绕绕,距离就拉长了。正常情况下,双汇路靠西的一边,都停着大大小小的车子,较宽的一段,也只留下勉强两辆车能交会的通道。白天倒还畅通,到了傍晚,双汇路上人多车多,烤地瓜、烤玉米、秘制花甲、卖羊肉串的小摊贩又争先恐后地往路上挤,再碰上从南边东阳街拐进来的司机,双汇路变成肠梗阻,喇叭声响成一片,这是最考验司机的耐心和技术的时候。但经常进出双汇路的,往往就是住在附近的人,知道在这条路上,以5码的速度移动着是常态,所以心态平和,经常可以看到司机或行人充当临时交警,指挥别的司机倒车避让。

  每天早上,我要穿过双汇路,再穿过整个工商城去上班。双汇路是热闹而喧嚣的,夜宵小店炉火的余温还未散尽,早餐店的老板

第一辑　丘陵深处：渐行渐远的村庄

娘已经在门外支起了案板。昨夜醉酒的人趴在九德堂药店门口呕吐，呕吐物被一群野狗吃得精光。天亮了，醒来，摇摇晃晃起身，拐入城中村那些幽暗狭长的小巷。双汇路所在的对家畈，是一个城中村。一律五层高的楼房，连成一片，外墙五颜六色，内里款式和结构一模一样，都尽最大可能把房间做多做大。租住在此地的，大多是一些外来的打工者，四五百元、一室一厅的租金，总体上还能承受。早上，双汇路上行色匆匆、在油条店包子店吃早餐的基本上是此类人。还有一些是歌厅、酒吧、按摩店的女孩，她们的作息与平常人颠倒，白天几乎看不到踪影，到了傍晚，三三两两出动，踩着又圆又大的粗跟鞋，脸涂得白白的，十个手指涂上鲜红或蓝绿色的指甲油。男孩和女孩搂着腰，在街上晃荡。雨天的灯光被碾碎在斑驳的阴影里，亮汪汪的像涂了一层模糊的油脂。

　　短短的双汇路上，小饭店一家挨着一家，馄饨店、粥店、拉面馆、永康麦饼、兰溪鸡子饼、缙云烧饼……双汇路309号，小陈土菜馆。店主是一对外地小夫妻。黄昏时分，双汇路上车来人往，但小陈土菜馆里，却空无一人，穿黑色衣服的老板娘一个人坐在柜台里，望着门前一辆接一辆的汽车发呆。店里很少看见顾客，我每天下班都从店门前走过，只有两次看到过店内有零星几个客人。而距它相隔不足五十米的"小辣椒土菜馆"却坐满了人，店里坐不下，小圆桌就搬到外面吃，厨房里哧哧啦啦的煎炒烹炸，鼓风机呼呼呼的像使上了全力的老牛。这小陈土菜馆刚开张还不足两月，我估计它最多再撑个把月就该关门了。近四五年内，在同一个地方，我已见证了七八家小饭馆开张、关张，再开张、再关张。小陈土菜馆的前身，是千岛湖鱼馆、湘楚饭店，再之前是外婆家饭馆，我家厨房、阿郎土菜馆、江西饭店……坚持最长时间的，是湘楚饭店，前

后坚持了七八个月，然后是装修，几天后，又一家精致漂亮的小饭店开张，不过格局大多一样，只是餐桌、柜台、墙、地面风格颜色不同。开饭店的大多是两夫妻，同样年轻，相似的面孔，同样空荡荡的店堂，从希望到绝望……每次从店门前走过，总是有一丝丝莫名其妙的慌张，仿佛做了背信弃义的人，为如此不给面子的双汇路而羞愧。

　　双汇路上还有一个小得不能再小的菜市场，租着两间车库，菜摊就摆在楼前的过道里。一共有两个菜摊，一个是本地人，圆圆胖胖的中年妇女。另一个是安徽来的一家三口。本地妇女的菜摊干净，所有蔬菜都收拾得整整齐齐，但品种稍少一些。安徽女人的菜摊大一点儿，地上和摊子上都乱七八糟地堆着菜，本来还有一个卖肉的、一个卖豆制品的、一个卖鱼的小摊，后来全被安徽女人兼并了。这安徽女人能说会道，手脚特别麻利，气量也很大，有时没零钱相差个一两毛，她就会挥挥手："算了，别掏了。"临到傍晚，放不太牢的蔬菜，她也会主动降价。最重要的一点，她比较信任别人，自己管蔬菜摊带收钱，儿子老公管肉摊、豆腐摊、鱼摊，有时顾客太多忙不过来，她就让顾客自己称自己算账。有一次，我下班后去买土豆，因天黑，看不大清楚，随便拿了几个，她称重的时候发现有一个长芽了，就挑出来说："这个不太好，你去换一个。"又有一次，我骑着自行车去买菜，买完后忘了自行车，走路回去了，到家烧了饭洗了碗，出门散步时，才发现自行车没骑回来，心想自行车是放在菜摊旁的路边的，十有八九是没了。怀着一线希望赶到菜摊，一家三口正在收摊，男主人看见我就说："哎呀，你怎么到现在才来，我都帮你看了好一会儿了，再不来，我正想着先拖到仓库里去呢！"

第一辑　丘陵深处：渐行渐远的村庄

我因为下班迟，从办公室走到双汇路，天差不多黑了，隆冬季节，更是黑得彻底，寒冷的空气让人们不由自主地裹紧大衣。冷冷清清的菜场，没几个顾客。北风呜呜地刮着，弄堂风吹过来，带走人身上仅有的一丝丝热气。菜摊上，三盏晕黄的灯不停地晃动。两个老板娘都不停地跺脚、搓手，把头尽可能地缩到毛茸茸的围脖中。有一年到了腊月二十九，大部分小店都关门回去过年了，安徽女人的菜摊还摆着，我问她："怎么还不回去呢？"她说，三个人一来一回的，要好多火车票钱，算了，不回去了，反正一家人在一起，哪里过年都一样。安徽女人的儿子，十六七岁的样子，大冷天也只穿一件衬衫和短外套，爱把"妈"叫成"麻"，已经能很利索地剖鱼割肉了。

双汇路1号，原先是一家希望超市，后来改成了网吧。临街的一面墙全改成玻璃。网吧装修高档，有宽大的小包间、舒适柔软的沙发和超宽屏幕电脑，从街上走过，每每可以很清晰地看到里面正在玩游戏的少年，以及屏幕上眼花缭乱的声光电组合画面。再往前的店面，原是一家理发店，关了一阵子门，再开张时，已变成一家粥馃铺，专卖兰溪鸡子馃、荞麦馃、包菜馃等馃饼，兼小馄饨、号称金华比萨的土馒头夹扣肉，各种粥和小菜，鸡子馃是兰溪有名的特色小吃，许多人都会做，但做好很难。这里的鸡子馃，皮薄如纸，用油煎得酥脆，初时膨胀得像个气球，用筷子戳一下，气就瘪了，咬一口，嫩黄的鸡蛋和翠绿的韭菜淌着亮晶晶的油脂，乖巧地躺在焦黄的面皮中。这家店里的价格还算公道，馃饼六元一个，粥三元，小菜由顾客自己装：大碟六元、小碟四元。我和老伊去吃时，往往先研究怎样尽可能地多装菜——把花生米、虾米、咸菜类放在下面，土豆丝、蒜苗放中间，青菜油泡放在最上面——把碟子

装得像戴了一顶超高帽，还要筷子一路护送，在老板娘惊异的目光中理直气壮地端过去。有一次我发觉很多人都在看我们，就对老伊说，下回别这样了。老伊说，没事，规则允许的嘛，没看见这么多人都爱上这儿来吗，这就是老板的高明之处。

双汇路75号屋檐拐角处，有一个修锁、修雨伞、配钥匙的破破烂烂的小摊，老板姓金，江西人，一张黑灰色的看不出特点的脸。我陪母亲到他那里配钥匙，他看了半晌，老老实实地说："你这个钥匙很难配，不过我可以试试，不行你再拿回来。"他又捏又摸又挫，弄了很久，总算配出两把钥匙，收了三十块钱。我妈说，我家离这里六十里路，如果不能用怎么办？他说，你可以把钥匙寄回来，我认得自己配的钥匙。当晚，我妈给我打电话，说新配的钥匙开不了门，要退。过了一个多月，我终于有机会回老家，拿到那两把钥匙。此后，我便忘了此事，那两把钥匙也不知所踪。又过了两个多月，路过那家修锁摊，抱着试试看的心情，跟金师傅说了此事。他初时还显得云里雾里，一会儿，想起来了，恍然大悟地说："是了，是你，我记得的。"二话不说退给我三十块钱。这位大叔的记性和人品还真不是一般的好，我不得不佩服，可惜他依然给不了我很深的印象，一个淹没在人群中默默无闻的人。

嘈杂热闹的双汇路，市井百态的双汇路，"下里巴人"的双汇路，经济实惠的双汇路，从白天到黑夜，随生活的波浪涌动。

汤塔公路

最近看时尚达人的照片，喜欢拍公路照的颇多：一望无际的翠绿色的大草原，中间一条白色或灰色的公路，弯弯曲曲延伸到天际，两三个色彩艳丽的少年，或坐或站，或背影或侧面，在公路上摆出各种造型。有时候又是江南的公路，一排排整齐的黄色的水杉，金黄的油画一样的银杏，蜿蜒着没入丛林中的公路，故意低着头的女孩子。有时候这公路在海边，一面是嶙峋的峭壁，一面是广阔的蓝色海洋，画中人的长裙被风吹得飘起……

这些都是极美的照片。平整宽阔的公路，白色或黑灰色的公路，柔顺地铺展在大地上的公路，无论在什么背景下，都会给人带来无限的想象。诗人们会想：这路来自何方，又通向哪里？江一郎有一首诗《午夜的乡村公路》：

> 在午夜，乡村公路异常清冷
> 月亮的光在砂粒上滚动
> 偶尔一辆夜行货车
> 不出声地掠过
> 速度惊起草丛萤火
> 像流星，掉进更深的夜色

姑蔑侧影
GUMIECEYING

在柏油路或水泥路盛行以前，乡间几乎所有的公路都是砂石路。我读初中时，330 国道也是砂石路，站在马路边上，有车过了，就白了头发，白了眉毛，身上的衣服，不管原先是什么颜色，都变成灰白。好在那时车并不多，路上最多的是走路或骑自行车的人。公交车偶尔有几趟，车窗里，密密匝匝挤满了脑袋。公交车喘着粗气，大声地呻吟着，叹着气，裹在一团浓雾般的灰尘中，摇摇晃晃往前走。

从汤溪到塔石，初时也是这样一条简易的砂石公路，路上来往的车辆，最常见的是拖拉机。路中间是两道灰白色的车辙印，砂石被挤到中间，偶有对向而来的两辆车交会，轮胎便扎到中间的砂石上，引起一番咔咔咔的响声。从汤溪到厚大一段，虽是砂石路面，但因土地是黄泥壤，黏性强，路面倒比较平整干净。骑自行车的少年，即使双手脱了车把，也照样能把车子骑得飞快。过了厚大，公路开始不断上坡、下坡、左弯、右拐，路面也变得狭窄，有时要转一个三百来度的大弯，有时又会一头钻入密林，在安门岭处，吭哧吭哧爬上一道一百多米的陡坡，转瞬便面临着一大"S"形的长下坡，以及坡底矮矮趴伏着的小村庄。

我对汤塔公路最初的印象，来自小时候每年到岭上村拜年。从塔石到汤溪的公交车很少，过年时候又很挤，从塔石出来，一路上不断"收容"孤零零立在路边的搭车客，到岭上时，往往连车门都没法开了，后上车的人，像一张灰扑扑的纸一样贴在前面人的背上。父亲决定带我们走路回家——他每次都是这样决定的。

初春的暖阳，把一路跟随着的小溪照得清清亮亮的，我们并不惧怕走路，甚至还有些欣喜。一路蹦跳着，用小石子在河里打水漂

070

儿。掐路边的紫云英,做成花眼镜架在鼻梁上,从紫云英的花中努力睁着眼睛看路。边走边把姨娘给我们准备的零食吃掉:油炸番薯片、糖果、甘蔗、花生……

在安门岭,所有的车子都深吸一口气,开始爬坡了。拖拉机扭动着,嗒嗒嗒叫得分外响亮,这时候,是乡村少年们最好的爬车时机。即使是不太灵活的孩子,也能抓住车后挡板,一只脚先钩住,一用力,整个人滚进车厢。骑自行车的路人,也乘机抓住车沿,让拖拉机带着自己前进,省去了爬坡的痛苦。

二十世纪九十年代初,汤塔公路变成水泥路面,我在这条路上的往返,因为一个人,渐渐多起来,当然,这仅仅限于汤溪到九峰农中一段。汤溪到九峰农中,很近,只有五里路,年轻时的我,全身每一个细胞都充满着飞扬的活力,喜欢将车子骑得飞快,喜欢踩一会儿就"倒脚",五里路,似乎没开始使力就到了。公路窄窄的,路两边的水杉、樟树、无患子、楝树,渐渐地越长越高,在路上骑车,几乎全程都能躲在树荫中。那时候,我有一辆24寸的女式飞花牌自行车,下了班,就骑着车子到农中去,那里有一个人在等我,我和他一起吃食堂的饭,偶尔到小店里吃一顿炒粉干喝啤酒就算奢侈了。夏天到学校西边的水库里游泳,那时我身材还很好,有凝白的肌肤和紧致玲珑的曲线,喜欢穿翠绿色的泳衣,从水中婷婷而起,感觉自己就像一张初生的荷叶。

那时我的先生还在农中,教的是动物养殖,养珍珠鸡、荷兰鼠、养鹌鹑,却喜欢写诗,与我也有点儿"臭味相投"的意思。农中四周,是一大片田野,附近没有任何的商店或公园,最近的贞姑山村,也隔着一两里路。吃过晚饭,只能沿着汤塔公路散步。夜晚,公路上的人更少了,偶尔才见一两个骑车的人,在黑暗中急匆

匆前行,似乎后面有一个恐怖的东西在追赶。青桐树躯干笔直,在公路上投下线条刚峻的倒影。在这样阒无人声的公路上,无论怎样的悄悄话,都可以放心地说,放心地笑,不怕被旁人听了去。他告诉我他养了一条乌梢蛇,就养在宿舍的花盆里,上面又倒覆了一个花盆,嘱咐我不要去揭那个花盆,我又生气又害怕,怪他为什么不早说。冬天的时候,乌梢蛇在花盆里冬眠,春天来了,那乌梢蛇顶开花盆,弄破纱窗逃走了。他告诉我牛有四个胃。我说:"知道牛有四个胃的人很多,会写诗的人也很多,会写诗又知道牛有四个胃的人,古往今来估计也没几个,李白这么大的诗人,也不知道牛有四个胃,你比李白还厉害。"他呵呵地笑,夸自己:"是啊,很牛吧。"

离农中不远的山背上,是一片坟地,种着稀稀落落的松树,山风吹来,发出阵阵低吟,有时又似乎是妇人的尖啸。他说,白天的时候,他会去坟地里转,看看是否能捡到露出地面的骷髅头。因为同校有一个范老师,就捡到过一个,洗干净了,拿到教室当教具,他曾借用过,用完后未归还,便放在房间里,夜里熄了灯,他和桌上的骷髅头两两相对,这种场面不禁使人毛骨悚然,而他居然能酣然入睡。但那时年轻,竟不觉得恶心,只有对标新立异者的新奇。

在汤塔公路上,萤火虫是非常多的,在林间、在空中、在草叶子上,不紧不慢地亮着小灯。我已经大了,再也不会玩捉萤火虫的游戏,然而看到这些闪闪的小生灵,依然感到没来由的欣喜,仿佛夜晚是那么好,在月光下静立的一切都特别地美。

第一辑　丘陵深处：渐行渐远的村庄

塔石夜色

　　夜色中的塔石，无边的寂静笼罩着群山。三岔街口，靠外边的木牌上写着"枫溪街"，靠内的木牌上写着"桃源街"。两个妇女站在街口杂货店的门口吃瓜子，用高嗓门说着话，在空寂的夜色里，生硬的汤溪方言如一把锤子敲击着夜金属的薄片。枫溪街是一条沿河的公路，干旱多日，水流并不大，河床上到处是高低不平的沙堆和小块岩石。水冷冷地响着，如一群女孩子在夜色中小声聊天，中间也夹杂着一些高亢的嗓音。水从岩石上跌落下来，跳着脚嚷嚷着离去。

　　我们在一处亮着昏黄灯光的小饭馆里吃饭，点了四个菜：野生小溪鱼、白辣椒炒豆干、青椒油渣、清炒土豆丝，杨荻想吃炒螺蛳，无。隔壁还有一桌山里汉子，四个人，杯盘狼藉，一个圆胖的敞着油腻衬衣的老头儿正在讲他年轻时候的事："……我从井上下来，背着一捆棍子柴，那时没有公路，只有一条很小的山路，我一转身，柴磕到岩石上，往前一拥，人差点儿从山上滚下来……"老伊开车不喝酒，我和杨荻一人一两藤梨酒。酒虽少，喝完之后，仍然有微微的醺意。信步走进夜色中的老街，即桃源街，街上阒寂无人，两边矮矮的房子大多关着门，一家剃头店还亮着灯，灯下缓缓移动着两三个人的身影。卖日用品的小店里，货物高高地堆在柜台

上，一个消瘦的中年男人坐在柜台里玩手机。我记得同学锦红家就在离桃源街不远的一幢两层楼中，沿着一条窄窄的小弄堂走过去，前面的黑砖瓦房像一个兀立不动的巨兽。刚从税校毕业那年，冬天，和四五个同学一起到锦红家玩，房间不够，只能男一间女一间，但大家都没睡，捧着热水袋打红五打到天亮。五点多钟时，终于忍不住，哈欠连天地趴在桌子上睡觉。后来锦红家全家搬到金华，听说把老家的房子也卖了。望着那一片黑魆魆的没有人声也没有一星灯火的地方，想着锦红她们回来，不知会有什么感慨，但现在她已漂洋过海，连中国也很少回来了。

　　溯溪南行，我们要去的地方叫大坑口，过塔石一两百米就到了，是一个畲族村落，村中有一户叫雷军，开着一民宿叫"山哈人家"。寂静的大山里没有狗叫，没有人声，偶尔一辆打着雪亮灯光的夜行车从墨色中蹿出来，仓皇得像在逃避身后的追捕者。几分钟后，见路旁立一大石，车灯照耀下，"大坑口"三个红色大字赫然石上。右转，过桥，不久即看见山脚下一个黑乎乎的小村，走近了，却是白墙黑瓦。小溪边一廊亭，寥落的几盏红色灯笼在风中晃动，像恐怖片中的镜头。

　　接待我们的是雷军的"叔"，雷军不在，他母亲也不在。叔带我们去看三楼的房间，很小，也干净，但有几只讨厌的臭虫，叔说山里就是这样，秋虫子，快死了，赶也赶不走。一男三女在一楼搓麻将，聊了一会儿，得知那男的就是雷剑英、雷剑锋的父亲，说起儿子女儿，他的脸上全是笑，因为跟他的子女都熟，所以雷父格外热情，邀请我们白天到他家里去坐。雷军的母亲给外面办喜事的人家洗碗端菜打下手，要喜宴散了才能回来。我们三人搬了凳子，泡了茶，在三楼走廊上聊天，夜晚颇凉，穿了外套，露在外面的脚冰冰的。向西望去，连绵的大山像一幅朦胧的水墨画，离得近的能看清黑乎乎的树影和毛竹，离得远的则连成一条灰带子，慢慢地融入到远方晦暗的云影中去了。四野的虫声连成一片，叽叽咕咕的，初时以为是蟋蟀，再听却不像，杨荻说，陆蠡的母亲曾说过，蟋蟀一般过白露就死了，不知是不是真的。

早上六点，在鸡鸣声中醒来，洗漱完后走出门，才看清这是一个非常宁静安详的小村子，村中只有二三十户人家，一条小溪穿村而过，房子刷了白漆，画着充满乡土气息的墙画。雷军家是村中最气派的房子，墙上有关于畲族"蓝、盘、钟、雷"的一些传说故事。现村中住着的雷姓占了多数，小部分姓蓝，姓钟的主要住在鸽坞塔村，而盘姓在汤溪一带却很少听说。顺着狭窄的乡间公路往山里走，路两边都是湿漉漉的灌木和茅草，淡紫色的小雏菊仰着可怜巴巴的小脸，像一个挂着泪珠的婴儿。个子高挑的芒秆在一丛杂草中"鹤立鸡群"，被微风吹动，像舞动的白衬衣。路边的小山涧中，溪水清冽，在乱石中宛转流动。水落石出，青绿色和黑色的圆石卧在涧底。公路尽头，溪涧边一个小小的村落，叫蒙坑口，是大坑口的自然村。蒙坑口所处的山谷，比大坑口看起来要宽阔些，村口像瓶子的圆肚，包围着一片菜地，菜地里大多种着红薯、辣椒、豆子和小白菜。村口有大片茂密的青冈栎、苦槠树、樟树，老树粗壮高大，像母鸡一样张着翅，遮盖着树下一团低低的土房子。从村子中穿过，只见到四个人：两个六十多岁的老头儿，一个七十多岁的奶奶、一个在厨房里忙碌的妇女。溯溪而上不远，有一落差极小的瀑布，瀑下水潭却不小，一圈巨石相围，潭水幽深，如暗绿色的凝膏般晃动，乡人曰"龙潭"，但似乎所有的瀑布下都有一个"龙潭"，此"龙潭"与彼"龙潭"也无多大差别。从"龙潭"再往

上，沿山而上的石板路有一处塌方，路基半悬在山腰，十分危险，已不能走人。再往里不多远，原先还有一个几户人家的小村，现在已全部搬迁，里面没人住了。

往回走时，碰到那个七十多的老奶奶，她用渔网在溪涧里围了一小段，说是用来养鸭的。"鸭子满溪坑乱跑，我没脚力，赶不着它们了。"她说。不过昨天乡政府已来人通知，不准在溪里养鸭，她明天就得把网撤去。老人有老伴，一子两女，儿子在金华，有一个小孙女。女儿都嫁到山外去了，但时常回来，帮着洗衣洗被。"你别看我脸上红通通的，其实肚子里都是毛病。"她显然很想跟人说一说她的病，但我们除了泛泛的安慰，实在说不出其他什么。

回到雷军家，雷军母亲已经烧好了红薯稀饭，配菜是酸脆可口的山里腌菜：腌小黄瓜、腌辣椒、腌豇豆，咸鸭蛋，小笋。红薯是红心的，很甜，但杨荻不爱吃，只盛了半碗，老伊却吃了两碗。雷军母亲六十来岁，剪着短发，看上去精神气很好，她说民宿生意还不错，国庆节期间二楼都住满了，之前有一对老人，在这儿住了十多天，但房子当初设计不合理，房间太小，长住的客人不多。我们问大坑口村的人会不会说畲语，她说年纪大点儿的村民都会，而且平时他们相互之间都说畲语，但下一辈就不大会了，她们这村是附近所有的畲族村寨唯一用畲语交流的。她用畲语说了一句"我喜欢吃红薯粥"，听着与汤溪话差别很大。村上有一八十多岁老人，叫雷发根，曹志耘教授在做方言调查时，他曾担任方言发音人。正说着，一个老头儿从门前走过，她指着他说："就是这个。"雷军母亲是在嫁入大坑口后学的畲语，她娘家在汤塘村，姓金，我同学金立顺是其娘家侄子。哎，汤溪真是太小了。

雷军家的民宿一个标间一百块钱，我递给她钱的时候，她在围裙上搓着手,显得很不好意思。我们走时,她一直送到村口桥边,像一个真正的老姑妈一样挥着手,说"再来玩"。彼时,若隐若现的晨雾已缓缓散去,灰白色的村庄中仅有的一个醒目的人影,也慢慢地在后视镜中消失不见。

陶家站

高铁时代,从金华到杭州只需三十五分钟,接到杭州朋友电话,约在某饭店吃饭,杭州人还在路上七拐八弯,这边金华人已坐在餐桌边了。三十年前去湖州上学,路上需要折腾两天:第一天,从家中坐汽车到金华,在金华住一晚。第二天一大早,坐火车到杭州,路上需五个小时,下午再坐一辆更慢的火车去湖州,需三个半小时,到学校时,晚饭都赶不上了。从杭州到湖州,路上要经过十来个像糖葫芦一样的小站:艮山门、杭州北、武康、德清、妙西……旧时的火车,对住在铁路附近的农村居民来说,类似于今天的公交车:方便、隔不多远就有一个站,车票也比汽车票便宜。

浙赣铁路沿线,每隔二十来里,往往就有一个小站:简陋的站台,几排破旧的长椅子,一个嘴里叼着哨子的穿蓝制服的工作人员。火车站只有一个售票窗口,买了票,就可以进入用铁栏杆围着的站台。远远地,看着火车咣当咣当地爬过来,工作人员便吹着哨子,像赶鸡鹅一样赶着靠近铁轨的人群。火车喘着粗气,冒着白烟,仿佛无限疲惫,终于哧的一声泄了气,停在站台前。候车的人群,都是挎着篮子、挑着箩筐、拎着蛇皮袋的乡下人。下车的人要先下,上车的却迫不及待地往前挤,吵吵哄哄、闹闹嚷嚷。一般情况下,火车总要停五六分钟,下车的人已走到街上,消失在三三两两的人流中。这样的小站，街上走动的人并不多，路边茶馆里倒是坐着几拨熟客，有一搭无一搭地闲聊着，有时也来点儿"小意思"，几个老头儿打"油胡"，赌注是五个或十个酥饼。

从金华到汤溪，三十公里的路，共有四个站：白龙桥、古方、蒋堂、莲湖。过了莲湖站，就到了龙游的湖镇。莲湖是罗埠镇辖下的一个乡镇，由于建了火车站，就有了一定的客流，村中也有一条像模像样的街。街上建了邮局、信用社、派出所、乡政府、供销社的门市部等。但周围十里八村的人称莲湖车站并不叫"莲湖站"，而直接叫"陶家站"，简称"站"，盖此村原名就叫"陶家"之故。

对于童年的我来说，"站"是一个很神秘很遥远的地方。除了过年走亲戚，我的活动范围，仅仅是西章这一块巴掌大的地方。听说"站"里有火车，我想象不出火车是个什么样子。我的同伴们也没见过火车，他们就发挥天马行空的想象，说火车"长着两只长脚，一步跨过去就到汤溪了"，也有的说火车"有一百辆拖拉机连起来那样长"。村里也有人见过、乘过火车的，但他形容不出，只是"很长很长""像牛一样叫得很响"。

小学二年级时，我终于有了一次看火车的机会。学校组织春游，内容就是到站里去看火车。

从村里到站里，有十里路左右，从田里小路走到东祝，再从齿轮厂边上绕过去走到站里。孩子们因为兴奋，并不觉得累，到陶家站时，还有多余的精力蹦蹦跳跳。彼时站里横跨浙赣铁路的公铁立交桥还未建成，站在山下周村高高的坎上望去，两条闪亮的铁轨像两条乌黑的大蟒蛇一样伸向远方，一截一截的枕木，仿佛是蛇身上的肋骨……在山下周与陶家站之间，有一个无人值守的道口，有火

姑蔑侧影
GUMIECEYING

车时，道口的红灯便会亮起，车站里也会响起急促的当当当的警告声。不多时，远处的高空中传来一声厉叫，众人吓得落荒而逃。老师说，别怕别怕，是火车要过来了，大家仔细瞧着。话音未落，一个全身乌黑的大家伙喷着巨大的白烟，风驰电掣般地冲过来。越到近处，那家伙越疯狂，像一匹神志不清的恶魔。快近站时，又是呜的一声长长的尖叫，伴随着车轮碾过铁轨的轰隆声，震得脚下的大地都在抖动。不一会儿，火车已拖着长长的尾巴跑远了，而我的旁边，几个胆小的女同学已脸色发白，神情呆滞，完全没有从恐惧中回过神来。

以后又有几次机会去莲湖，却并不是看火车，而是为了看病。与莲湖挨着有一个小村叫山下龚——村里有一个世代相传的土医生（不记得姓什么了），治疗疮疥癣之类的皮肤病是本地最好的，其他小毛小病的也一看便好。我那时经常生一种叫"鳅肚"的毛病，就是手指头的中间一截莫名其妙地肿起来，发白发亮，像泥鳅圆圆的肚子，里面明显有脓，而且像鸡啄一样日夜地痛。医生矮矮胖胖的，四五十岁的年纪，笑眯眯地执着我的手指头看，东问西问转移我的注意力，一个不备，已极快地在我的手指上划开了一道口子，脓水和血水混合着流下来。原来他的手中已不知何时握了一个极小极薄的刀片。切开伤口后，我还在委屈他的欺骗，他已快速地清洗、上药，此时即使还痛着，也只能忍一忍了。此医生医术好，药到病除，治疗手段却有点儿与众不同。记得我妈有一次脚趾生了一个东西，医生看了，心里知道是要拔掉整个指甲的，但也不跟她说明，也不打麻药，只叫她把脚伸过去，用消毒药水涂涂，我妈心里正纳闷着呢，医生手起钳落，已把她的指甲连根拔掉了，我妈痛得差点儿昏过去。这种治疗方法放在现在是不可想象的，现在的医

080

生，事先都要和病人协商：我准备怎么治，用什么药，你同意不同意，你有什么建议，等等，仿佛病人也是半个医生。好固然好，医生责任也小，但病人干涉太多，医生往往缩手缩脚，不能决断。

莲湖隶属罗埠，受罗埠人爱泡茶馆的影响，莲湖尽管小，但也有好几家茶馆。我公公生前隔三岔五就要去茶馆里坐一坐，早上起来，他说"去站里"，便是泡茶馆去了。莲湖站小，茶客也少，不外乎相邻几个村子的村民，相互之间就算叫不出名字，也大多都是熟识的。简易的木桌木凳，最便宜的老茶梗，用旧了的粗瓷茶杯，一壶滚烫的开水，两个酥饼，或者茶馆对面买一副烧饼油条，讲讲村坊琐事，看街道上偶尔走过的熟悉或陌生的行人，能磨蹭一个上午。

现在的莲湖站，当然不会再有一列客运火车停下来，但货车还是有的，所以车站并没有全部废弃，还有几名工作人员。高速时代的子弹头列车，从小站前呼啸而过，旅客甚至没来得及看清地名，破旧、简陋的站台已被远远地抛在身后。

小红楼

从汤中毕业的学生们，都有一种很浓烈的汤中情怀，常想回母校看看，行程安排的第一天，也大多会旧地重游一回。但近些年，汤中大兴土木，老校园弃之不用，新校园越变越漂亮，然而，走在焕然一新的校园里，我基本已找不着北了。特别是当年老汤中的标志性建筑——小红楼，早已片瓦无存，汤中既熟悉又陌生。站在老校园枝繁叶茂的樱花树下，面前是一座高大方正的灰色建筑，严肃、冷静，而我的眼中，却不可抑制地浮现出小红楼古朴俏丽的身影。

小红楼是我私人给予它的称呼，实际上它有一个非常时代感的名字，叫跃进楼，是一幢教室兼女生宿舍。一楼做教学楼，二楼做全校女生宿舍。一楼有八个教室，西边四个，东边四个，中间是一条过道。楼上的八间大教室当集体宿舍。我在汤中六年，共住过两个宿舍：最西头的201和西面靠中间的206。

小红楼有最典型的民国建筑风格，整体是中式的，古朴方正，但细微之处却隐藏着若有若无的西洋建筑特点。灰砖裸露着，因年深日久，砖面渗透出暗红。过道中的拱门，是西洋式的弧形拱门。二楼的窗户上方，有三角形的雨檐。多年后我到海宁硖石镇徐志摩家中，竟又似闻到了红楼的建筑气息。又一日，与伊有喜、高老师到金华民国时期遗留下来的一所学校——原浙江省立实验农业学校参观，那是金华目前保存最为完整的民国建筑群，八十多年过去，学校已破败不堪，只有一幢办公楼和一幢教学楼相对完好，那幢教学楼，与汤中的红楼十分相像。

红楼六年，彼时最快乐的事，是在暖暖的秋阳里，倚着木质栏杆，在满院子桂花浓郁的甜香味中，看楼下一群一群朝气蓬勃的少年走过。男孩子们衣着简陋，身上却总有着挥霍不完的力气，每走几步便跳一跳。女孩子穿着式样简朴的棉布衣裙，"娉娉婷婷二月初"，如刚刚发芽的柳枝。彼时的课业还相对轻松，学生玩的时间还是很多的，每周都有音乐课、美术课、体育课，还有一周两节的劳动课。所谓劳动课，除了打扫卫生，便是到学校操场后面的田地里干活儿：割麦、割稻、种菜、种树。学校给每个班都分了一块田，自己田里的麦子稻子自己种自己割。班里的同学大多是农家孩子，这些活儿是不在话下的，往往没动几下，活儿就干完了。精力没处撒，就在田里追打疯玩，翻跟斗，有时免不了磕磕碰碰，晚上，就拐着一条腿去自修。

暗红色的木栏杆让红楼显得温暖。但红楼的暖还不止这些，整个二楼的地板包括楼梯，全部是木质的，在一楼的天花板和二楼的木地板中间，还有着十多厘米的空隙，因此，人在二楼走动，脚底下是软的，陈年的木地板发出咯吱咯吱的声音，脚步重一点儿的，是"踏踏踏"的声音，伴随着木地板一阵剧烈的抖动，所以无论怎样武气的小姑娘，都不太好意思粗手大脚地走路，而是尽量把脚步放得轻一点儿、文雅一点儿。我的一位初中同学是一个颇像日本女孩的漂亮姑娘，初二时，她拥着一双粉红色的塑料凉鞋，平时舍不得穿，怕踩到地面上走，把跟磨了，只在宿舍里，踩着木地板才

穿,还要穿上"卡必龙"的尼龙袜。天气稍稍一热,她便穿上尼龙袜和凉鞋,倚着栏杆坐在走廊里看书。她的书看得心不在焉——半天不翻一页,却被楼下走来走去的男孩子们看了个饱。卞之琳有诗云:"你站在桥上看风景,看风景人在楼上看你。明月装饰了你的窗子,你装饰了别人的梦。"假如卞之琳在此时看到她,说不定就会这样写:"你站在楼上看风景,看风景人在楼下看你。"

红楼原先设计时可能并不预备做宿舍用,因此整幢楼没有厕所,要如厕,必须到往东五十米外的公共厕所去。女生胆子小,晚上上厕所必要结伴去。但也有很不幸拉不到伴的时候,比如说冬天的晚上,外面寒风凛冽,高大的杉树、樟树在黑暗中像个沉默寡言的黑巨人,白天看着枝繁叶茂的花园,此时格外阴郁,仿佛是所有鬼怪和黑暗动物的藏身之所。如果不是实在憋不住,谁也不愿从热被窝里爬出来。但被尿憋急了,躺在床上辗转反侧是挨不到天亮的,只能起来,硬着头皮开门,此时最希望的是恰好能听到别的寝室里也有踢踢踏踏的脚步声。这个胆战心惊的独行者为了惊醒一切可能存在的同伴,在走廊里走过时,脚步总是重起重落,下楼梯时弄出一连串巨大的响声。但即便如此也只能引来几句迷迷糊糊的咕哝:"谁呀?这么吵!"年轻人的睡眠实在太深。所以女孩子们平时往往有两三个关系特别好的,走路、吃饭、逛街、跑步都腻在一块,脾气对路只是其中一个原因,晚上还有相互陪着上厕所的使命。

学校的教导主任宋老师是一个穿着中山装、戴着厚眼镜、成天板着脸的威严中年人,他似乎从来没有笑过,古铜色的脸上有着刀刻般的纵纹,叫人一看便想到"下马威"这几个字。宋老师很忙,要管的事太多,这些顽皮的猴子般的乡下孩子总爱和他玩猫捉老鼠的游戏：提早起床、熄灯后讲话、该睡时不睡打着手电看武侠小说、爬墙外出、睡懒觉不去上课、打架，等等。熄灯后，学校值日老师是要查寝的，其他老师来，女孩子一点儿不怕，因为脚步声从上楼梯伊始便听到了，正在开"卧谈会"的立即鸦雀无声，偶有还在讲话的人，值日老师也只是敲敲房门，说一声"别讲话，睡觉了！"但宋老师就不一样，他总是出其不意、无声无息地出现在寝室门口，他的脚步声很轻，轻到听不见。里面的"卧谈会"开得热火朝天，他在外面一声不吭，直到大致听出讲话者的具体位置，才重重地把门一拍："哪几个人讲话的，明天到我办公室来一趟！"早上还未到起床时间，有些人就叮叮当当地洗脸刷牙，她们的脸盆牙杯，也被影子一样无声无息飘然而至的宋老师没收，早操结束后全校训话，宋老师便把收缴来的脸盆、毛巾、牙杯放到主席台上，让主人们一个个上台去领。

红楼的前面，有一长溜报刊长廊，学校每天都会把新报纸贴在玻璃橱窗里，吃饭的时候，很多男同学就捧着饭盒一边吃饭一边看报纸。高年级的男同学个子高，容易占据有利地形，小个子的初中女生就会被夹在一堆饭盒里，眼前是密不透风的人墙，耳边是吧唧吧唧的咀嚼声，所以女生们要看报纸，得等男同学看完后再看。但有一种报纸每天都会登一个章节的连载长篇小说，有时是武侠，武侠更完了登间谍小说，一部接一部，非常吸引人，那个角落一到自由活动时间，就里三层外三层围满了人，像我这样芦苇秆一样的小女生，只有等午睡或早上起床没人时才能抢到有利地形。好在红楼离报刊廊近，倒可以占得先机。我读书的兴趣爱好，大概就是在那儿争分夺秒地看连载小说培养的。那些年看过的连载小说，大致记得的只有《一双绣花鞋》《狄公案》《沉重的翅膀》《冰川天女

传》等等。

  红楼的前面，种着两棵枝繁叶茂的含笑，初夏时节，鹅黄中带着绿色的花骨朵一个一个打开，空气中涌动着浓郁的苹果香味。那些脸上还带着细小绒毛的少男少女，像一群群新哺出的乳燕，在红楼上飞，在红楼上栖息。如今，红楼不再，乳燕也一只只成了斑白头发的老鸦，唯有校园里琅琅的书声，穿过时光幽深的隧道，还时不时地在耳边回响。

第一辑　丘陵深处：渐行渐远的村庄

下社坞

我在一个冬日晴朗的午后走进下社坞村。

站在公路边高高的岩坎往下望，根本看不到这个村子，茂密的竹林和回转的山势挡住了它，我的眼前只有密密匝匝的树林和从树缝中望见的连绵无尽的群山。年少时到上范拜年，路过此地，母亲总是指着这个山谷说，这是下社坞，和枫坞里一样，都是上范村的自然村。但其实我什么都看不见，下社坞在我的印象中，是一个形而上的村庄，没有房子，没有田地，只是一个下陷的被丛林遮蔽着的模糊山谷。山谷中生活的人呢，凭想象也能勾画出一个轮廓：个子矮小、瘦、沉默寡言，常穿着老式对襟衫，吸水烟筒，解放鞋，腰里时常别着柴刀。这是我外公留在我脑中的记忆，也是大多数一辈子生活在山里的老年人的标准形象。

从公路右边狭窄的水泥路往下行二百多米，穿过一片竹林，才看得到山谷里黄泥房子的一角屋檐。愈往前走，谷地愈开阔，地势也愈低。及至谷底，高低错落分布在山谷中的三十来幢黄泥房子豁然眼前。最低处，一条小溪曲曲折折地从山崖中蛇行而来。溪中多巨石，石块边缘锋利如刀，溪岸边，一蓬蓬巨大的茅草从灌木丛探身出来，遮住溪岸，使小溪看起来更狭窄。溪水不大，泠泠响着，不紧不慢地绕过一块块挡路的石块，在通往对岸的石桥处纵身跳下

悬崖。过石桥，谷地渐渐升高，一幢幢疏疏落落的黄泥房子蹲踞于蜿蜒而上的小路两侧，低矮、斑驳的泥墙，在阳光中泛着温暖的橘黄色，像蹲伏在灶下映着火光的母亲。

　　村子真的很小，但很美。阳光从四面汇集，掉光了叶子的栎树在空中随意伸展枝杈，竹林在半山腰上堆砌出一团一团的绿云。房前屋后的菜地里，墨绿色的油冬菜肥硕可爱，萝卜站得高高的，露出一截雪白的肚皮。山谷寂静，小土路伸向一处处低矮的木门，从溪中搬上来供人乘凉的大石块随意放在门前，除了空中四处乱拉的电线，看不到一点儿现代的印迹，像明朝或清朝，村庄刚刚从别处迁来。四野无人。不，不能说无人，在村子中间一座泥屋前，一对老夫妻在阳光中一动不动地坐着，长久地，比一座雕塑更有耐性。戴着棉帽、穿着厚厚花棉袄的老奶奶被阳光照得面皮呈酱红色，整个人像一床晒得蓬松的老棉被。老爷爷的眼睛看不见了，深陷的眼窝里没有一丝光亮。他很瘦，如枯竹般的身体上裹着一层一层的衣服，猛一看去，似乎只剩下长长短短深浅不一的毛线衣、羽绒衣、大帽子。老人很健谈，说他曾经当过兵，有两个儿子，说起邻近村庄一个我认识的女人，他还害羞似的脸红了，忸怩着说，那个女人，他当兵刚回来时曾经有人帮他说合过，不过他没看上，"她不好看，癞头的"。癞头的女人已死去多年，坟头上的草都已扎根到棺材里去了吧。老奶奶话很少，偶尔"嗯嗯"两声，两眼始终望着从竹林中伸出来的小路，说今天是休息天，两个儿子可能会回家来。

　　老人姓林，下社坞村所有人都姓林。他说今年住在村里的人比去年还多了几个，去年全村只有五个人，今年有十来个。前面高高山崖上那户人家，也是一对老夫妻，九十来岁，去年还住在金华儿子家，今年身体不行了，就回来住，儿子女儿轮流服侍。左侧一家是一个九十多岁的爷爷，从八月里就说快不行了，要死在家里，也是四个儿女轮流看守。还有住在溪边的一户人家，男人去年在帮人造房时被一堵倒下来的废墙压断了腿，在家休养，她的媳妇也辞了工作在家，带一个四五岁的男孩子。男孩子上头还有一个患痴呆症的姐姐，十多岁了，人事不知，连吃饭穿衣都不会，每日嘻嘻傻笑。

正说着，远远望见停车的空地上，一个拄着双拐的女人倚着山石，一大一小两个孩子绕着车子转，我生怕孩子剐花车漆，赶紧往下走。两个孩子都穿着臃肿且脏兮兮的棉袄，脸上黑一块红一块，焦黄的头发蓬乱着。女孩明显有异，龇着牙，嘴里发出"吱吱吱"的声音，两只手不停地做着同一个动作，看到陌生人，就怪叫着上前乱扯衣服，一双手像捏过乌炭一样黑。拄双拐的女人说，这是她的孙女，是个可怜的孩子，刚生出来就是脑瘫，也不会说话。女孩听到奶奶叫她，呆了一呆，眼珠子转一转，翻翻眼白，又继续"吱吱吱"地玩。小男孩手里拿着根树枝东拨拨西拨拨。我直觉不妙，赶紧检查车子，果然发现一条细细的划痕，虽不十分明显，但很长，从车尾一直延伸到前车门。我心中懊恼无比，声音不由大了："小朋友，是不是你剐的？不能剐车子的知道不知道！"小男孩呆愣愣地看着，嘴一瘪，像要哭起来。不远处一个穿紧身牛仔裤红毛衣的女人飞快地跑过来，一把抄起孩子，问道："怎么了？"我指给她看刮痕，年轻女人一边说"对不起"，一边教训孩子。

"怎么办呢？"女人说。

还能怎么办！这样的山村，这样的家和孩子。

女人还很年轻,个子小巧,皮肤黝黑圆润,像水貂皮一样闪着亮光。这是整个下午我见到的唯一一个年轻人,她让这个寂静、荒凉、像尘封在洞穴中的村子有了别样的生机和活力。

第一辑　丘陵深处：渐行渐远的村庄

晒谷场

　　晒谷场，各村各队都有，有的大些有的小些，大的比一个足球场还要大，小的也有一亩地光景。因为晒谷场是集体劳动年代的产物，一个生产队或几个生产队的谷物，需要这么大的场地晾晒。夏季早稻收割后，新打下的散发着青草味的谷子，用独轮车一车车推来，倒在早已摊开的地簟里。地簟是竹编的晾晒工具，样子像一张篾席，只是长和宽差不多是竹席的四五倍，用的竹篾也更粗、更结实，还有两头的竹骨，整张地簟卷起来差不多有三四十斤。专管晒谷子的粮食保管员和妇女们，用有着粗孔的谷筛，先筛一遍，把碎草和稻叶去掉，然后晾在地簟里。夏天热浪滚滚的太阳底下，晒谷场上一张张地簟摊着，满目是金黄色的谷子，散发着粮食独有的香甜味儿，农民们用谷耧一遍遍翻晒，汗水淋淋的皱纹里漾着收获的喜悦。

　　冬天，晒谷场则用来晒番薯干、萝卜干、八月米、霉干菜、淀粉、年糕、酒药饼等等。我说的这些，现在的"80"后，也许有些人还见过，"90"后就很难说了。现在的人用不到晒谷场的原因，一是现在即使是农民，也很少种稻子，全承包给人种菜、种花、养猪、养鱼，自己到城里打工，就算还种着的，也大多只种单季稻，不会去种双季稻，夏天用不着晒谷子了。二是现在农村实行康庄工

程，水泥路村村通，农民们打下谷子，大多愿意就近晾晒在公路上，晚上扫作一堆，白天再摊开来晒，谁还愿意用那个死沉死沉的地簟呢！

白天，晒谷场静悄悄的，太阳用它的热量收走了谷子身上潮潮的水汽，金黄的谷粒变小、变脆、变白，放在嘴里一咬，咔嘣一声，崩出一粒白米，表明谷子晒干了，好归仓了。下午太阳还未落山，晒谷场上就忙碌起来，到处是老人小孩和妇女的叫喊声、嬉闹声、畚谷子的唰唰声。壮劳力们尚在田里劳动，家里的老人小孩就派上用场。收完谷子，还得把地簟卷起来。这是一项技术活，需要较大的手劲儿和技巧，才能把地簟卷得又正又实，不然就变成一个大炮筒，又粗又松，背进背出都不方便。也有开头就卷斜了的，到后面就斜得不成样子，绳子都没法绑上去。大家的动作都很快，因为要赶在太阳落山、夜晚地气还没上来之前，把谷子收回家，不然可要返潮了。谷子收完后，晒谷场上空空荡荡的，泥地上还保留着早上潮湿的印子，一方方地簟的痕迹格外清晰。空旷的晒谷场，便是孩子们的乐园，他们哇哇叫着互相追逐、玩打仗游戏，用一只脚玩"对对碰"，玩滚铁环。场面大，不会东撞西撞，摔倒了也不疼，因为是泥地，又没有石头瓦片。还有一种用废自行车零件加一块木板做成的二轮车，有点儿像现在的滑板，人坐在木板上，从高处冲下来，越冲越快、越冲越快，一个跟头就翻到树底下去了。

日落西山，又圆又大的月亮爬上来，家家户户升起了炊烟。孩子们被各家的母亲唤回去吃饭了。然而过不了一会儿，晒谷场上又欢腾起来，原来外地的马戏团来了，锣鼓镗鞳地敲着，号召人们到晒谷场上去。孩子们的小屁股便像长了刺，怎么也坐不住了。坐在上首的父亲威严的目光扫过来，无声地命令说："吃饭！"小孩子只好一声不吭，把头埋在碗里。然而大人们还是颇通情理的，吃完了饭，即开恩道："去看吧！"孩子一溜烟儿去了。大人们也踱着步，剔着牙，慢吞吞地朝晒谷场走去，他们有经验，马戏不会这么早就开始，他们一定会等到人最多了才开始。

晒谷场中央，用红绳子围成了圈。穿着红袄红裤的十来岁的男孩女孩在互相打闹。几个大人在敲锣，整理用具。马戏开始了，男孩女孩表演刀枪棍棒，和大人对打，大人表演硬气功，和电影中的街头表演差不多。观众正看得起劲，身后有人拽衣服，一把把手打开，道："干吗！烦什么烦！"又拽，回头一看，原来是马戏班的人托着盘子讨钱。从袋里掏出几个硬币扔在盘子里，也有无赖的人抽身就走，讨钱的人并不追，也不抱怨，他们是真正的"讨生活"。马戏团表演的节目一般比较简单，我看过最复杂的一个是走钢丝。一根钢丝吊在两棵树之间，比人的头顶还高，一个穿绿衫袖软底鞋的小女孩拿着竹竿在上面摇摇晃晃地走，险象环生，弄得大爷大妈们一阵阵惊叫，在下面保护她的师父也紧张得出了一脸汗。

那时每个公社都有专门的电影队，在各村巡回放电影，有条件的村子放在祠堂里，没祠堂的也大多放在晒谷场。电影是早就预约好的，消息前一天已发布出去了，这一天的谷子收得格外早，太阳刚刚落山，晒谷场上就搭起了银幕，各家的四尺凳按先来后到一排排地摆着。家里有半大孩子的肯定比较积极，摆得早，位置就比较正中，家里没孩子的忙于干活儿，等收工回来去放凳子时，早没有好位置了。天刚黑下来，电影就开始了，《渡江侦察记》《永不消逝的电波》《一江春水向东流》《地雷战》《地道战》《平原枪声》等，差不多每个村子都是这些电影，看得有些人连台词都会背了。后来也放一些戏曲，《红楼梦》《碧玉簪》《珍珠塔》等，问

题是不管什么电影，看的人尽管很熟，照样看得津津有味。然而在看电影的人群里，也有怀着各样心思的人。中年人一边在看电影，一边还要时不时回头找找自己的孩子。老年人看得最专心，但他们往往等不到结尾就要回去睡觉了。年轻的小伙子们最不愿意坐在那儿看，即使有位置空着，也不坐。他们主要的目的和乐趣是相姑娘，成群结伴地找陌生女孩聊天开玩笑。有借此机会认识并谈上恋爱的青年男女，也有本来就已暗生情愫的借此机会亲近亲近。年轻的待嫁的女孩们也不愿意坐在位置上，她们喜欢挽着手站在边上，眼睛看着银幕，用眼角的余光观察走来走去或大着胆子来搭讪的少年。也有喜欢安静的人，特立独行地坐到银幕的反面，于是就只能看到人物反着手写字，反着腿走路，树木街道以及屋里的摆设，都反着，特别滑稽。

八十年代初，经常有不知从什么地方来的部队到村中驻扎。部队人数不多，通常是一个连，分住到各户人家。吃和训练则在晒谷场上。炊事员在晒谷场低洼处支起两口大锅，生产队的队屋里支着长长的案板，一堆一堆的大白菜，大块大块的肉，放在锅里哧啦啦地炒，香味儿整个村子都能闻到。不烧饭的人，则在晒谷场上训练，走正步、齐步跑、喊口令，排长扎着武装带，威风凛凛的样子，"一二一"的口令喊成"幺儿幺"，整村的孩子都远远地蹲在晒谷场边上张望，学排长"幺儿幺"。

我家的房子还算宽敞，但因为有天井，比较冷，所以只住了四个人，都在堂屋中央打地铺。一个是江苏兵，又高又瘦，不爱说话。一个是上海兵，皮肤很白，看什么都不顺眼，脾气很坏，牢骚满腹，遇见石头小树什么的都要踢一脚。一个不知是河南还是山西的黑脸大汉，明显是个农民出身，膀大腰圆，肯下力气，我家有什么重活儿都会抢去干，但普通话说得一点儿都听不懂。还有一个小个子，忘了是哪里人，又瘦又小，一脸娃娃相，看上去才十五六岁，非常爱笑，又叽叽呱呱特别爱说话，很讨人喜欢。他经常黏着我奶奶，奶奶前奶奶后，又特别勤劳，抢着扫地，抢着挑水。我家的水桶是杉木做的，又大又重，一双空桶都有二十多斤，装满水，怕有一百来斤。这小个子兵抢了水桶去挑水，走在路上，人和桶一样高，碰到高坎，水桶就磕在地上。挑了大半桶水回来，踉踉跄跄，脸憋得青紫，水倒有一半洒在地上，我妈连忙把他的担子接过来，叫他下回别挑了，他下回不敢用大水桶了，弄了两个小水桶去挑。

晒谷场本来是村里人公用的地方，不属于任何人，当年村里每年都有专人维护，除草、平整。这几年，田地都被种粮大户包去，谷子用机器烘干，没人到晒谷场晒东西了，晒谷场渐渐杂草丛生，变成一块荒地。后来，有户儿子多又没地的人家第一个在上面造了房子，造好之后，虽然非议很多，但别人也不能拿他怎样。见没人管，很快，晒谷场就被各家瓜分一空，一幢幢红砖的房子竖得密密麻麻，原先的队屋像一个干瘪的老太太一样，挤在一片新房的阴影里，不仔细找，恐怕都找不到了。

祝村

祝村是众多星散于南山褶皱的小山村中的一个。不大的村庄，从村头走到村尾，大约只需七八分钟。从汤溪到莘畈，祝村是必经之地，它踞守于莘畈溪与小源溪的交叉口，凡进山的人，不管到哪条源垄，都要先到祝村，然后向左转，是小源，向前走，是莘畈，过了莘畈水库，是学岭头、和尚廖、井下、井上，翻过山去，到塔石、到遂昌、到龙游……祝村是一个流动的村子，原先叫赵家沟，在更上游一点儿，后来移下来，变成祝村。村民们也来自四面八方，姓着各自不同的姓氏，年深日久，相融相合，在年青一代人的眼里，它就是家乡，是独特的祝村。

我老家在莘畈，原是乡政府所在地，一九七一年造水库，莘畈村整体搬迁，乡政府就搬到下游的祝村。

现在人说起莘畈来，指的就是祝村，以前可不是的。莘畈号称"小兰溪"，是山货集中交易的中转站，每天客来商往，祝村虽也不错，但远没有莘畈热闹、人口多。我父亲每次听到别人把莘畈跟祝村混同，就非常恼火，说："莘畈是莘畈，祝村是祝村，差别大着呢！"

但他不得不承认的一点是：祝村的灰汁糕确实比莘畈的好吃。

汤溪七月半有吃糕的风俗，我小时候吃的米糕，都是极简型的：把粳米浸泡后磨成米粉水，混入红糖或白糖，有赤豆的人家加上赤豆，用蒸笼蒸熟，切成菱形，这便是汤溪人所谓的"端午的粽，七月半的糕"。但祝村人做的灰汁糕就不一样了，虽看着相似，实际却大有不同，两者最大的区别是，做灰汁糕所用的米必须用早稻灰汁水浸泡，蒸的时候必须一层层分开上米浆。大部分灰汁糕有六七层，我见过最多的是我堂舅母做的十三层糕，她也是祝村人。

灰汁糕分层说着容易，操作起来却难，主要是加层的时间难把握，这主要靠经验，要经过很多次尝试，但即使是老手，也有把握不准的时候，所以做灰汁糕很费工夫。堂舅母说，她早上从五点多开始，忙到十点多，才蒸好了两笼糕，孩子们回来，你一块我一块，邻居长辈各送一点儿，一会儿就没了。现在这种费时费力一不小心还做糟了的灰汁糕不大有人愿做了，全去镇上买着吃。镇上做灰汁糕的人是用机器做的，控制好时间火候，不会做坏，产量巨大，一天能做几十笼，但少了那些繁复的手工和神圣的仪式感，灰汁糕似乎也不太香甜了。

祝村地处南山峡谷，南山是括苍山余脉，其地形、地貌、气候、特产，与福建北部地区多有相似。闽北一带产茶，福鼎的白茶非常出名。汤溪的塔石垄、莘畈垄，也种植了大片的茶叶，却没有叫得响的自有品牌，所产茶叶大多做成绿茶，笼统地称之为"龙井"，小部分做成白茶、红茶。九峰山附近，漫山遍野都是茶园，汤溪中老年妇女们的收入，一半来源于采茶，新茶采摘时节，一个熟练的采茶女，一天可以挣二三百元，少的也可挣一百来块。摘下的茶叶，除做成龙井绿茶外，有很多被外地客商直接收购。也有与众不同做白茶的，比如祝村的刘银根，他给自己的白茶取了一个

好听的名字，叫"狮岩白茶"。这"狮岩白茶"，并不是刘银根杜撰，汤溪县志上有记载："狮子岩，石塘东北。形如狮踞，上有石洞，如狮张口，相传古有寺，今产白茶……龙湫上之甜茶，最称珍异。"

这个"狮子岩"，指的是塔石垄石塘村的狮子岩。据村人们说，原先狮子岩下有一古寺，寺旁有泉，泉边长着两棵高大的老茶树，用此树茶叶制成白茶，芳香清冽，二十多年前，此树被人挖走，不知去向。祝村却也有一个狮子岩，扭头张口，鬃毛披拂，蹲伏于村后，与西面虎岩遥遥相对，像两尊威严的守护神。狮子岩下，刘银根种植了大约三百亩茶园，他制作的白茶，常年供不应求，茶叶制成后马上有人上门收购，我们到他家喝茶，他给我们泡的是绿茶，问白茶呢，他说没有了，全卖光了，一两都没给自己留。特别是今年，茶叶是小年，产量不高，好的茶叶更是抢手。

白茶是一种特殊的微发酵的茶，茶叶摘下后，用竹匾摊开，不揉不炒不杀青，让它的水分自然蒸发，茶叶在竹匾里慢慢萎凋，当达到一定的干湿程度时，再用文火慢慢烘干。白茶工艺虽简单，但最简单的工艺往往最能考验制茶师傅的手艺，既要保持酶的活性，让成茶汤鲜味醇，又要保持茶叶外形漂亮，满身银毫，如披霜雪。白茶可以散装，也可以制成便于保存的茶饼，如制作茶饼还需要进行蒸压。

白茶除具有饮用价值外，还具有药用价值，俗话说："一年茶、三年药、五年宝。"存放五年左右，就可称为老白茶，老白茶是最珍贵的茶叶品种之一，性寒凉，功同犀角，存放时间越久，其香气越淡，杏黄色的茶汤变红，滋味变得更醇和，其药用价值也越高。

刘银根制作的白茶品种除了白牡丹,还有贡眉、寿眉。现在山上的茶叶已经老了,做不成啥好的茶,只能做一些粗茶。他从皮卡车车斗里拎下两大蛇皮袋茶叶,"天气热,捂久了就不对了",我和老伊帮着他拿竹匾,一个匾里摊上薄薄的一层,所有匾都放入一个高大的二十多层的晒架。屋子里一到四层,全是他的制茶车间,四楼的平台上,也是一长溜的晒架。

刘银根的制茶手艺,完全是自学成才。刚开始,是到西坞口看人家做茶,看多了,觉得也不难,一季茶下来,挣的钱抵得上别人辛苦一年。对于挣钱的行当,他向来抱有极大热情,比如年轻时卖棒冰、开代销社、卖梨膏糖……他脑子聪明,看着看着就学会了,不久就自己承包茶山开始做茶,一边做一边琢磨,现在,除了黑茶,其他茶他都会做。

汤溪老话说:"茶叶工夫块。"意思是说,种茶做茶,是最费工夫的,一年三百六十天,总有干不完的活儿,他五十九了,仍然要每天五点起床,早早上山,茶园要打理,摘茶叶的妇女们也要管好,现在找个摘茶妇女真不容易,农村里人越来越少,全搬到镇上或城里住,愿意来山上摘茶的,年龄大的八十多岁,年轻的也五十多岁了。

夏天过后,茶叶算是稍稍可以告一段落,但此时,在南山腹地孕育的另一种天精地华又开始成熟,进入采挖期,那就是黄精。

黄精,形似姜,一支独立的茎秆上互生着若干狭长翠绿的叶子,叶子底下挂着一排可爱的小铃铛。五六月份,铃铛打开,跳出一朵朵白玉兰般的花来,一簇一簇垂在枝条下。地底下,黄精的根又往前伸展了一节,并在关节处结了个疤,作为年龄的小小记号。黄精在地底下,以当年的块茎为中心向四周蔓延,一年一节,不腐

不烂。

　　黄精长在深山的泉水边或岩坎下较为湿润的地方，对空气质量和气温有一定要求。南山林密山高，空气清新凉爽，且到处是泉水，很适合黄精生长。土质肥沃之地长出来的黄精，形似一盘大姜。新鲜黄精有一点点甜，但麻麻的，有点儿涩，不好吃，放在日头下晒得半干，用蒸笼蒸熟，再晒，再蒸，再晒，反复九次，叫"九蒸九晒"，经日头与火的反复蒸烤，它变得乌黑，跟番薯干一样透出晶莹的玉质，那股涩味儿就没了，只剩下淡淡的甜味，嚼在嘴里筋道十足。祝村塔石一带的百姓，荒年里没有吃的，就到山上挖黄精，当菜炒着吃，饥荒年头也可以救命，蒸晒过后，是小孩子们绝好的零食。

　　"我小时候，每家每户的竹匾里都晒着'九蒸头'，跟番薯干一样，都是稀松平常的货，也不觉得是什么好东西。"塔石余仓村的一个人对我说，"大人们到山上干活儿，经常能挖到一大盘，那种小水坑边杂木不太茂密的地方特别多。"在汤溪土话里，黄精叫"九蒸头"。

　　黄精性平质润，能滋阴润肺，益脾补肾，强筋健体，提高肌体活力，特别是对肺、脾、肾三个器官的保健作用非常明显，还可以用于治疗糖尿病。

　　杜甫曾有诗云："扫除白发黄精在，君看他年冰雪容。"如今这诗就挂在刘银根家的客厅墙上。

　　唐代韦应物也曾吃过黄精："灵药出西山，服食采其根。九蒸换凡骨，经著上世言。候火起中夜，馨香满南轩。斋居感众灵，药术启妙门。"唐代的人，已经知道用"九蒸"的方法吃黄精了。

　　虽然南山到处是宝，但朴实的汤溪人并没有想到用它去赚钱，只当它是一种常见的药材或野草。老刘做黄精生意，是从代人收购黄精开始。二十多年前，安徽九华山有人叫他代收黄精，每收一斤给五毛钱报酬，那时山里黄精还是比较多的，遂昌人、龙游人、汤溪本地人，黄精源源不断送到他家里，二十来年时间，他总共收购了二百多吨！

黄精到了九华山后，被贴上商标，做上漂亮的包装，以高价卖给外地游客。黄精这么好，这么赚钱，为什么一定要让外地人来做呢？老刘是个头脑灵活的人，不甘心永远做"中间人"，他开始自己收购制作自己卖，还给自家产的黄精申请了一个注册商标，叫"仙余粮"，同时叫老婆学做黄精酒，夫妻俩忙不过来时，就请几个帮工。因为只有夫妻俩在做，大部分的精力还要管茶叶，"仙余粮"黄精的产量并不高，但因为是纯野生黄精，吃过的人都说功效很好，每年都有一批固定客户上门来买，所以他的黄精每年都不够卖，黄精酒也不够卖，有时他自己想喝一点儿，翻遍了整个屋子，一坛都不剩。

刘银根说，这几年挖的人多，野生黄精越来越少，前几年还能收到十来年的黄精，这几年马掌大的都已经算不错了。塔石垄里，已经有人种植了大面积的黄精，他自己也种了三十多亩，黄精要五年才能开挖，再过几年，大概只能吃到种植的黄精了。

姑蔑侧影
GUMIECEYING

月牙湾

这真的是一个巨大的月牙儿!

这个巨大的月牙儿是活的。它静静地躺在簇拥的青山的怀抱里,在两岸袅袅的青烟里,在大地湿润润的眼眸里,在四声杜鹃高一声低一声的"种田真苦""种田真苦"的叫唤里。五月的江南,正值梅雨季节,天气潮湿闷热,浓浓的水汽沾在身上,像裹着一层湿答答的尼龙布。站在江边,带着凉意的江风缓缓地从江面上吹过来,拂过面颊,拂过枫杨树成串的小翅果,岸上的人裙带飘飞,那一层一层包裹着的密不透风的尼龙布,瞬间仿佛脱落了,被柔柔的风吹远,无影无踪,整个人立刻轻松起来,心情也跟着愉悦起来。

爬上望江亭,大地的月牙儿一览无余展现在眼前。刚刚下过雨,江水并不很清澈,但仍然碧绿可爱,从东面的拦水坝中哗哗冲下来,翻腾着白色的浪花,千万只小脚从鹅卵石上踩过,像一队队急行的小学生,喘着气,又互相争吵打闹着。在寿溪村,奔流的河水忽然遇到了一座大山,逼得河流不得不转了一个九十度的大弯,吵吵嚷嚷的河水安静下来,沉默着,紧紧地挨挤着,一漾一漾,变成深不见底的旋涡,变成十来米的深潭。沉默的河水不停地冲击着河岸,妄图摆脱这牢笼般的桎梏,但石砌的坚固的堤岸伸长手臂,牢牢地看管着它们,无可奈何的河水在寿溪村边流连辗转,冲击一番后，掉转头向东北方向而去。至此，江水已在大地上挖了一个大大的"U"形深坑，寿溪村就在"U"形坑的底部外层。长年累月受水的冲击，让靠近寿溪村一边的河面开阔、水流平缓，似一枚闪着光亮的弧度饱满的月牙，并且还是上弦月。

月牙湾是武义江的一小段，以江为界，西边寿溪村属婺城区，躺在月牙儿怀抱里的，则属于金东区。隔江望去，荆棘丛生、林木茂密处立着几幢房子，有破砖烂瓦的土墙，也有焕然一新的小楼，问过当地人，说是一个叫什么坑的村子，查过地图，标注上为"龙角"，暗想，"龙角"恐怕更贴切些，那被河水切出的深深的"U"形大地，像极了一只孤零零的龙角。寿溪村与对面金东的村子，初时不通陆路，村人来往，要划船摆渡，后国湖水电站建成，从电站大坝上可以通行。寿溪人与对面村子里的人隔溪相望，但多数时候无来往，武义江发大水时，最先倒霉的肯定是寿溪村，因它处于"U"形坑外缘。暴躁的江水如脱缰野马似的冲下来，漫过堤坝，淹没村庄，江边的人家，水往往要满到半层楼，因怕水患，寿溪村有很多老房子都是用石头砌成的，这些石砌的老房子小部分还在。老房子墙上，依稀还有水浸的痕迹。村中石板路的老街也在，但已没了来往的商贾、挑夫，也没有了在江上讨生活的渔人。老街寂静，如一本陈旧的古书，长久没有人翻阅，只偶尔有好奇的游客，在深巷中踽踽游动。

靠近"U"形深坑顶部，则是一个叫"孔坑"的村子。开着车子过大坝，进入孔坑，这是一个狭长的村子，沿山势蜿蜒而列。再往里走，到达靠近"U"形底部，则是寿溪对岸那个叫什么坑的小村，只有几户人家，开着门的只有三户，一个老男人坐在门口，几只羽毛鲜亮的阉鸡走来走去。一只狗都没有，村子静得不能再静

了。棕榈树长得比房子还高。杂草丛中，几株益母草开着淡紫色的小花。从一条小路往下走，就到了月牙湾的溪滩边，从这儿看，武义江就是一枚上弦月，如弯弯的眉。江水清浅，岸边被冲刷出一小块沙滩，铺满了各式各样的鹅卵石，被江水洗得格外洁净。鹅卵石上，布满了无数灰白色的螺蛳壳，曾经的那些软体动物，它们去了哪里？远望对岸，刚刚还驻足的岸边，已变得十分邈远，几个头戴笠帽的钓鱼人，则变成砂粒般的一点。

第一辑　丘陵深处：渐行渐远的村庄

井上村

村庄取名，叫山塬沟谷的多，叫江河湖海的也多，叫"井"的却不多。大凡叫某某井的，村庄大多有一口古井，村以井名，井为村志。金华老城区有一地叫"莲花井"，因其有一口古井就叫莲花，孤零零矗立于市中心车水马龙的道路中央。而井上这个地名，却来得奇怪，走遍村庄，未见一口古井，倒是穿村小溪，流水潺潺，随便掬一把，入口甘凉，夏天走路渴了，便是上好的饮品。

相对于山下的村庄，井上村可谓"云中村落"。但走在村中，并没有处于山顶的感觉，四周高高低低的山峰围成一块平阔的盆地，村中屋舍俨然，整齐干净的石子路通向一座座深巷中的老屋。村庄四周土地平整，一畦畦绿色菜地与成片的水稻像一波波碧浪，以村子为中心向四周漾开。

与井上相对应的，还有一个井下，井上和井下，相距十多里，一个在高高的山顶，一个在山下平缓的河谷。

从井下村往上，过东坑，窄窄的山村公路开始像蛇一样昂起头来，盘旋着，在大山深处蜿蜒游动，越爬越高，渐渐地，山脚的村庄看不见了，眼前只有茫茫一片高高低低的山峰，竟然不知此时已在群峰的山腰处。

快到村口时，道路变得平缓，视野开阔，白墙黑瓦的小村就在

眼前。从井下村一路跟上来的小溪，此时仿佛一个甩不掉的调皮孩子，在脚旁得意地大声喧哗。我们此行的目的是探寻位于井上村外小溪中的"龙井"。据说井上井下之名，皆由此而得，龙井共有三个井，其中第二井和第三井都在悬崖峭壁，不熟悉路的人根本下不去，能去的只有第一个井。

沿着小溪一路往下，杂草和灌木越来越茂密，原本清晰的小路不知从何时起不知去向，渐渐地，只剩到处缠手绊脚的藤蔓荆棘，裤管上和衣服上，黑褐色两头尖尖的鬼针草已粘满全身，像在乞求我们把它带出去。抬头看，来时的公路悬挂在头顶上方。密密匝匝的树林挡住了视线，只听见汽车爬坡时低沉的马达声。

在杂草和树林中磕磕绊绊走了大约半小时，有人说，看，下面就是龙井。顺着手指看下去，原本潺潺流动的水流骤然间跌进一个深潭，潭水深不可测，如鬼魅一般睁着绿幽幽的眼睛。跌落下来的溪流仿佛在大声哭泣，不甘心地撕扯着崖壁上的一丛丛茅草。深潭中，冷气一股一股往上冒，后背上湿淋淋的汗雾时变成冷汗，在炎热的太阳底下似乎要打寒战。

同行的俞跃是个摄影师，抱着沉重的相机，趴在岩石上，拍飞溅下来的水流，拍山崖上的一朵小花。

溪水一入潭中，便随着水势慢慢回旋。喜静的，在潭中留下来；喜动的，寻找石头的缝隙，推推揉揉地往前走。深潭仿佛是一个火车站，每分钟都有大拨大拨的人来，又有大拨大拨的人走，候车室里永远有耸动的人头。

这是第一口龙井，再往下，还有两口龙井，不过已经完全没法走了——要走，只能带上柴刀，最好还要有一个当地的向导。

在深潭边突出的大石上坐着休息，看头顶的日头，已渐渐分离成一束一束的阳光，打在身上，并不觉得热。水从高高的崖上摔下，水沫四溅，毛茸茸的细雨丝轻飘飘地落下来，沾在人的头发上。水在乱石丛中回旋一阵，又跌落到一个覆满藤蔓的悬崖，从看不见的低处，传来龙吟一般的呜咽声，下面的想必就是第二井和第三井了。

从龙井回来，路过一所废弃的房子，部分屋顶已经塌了，乌黑的烂屋瓦和梁椽横七竖八地倒在地上，堂屋中是缺胳膊少腿的桌子凳子。我怀着好奇心走进去，忽然身上一阵阴冷，全身汗毛倒竖，连忙退出来，一颗心只吓得扑通扑通乱跳。奇怪，除了一堆破烂，我什么都没看到，只是心慌得很，在大太阳下晒了好一会儿，才慢慢回过神来。

虽然之前我从未去过井上村，但与该村的渊源却是颇深的。我初中的同桌便是井上村人。他是一个极瘦的、脾气有点儿倔的男孩。初一时，我与他坐在教室最后一排，老师在上面上课，我们在下面竖着书本吵架。课桌上，一条触目惊心的"三八线"像一条敌对国家的边境线，每天被重兵把守。现在，和他说起这事，只有笑的分儿，如今的他在一家医院做着救死扶伤的工作，是一个颇受当地民众喜爱的医生，这笑眯眯的有点儿腼腆的李医生，怎么看都不像当初那个前世仇人似的同桌了。

另一个给我印象颇深的井上村人，是我父亲的朋友，姓廖。廖叔比我父亲小七八岁，初见时还是一个二十出头的小伙子。他与我父亲很合得来，只要出山，就会到我家来，与父亲你一杯我一杯地喝自酿的米酒，直到酩酊大醉，倒在床上不省人事。廖叔有点儿口吃，讲话又慢，一句话哎哎哎半天，急也得把人急死，不过与舌笨口拙的父亲，倒是天生一对。通常是廖叔磕磕巴巴地讲，父亲竖着

耳朵听。年轻时的廖叔健康英俊，有一双细长的、闪动着黑色星光的杏核眼，脸上长满青春痘——他很喜欢小孩子，一见面就拿他长着痘痘的脸去蹭孩子的嫩脸蛋。

廖叔来的日子，是我们姐弟几人开心的节日，他总是会给我们带来一点点小礼物——一把糖、一小袋地瓜干、糕饼，甚至会给我们买来当时还属于奢侈品的水果。但这些都是次要的，最主要的，是他还会讲许许多多的鬼故事。因为口吃，廖叔讲故事的音调就拉得特别长，一句话也讲得断断续续的，特别有恐怖效果。村上的几个小孩也凑过来，在黑暗中围成一圈，听他讲故事，讲着讲着，越来越害怕，全靠到他身边去了，讲完了，不敢独自回家，还要我父母一个一个地送回去。

后来分了田单干，地里的活儿忙起来，父亲不再去山里，廖叔来我家的次数也少了，逢年节才会来一两次。我们以为廖叔会和普通人一样，很快地结婚、生孩子，但是，几年过去，廖叔却始终没有结婚。如今，父亲已经过世，可爱又有趣的廖叔，现在过得可好？

第一辑　丘陵深处：渐行渐远的村庄

汇潭甘蔗林

当我们按导航的指示，沿一条乡间公路越走越深，走到一个叫"汇潭村"的地方时，并没有意识到自己已置身于一片甘蔗林的汪洋大海中。我们被路边一家连着一家的榨糖厂所吸引，被空气中到处流动着的甜香熏得浑身绵软，仿佛喝醉了酒一般。"甜"这种味道，到底是一种什么样的体验呢？特别是当"甜"味并没有接触味蕾，而是直冲入鼻翼，随着呼吸进入肺腑，在胸腔里百转千回，继而以一种铺天盖地的气势无所不在地包裹着你的时候。反正我是没有能力抵挡这种令人温暖、幸福的气息的。

榨糖厂大多建在路边，矮矮的两三间小平房，呈凹字形或"L"字形，最边上的一间是压榨甘蔗汁处，屋内到处是被榨干了水分的甘蔗渣子，白白的，如用了多年的破棉絮般。一台压榨机，张着肮脏的铁口，旁边是堆成小山似的糖蔗，有的还带着甘蔗衣，表皮也脏污不堪，一个口鼻都遮得严严实实的妇女，不断地把糖蔗一根一根往它嘴里塞。压榨机咯咯吱吱地响着，似乎在费力地咀嚼、绞动，继而吐出一口口白色残渣。相隔不远处，是糖水的出口，被榨出来的蔗汁呈油绿色，泛着绿色泡沫，还混着许多渣子，像池塘角落里多年不流动的死水。暗绿污浊的汁水经一条管道流到过滤池进行过滤，澄清后，进入安装在地上的一排大锅熬煮。三个

工人手持一根长柄大勺，不断地在各口锅中搅动，锅里冒出腾腾的热气，整间房子都是甜腻的味道。大锅有八九口，第一口里面是满满的甘蔗汁，到第二口，体量变小，泡沫被撇掉一部分，汁水稍稍浓稠，第三口、第四口，依次下来，到最后一口时，甘蔗汁已变成暗红色黏糊糊的糖浆。把糖浆舀到一只长方形的木框内，轻轻晃动，让它自然流动铺匀，加入一定的凝固剂和膨松剂，晾凉后，糖浆凝固，就变成一块一块的红糖。

榨糖厂最主要的经营品种除红糖外，还卖各种各样用红糖加工的食品：红糖麻花、红糖酥饼、红糖芝麻片、红糖米花、红糖花生……红糖麻花是近几年颇为流行的一种休闲零食，在小麻花外面裹上一层薄薄的红糖浆，外面油光发亮，吃进嘴里有麻花的酥香，又有红糖的甜香。早几年，裹糖的技术不到位，麻花外面的糖粘得厚薄不匀，厚的地方满嘴红糖，甜得牙酸，没粘到糖的地方又不见一丝甜味。近几年，裹糖技术越来越好，那层薄薄的糖衣又匀又细，似有若无，糖厂既省了成本，吃的人也不觉得太甜。

榨糖厂外，戴笠帽的蔗农用电动三轮车拉来一车一车的甘蔗，每家榨糖厂外都有一个大大的一人多高的甘蔗堆，几个小孩子在甘蔗堆上跳来跳去，一只土狗也爬上去，四面望望，无边无际的甘蔗林遮住了它远望的视线。一个个子矮小的老农张着只剩几颗牙的嘴呵呵地笑，他的手里拄着的并不是拐杖而是一根粗壮的甘蔗。

以汇潭村为中心，兰溪女埠镇方圆数里的村庄，家家户户都种甘蔗，田野里除了偶尔几丘番薯，偶尔出现的毛豆，其余全是甘蔗。金秋时节，甘蔗已进入成熟收割期，明晃晃的阳光打在甘蔗林中，远远望去，像一片硕大的绿毡子铺在广袤的大地上。几个小小的村落，在绿毡子中起伏，像春天禾稻吐穗时绿油油的田野。微风吹来,甘蔗林飒飒作响,似有千军万马埋伏在林中。或红或绿的甘蔗林从屋角、从农户的院子、越过公路、越过溪流、越过田埂小道,一直延向远方,起初是零零星星的,但很快,它的羽翼越展越宽,身体越来越壮硕,最终像一只绿色的鸟,要带动整个田野飞起来。

汇潭的甘蔗按大类分不外乎两种:糖蔗和果蔗。但细分,又有好几个品种。

糖蔗普遍较细,含糖量高,但质地坚硬,牙口不好的人根本咬不动。其中一种全株青黄色、又细又长像竹竿,早先的糖蔗基本都是这种。另有一种全株颜色分三节:最上面的甘蔗叶子是绿的,较嫩的茎秆红色,中间以下较老的部分是黄色,颜色对比鲜明,分外好看。

相比糖蔗,果蔗通常表现得更为可爱圆润。表皮青中带黑、个子高瘦,像个苗条的豆蔻少女一样的,叫青皮甘蔗,质地比糖梗松脆,是本地的土著品种。我小时候,家里种的基本上都是这种甘蔗,它的关节较长,吃好久才咬到一个节,小时候力气小,咬不动这个节,父亲就帮我咬,看着他把这个节嘎巴嘎巴地吃掉,往往怀疑他把最甜的部分吃掉了。

蔗林中数量最多、最漂亮的,还数一根根精神饱满、肥硕粗壮的红皮甘蔗。这些是品质最优的果蔗,汁水甘甜、果肉松脆,即使是牙口不好的老年人,也能吃上一两节。红皮甘蔗植株高,有三米,人在甘蔗林里,仿佛置身于密匝匝的紫红色丛林。红皮甘蔗外形好,甜度高,紫红的颜色看着特别喜庆。汤溪的风俗,女儿出嫁时,小舅子送嫁,叫"担三朝",里面必须有两根红皮甘蔗,两头用红毛线绑牢,再插上万年青,寓意日子长长久久、越过越甜。新

人进门，洞房那晚用来闩房门的，也必须是红皮甘蔗。

小时候，家中虽然土地不多，但父亲每年还是会留出一小块地种甘蔗，春节的鞭炮声还没消，父亲就忙着翻土，挖出一垄一垄的地，把发酵过的猪栏粪埋在最底下，盖上一层土，再把一节一节的甘蔗种下去，过不了多久，天气渐热，土里就会探头探脑地钻出一两片细叶子。立冬前后，甘蔗成熟，挖出来的甘蔗也舍不得马上吃掉，而是要贮存起来过年吃。贮存的办法，是在屋外空地上挖个一米左右的深坑，铺上晾干的沙土，再撒上一点儿石灰，把除去叶子的甘蔗一捆一捆放进去，再用土盖好，并让它微微隆起，省得雨水灌进去。待春节前四五天再挖出来时，甘蔗还是完好的，只是表皮有一点点腐味儿，再放几天，腐味儿就会消失。那时春节待客，除了自家炒的花生、南瓜子，冬米糖，番薯片，正丰糕饼店里买的糕点，水果类最好的就是甘蔗了。

甘蔗林里，到处都有收甘蔗的人，一把铁铲子，斜贴着甘蔗根部，用脚一踩，浅浅的蔗根铲断，近三米长的甘蔗就倒下来，一根挨着一根，放在地上。后头有一人，十根一捆绑好，削去叶子，只留下茎秆，再一捆一捆地搬到停在路上的电动车或小货车里。一般是夫妻搭档，女的铲甘蔗，男的捆扎、搬运。有个穿花衬衫的妇女，六十来岁，铲几根，就停下来擦一擦汗，她那干瘦的老伴儿大概腰不太好，弯腰干一会儿活儿，就直起身来站一站。

"种甘蔗是力气活儿，赚几个辛苦钱！"他笑着对我们说。

"种甘蔗比种稻划算吧？一亩能卖多少钱？"

"一亩大概三百来捆，一捆十根，外地的老板来收，每捆四十五块钱。"

"那还不错，一亩有一万三千多。"

"这个价钱算高了,差的卖不到四十五,一年累死累活,也就这点儿。"

"你家种了几亩甘蔗?"

"三亩地。"

"噢,还可以!"

老人憨厚地笑。铲甘蔗的妇女插话说,种甘蔗看着收入还可以,但非常辛苦,春节过后就要开始下种,培土、施底肥,收甘蔗更是重劳力活儿,现在年轻人能出去的都出去了,老人们总有一天种不动的。

真的,放眼四望,在蔗田里忙碌的,基本上都是五十多岁的老农,看不到一个年轻的小伙子或小姑娘。一个个子矮小、扎长辫的女人在自家的蔗田挑了一根甘蔗送给我,甘蔗根部还带着泥土,蔗皮上有一些白白的粉末状的东西。女人的腿有点儿瘸,她家的甘蔗长得比别人家的矮一点儿,她说她家只有两个女儿,都在外地上班,没有劳力,也没怎么花精力管理,所以长得不高,但人家的农药用得重,她家是不太用农药的。

汇潭村位于兰江边的冲积平原上,兰江泛滥带来了大量肥沃松软的土层,这层黑油油的沙土富含营养,如黑色膏脂,无论怎样的种子撒上去都能生根发芽,所以汇潭的甘蔗特别粗壮、特别甜。汇潭甘蔗有着悠久的种植历史,以汇潭、午塘、焦石、民主四个村为主,种植面积有三千多亩,并沿着兰江流域向四周扩散,延伸到整个女埠镇,号称"万亩蔗林"。这几年,汇潭甘蔗更是形成了一种品牌效应,金华地区及周边县市市场上的果蔗,基本上都是汇潭提供的,每年从九月开始,远近大小客商就在田里定点收购,蔗农们并不愁甘蔗销路。

只要肯下力气，生活总是越过越甜的，土地并不会辜负你。

那一张张流着汗水的脸，一双双粗糙乌黑的手，一双双充满笑意的眼睛。那长长的挥舞着的甘蔗叶子，肥硕如婴儿手臂般的甘蔗，那榨糖厂中褐黄的蜜糖，都在无声地述说着：

金黄的九月，绿色的九月，充满阳光和喜庆的九月，我爱你，收获。

第二辑　南山往事：旧照片里的倒影

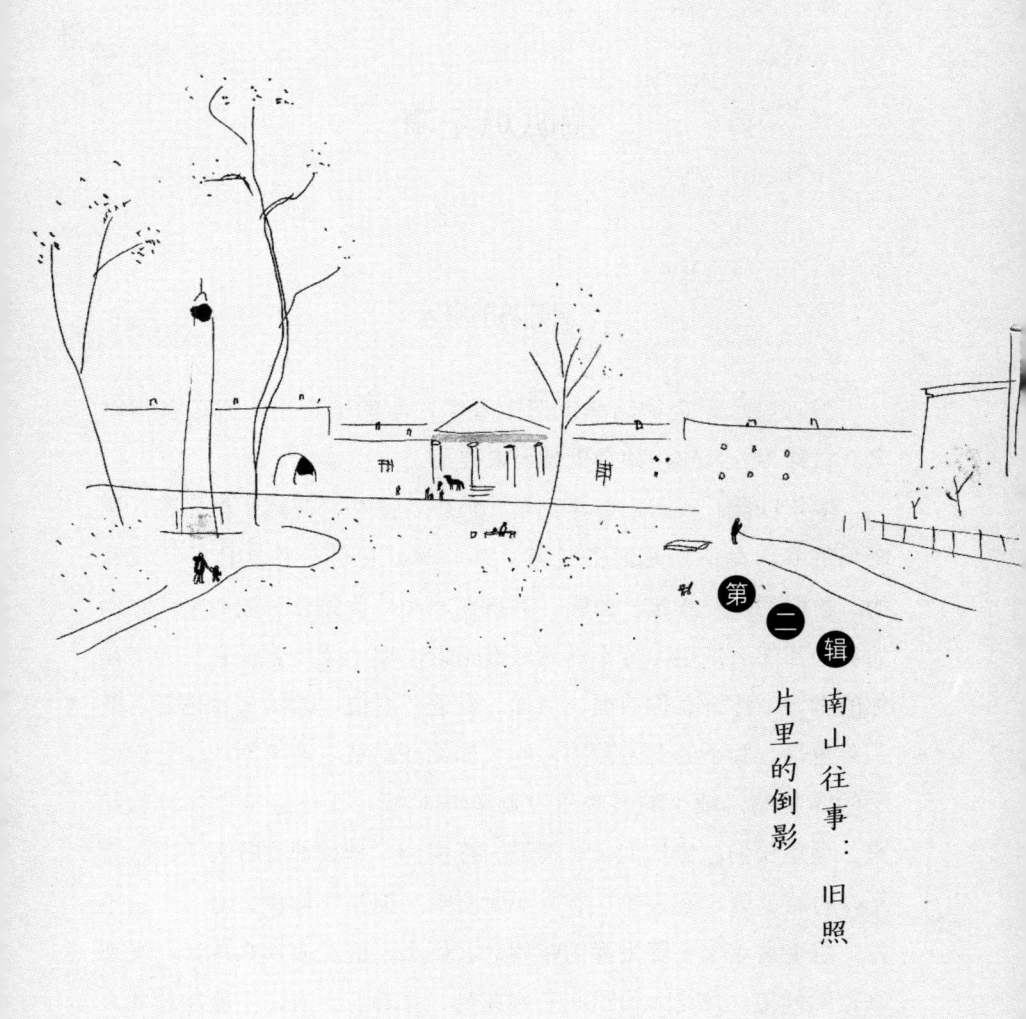

洞叭坞纪事

洞叭坞的春天

　　洞叭坞是距金华汤溪镇南十五里左右的一个小山谷，多年以来，它鲜为外人知，如今更是无人提及。

　　多年以前，我在山谷里割草、放牛、摘花，在林子里疯跑。洞叭坞的春天是满山遍野的杜鹃。那些深红色的、粉红色的、浅紫的、粉白的，一簇簇一团团，拥挤在一起，争先恐后地涌来。它们的笑脸都那么灿烂，分不清到底谁是谁，哪一朵更美；它们环绕在你的脚边，环绕在你前面、后面、左边、右边，你抬头看也是，低头看也是，胆小的含羞敛眉，胆大的站在高坡，迎风怒放。它们似乎吵吵嚷嚷，细小的喉咙里发出阵阵叫喊，吵得整座山都沸腾起来。马尾松们、黑松们、樟树们、栎树们，脑袋都被吵大了、吵昏了，昏昏欲睡，春天嘛！春眠不觉晓嘛！但是它们微笑着，一言不发，忍受着这个宁静世界的喧闹。它们小小的花瓣那么单薄，又那么自然鲜艳，像这大山里扎着麻花辫、穿着花布衣、不施脂粉的乡下妹子。有时候它们鱼贯而行，高低错落；有时候又挤成一团，你的胳膊伸到我的脸上，我的大腿叉到你的腰；有时候又规规矩矩地并排蹲着，蹲得低低的，两张脸贴在一起，拘谨得好像乡下妹子第一次上城照相。这满目的花朵是大山胸膛里按捺不住的春意。仿佛从冬天开始，它们就开始蕴蓄，在骨头里、血液里、心脏里，一点一点地增加暖意。太阳一天天高起来，它们冻僵的血脉开始流畅，它们的头发生长得很快，身体不安起来、灵活起来。几场春雨后，春风一吹，蕴藏在体内的力量、欲望、喜悦、新奇和不安，像地底下灼热的熔岩，冲破皮肤、骨头、心脏、毛细血管，一齐爆发出来，从山顶到山脚，流淌了一地。

从曹界村出发，到达洞叭坞，必须步行。出了村，走过一条窄窄的石板桥，走上一条黑黝黝的泥土路，两边是大大小小的蔬菜地，通常种着包菜、莴笋、大蒜、蚕豆之类，都是些大路菜，全眼熟。这里的农民思想有点儿固执，几乎一成不变地遵守着祖例，爷爷种什么、父亲种什么，他就种什么。冬种麦，夏种稻，年前播蚕豆，过了谷雨插番薯，年年如此，不会想着去弄点儿西芹种种，弄点儿桂花树种种，弄点儿玫瑰花种种。一方面是出类拔萃的东西容易遭贼，另一方面也是人心太平，贪安逸，守现成，不愿去动脑筋想门路。

沿着小路往前走，路高高低低起来，山的轮廓渐渐明显。虽然不高，但已经是山了。途中碰到一条小涧，时而平缓地流着，时而从岩缝间哗哗地冲下来。那水是白色的、冰冷的、新鲜而充满活力，带着草根和落叶的气息。山渐渐深起来，路边的灌木长到人的膝盖，去年枯掉的杂草一会儿搭在路上，一会儿搭在身边的树枝上，像奄奄一息的病人，实际上它们已经死了，轻轻一碰便折断，关节处已经腐烂、乌黑，再也流不出新鲜的汁液。大约走上三里路，山势渐渐合拢成一个峡口，宽不过三四十米，一路跟随的小涧在不远处急剧地高声喧哗。斑鸠叫起来了，翠绿色的小鸟在草丛中

姑蔑侧影

扑腾，又唰的一声飞走。山更加沉默，马尾松的阴影投在地上只有一小块。一切都惊疑不定地等待着什么。你预感到什么要发生，什么要出现。但你不会知道，即使处在一双老虎的阴郁的眼光注视下你也不知道，路旁就伏着一只野猪你也没察觉，整个世界看上去都无动于衷，好像都睡去了，只有太阳是活的，光线会走动，你感觉有了一个伙伴，但它是漠不关心的。实际上当你在山间走动的时候，有多少双眼睛在注视你，多少双耳朵在倾听你：小鸟在树枝上偏着头打量；天空中飞旋的鹰在揣度着你；野兔在洞中惊魂未定，胸脯一起一伏；蛇和沙鳅感觉到你脚步的震动，它们脆弱的小心脏承受不住，纷纷在草丛中游走。当我们一个人在深山旷野里行走的时候，常常感觉身上发冷，害怕，实际上什么也没有，你感觉到的是寂静带给你的威慑和压力。山不长手不长脚，不会跳出来打你一拳，也不会突然变成一个魔鬼，但它那么沉默地坐着，一声不吭，你唱歌它也不笑，你咒骂它也不回声，拳打脚踢也没用，它巨大的阴影一会儿就覆盖了你，你感觉到头发被染绿了，眼睛一片乌黑，除了山什么也看不见，你被山吞噬了，被寂静吞噬了。

出了峡口，按理应该是"眼前一片豁然开朗"，像桃花源一样。但不是。虽然视野宽了许多，但仍是一条小路，沿山脚一条小溪，路边是一小块一小块种着油菜或小麦的田。人却轻松了许多，沉重的压迫感消失了，蜜蜂嗡嗡地叫着，油菜花这么香，远处一片茶园随着坡地起伏，一直延伸到山腰。正对着峡口的山峰宛如一只巨大的兔头，仰着头，耳朵微张着，似乎你的脚步声打断了它的午餐。

走了一百来米，过一座小木桥，路忽然左拐，眼前真正的"一片豁然开朗"。一个异常美丽的宽阔的山谷、一座黄墙泥瓦的农家小院、一大片开着繁花的桃林，炊烟和黄狗的叫声呈现在你眼前。我那肥胖、慈祥、穿着灰布衣服的外婆听到狗叫声，从灶房里走出来，手搭凉棚在门前张望。

外婆

外婆虽在洞叭坞土生土长，但她的根子在长山，到老年时，依然能说一口标准的长山方言。我外公也不是曹界村人，他的老家叫上范，离此二十多里地一个更深的山垄里，外公是当年逃壮丁逃到洞叭坞的，之后便在这里住下来，跟外婆成了亲。我的一个姨娘和三个舅舅都在洞叭坞出生、长大，之后便一个一个离开这里，最后，这里只剩下外婆一个人。

外婆在洞叭坞生活了大半辈子，一草一木都习惯透了，生活也相对安逸，是非少。我小时候，家里孩子多劳力少，吃了上顿没下顿，全靠父亲的一身蛮力才不至于饿死。外婆家虽然也不富裕，但几乎顿顿都能吃饱，还有许许多多的零食，因此，到外婆家去蹭吃蹭喝是我们最大的福利。我在小学毕业前，几乎每年的暑假都是在外婆家度过的。我和妹妹跟着大四岁的小舅舅采了地里的番薯玉米，拿到山上的石洞里烤着吃。山涧边或者水洼处长满了一种叫地石榴的草藤，夏天会长出一个个紫红色的圆圆的小浆果，很甜，沙沙的，用一根韧劲儿较强的草茎穿起来，挂在脖子上，想吃的时候，嘴一歪就咬到了。映山红的花瓣也是可以吃的，微微有点儿酸。山上最多的是野栗子，个头很小，秋天的时候，漫山遍野都是，这时，外婆便背着竹篓，没日没夜地在山上摘栗子。低低矮矮的野栗树在灌木丛中举着一个一个的小刺球，仿佛一个个调皮的

姑蔑侧影

小孩子，在等着老师把它揪出来。青色的小刺球是不成熟的，要等到稍稍有点儿变白的样子，里面的栗子才饱满。栗子摘回来，摊在晒场上一连晒好几个太阳，果壳就有些抗不住，纷纷裂开来。这时候如果蹲在晒场上，就能听到细微的啪啪声，看到栗子在悄悄地转动、翻身，在裂纹处，光滑、新鲜的褐色的栗子满满当当地挤在果壳里。当然还有些冥顽不化的，需要用鞋底使劲地搓，把它的毛刺搓掉，才能剥出果肉。一个秋天，外婆能收获百来斤栗子，都藏在一个大瓷凳子里，这个瓷凳子有一个巨大的肚子，能藏很多东西，上面冰冰凉凉的，夏天坐在上面非常舒服。两边有两个圆洞，取东西很方便。我常常坐在凳子上，手一伸便从凳子里摸出栗子吃。后来外婆便不敢把吃的东西放在凳子里了，怕我们没几天就全吃光。

　　洞叭坞不通电，当外面的村子已全部用上电灯甚至有了电视时，外婆家还是用油灯照明。当天完全黑下来时，全家人无处可去，便聚在堂屋里聊天，外公坐在矮凳子上，修补破竹篓、畚箕，把锄头打紧，二舅舅和三舅舅趴在风罩灯（一种用玻璃做灯罩的油灯）下做作业、看小人书。大舅舅已是青年了，饭一吃完就消失，连人影也不见，也许是到曹界村看电视去了。外婆举着一盏小油灯，在堂屋和厨房里走来走去，洗碗、喂猪、切猪草。微弱的灯光把她高大肥胖的身影映在墙上，折过来，又放大了无数倍。农具的影子——锄头、耙子、风车、连枷、毛羽、扁担——一一在灯影里晃动。随着外婆走动，这些黑影子都跟着她移动，好像是一群活物，随时都会开口说话。我怕自己被这些黑影吞没了，每当堂屋里没人的时候，便一步不落地跟在外婆身后。天黑透了，猫头鹰的啸叫声更加凄冷，有时又像一个老人用低沉的声音在冷笑，松涛声像一团团浓云滚过来，沉重得仿佛要把黄泥墙压塌。但当早晨醒来时，鸟雀们的叫声又分外清脆，甚至连翅膀擦碰树叶的声音也听得真切，仿佛那些黑夜中的巨兽都退回到了幽深的洞穴里。

外公

我的外公是一名守山人，兼做着农民的活计。他的腰里斜挎着柴刀，穿着草鞋，在大山里走来走去。放眼望去，这片望不到头的山岭都是他的领地：野猫尖、扁担尖、山坑坞、直坞、横岩、山头岩、蝙蝠洞……他对它们如此熟悉，仿佛是大襟衣裳上的纽扣，手一伸就知道是哪一颗。外公说，他能闻着山风吹来的味儿，知道是哪一座山头的风。每一座山头的味儿是不同的，松涛声也是不同的，有的阴冷，有的暖和，有的带着浓郁的栀子花香，有的是一股青涩的野藤蔓的气息——甚至夹杂着野藤梨的酸味儿。对面的浅山边有两棵高大的拐枣，秋天，小鸟把拐枣啄得支离破碎，残留在树枝上久了，腐烂味儿里就会有隐隐的酒香。

外公挎着柴刀，每天在山上巡逻，像一位在领地上巡逻的国王。实际上，洞叭坞这个与世隔绝的地方，正是他的"城堡"和"王土"。他费尽心思，发挥了一个农民最原始的审美，尽可能周到地侍弄着它。黄泥小屋的东面靠近谷口的地方，是一口不大的池塘，养着睡莲和通心草。夏天，粉红色的睡莲一朵朵浮在水面上，像一张张可爱的婴儿的笑脸，底下是幽蓝的池水和碧绿的水草；小青蛙蹲在莲叶上，白肚子一鼓一鼓，见人来了，扑通一声往水里一跳，蹬着强壮的双腿躲到芦苇丛中去了。池塘边原先有一堵围墙、一个仓门，后来推掉了。进了仓门是一条石板路，左边靠近小溪的是一大丛木芙蓉，右边是一个小晒谷场，夏天时晒稻子，冬天则晒

着萝卜丝和番薯干。春天,晒的东西以霉干菜为主——整个山谷里都飘着霉干菜的香味。晒谷场往上走两个台阶,是一片桃园,有十几棵陈年老桃树,结的桃子又小又硬,却很甜,它们的树干都很粗,像我这样的小孩子是根本摘不到桃子的,只能爬到树上去摘,或用长竹竿打。春天里,雨水一下,桃树枝干上生出大团大团黄澄澄的桃胶,摘下来晒干,卖到药店里,可以为开年攒学费。房子西边,是一小块菜地,用一人多高的木槿围成一道篱笆墙,夏天,木槿开出了一朵朵浅紫色的花。再过去是一片郁郁葱葱的竹林,林中一条清亮的终年流水的山涧——它是外公外婆家的洗澡洗菜用的水源。西首厨房门前,是一口千斤缸,满缸清水,是饮用水源,活水用一条细竹竿做的水笕从山上接下来,终年叮咚咚地响着。外公守山的活计比较轻,除了种几亩薄田外,打理菜地是他最主要的工作。除了房子西边的菜园,在房子前面,一块青石板桥横跨过小溪,还有很大的一片菜地,一年四季,各式蔬菜应有尽有,葱姜蒜自不必说,莴苣和包心菜、大白菜、乌冬菜、芹菜是常规菜,长豇豆因为种得多,常常吃不了,只能晒干,一条一条像褐色的蚯蚓一样挂在晾衣竿上。

外公是个老烟枪,但他只抽自己种的烟叶。菜地的一角,是他种烟叶的专属区域,高及我大腿的烟叶长得肥壮嫩绿,像极了营养过剩的三月青。但和三月青不同,它的叶子摸上去黏黏的,有很多扎人的细茸毛。一年之中,自制烟丝是他的一项重要活计。他把烟叶摘下来,一小捆一小捆地扎起来,用绳子吊着放在廊沿下阴干,然后用一个自制的压制工具——多年过去我已不大记得它的样子了——好像是两段粗粗的木头,打着许多眼,有楔子和一块一块的压板。我的工作是负责把已变成金黄色的烟叶一张一张理好,摘掉叶柄，整理好后放到压制工具里去。压实压紧后，外公用一把特制的很锋利的刀——形如铡刀，把烟叶切成非常细非常细的丝，再晒一会儿，用铁罐子封起来，就是辣辣的土烟丝了。外公的长烟杆是用很细的水竹根做的，还有一节一节的纹理，头上稍粗，然后又忽然变得尖细，形状像一个鸟头。烟杆被他反复摩挲，已变得油光发亮，颜色也变成暗黄。烟嘴用黄铜镶嵌，有一个精巧漂亮的烟胆，像一个黑黑的鸡蛋，中间可以打开，用来装烟丝。烟胆挂在长烟杆下，走路时老晃来晃去。有时我很淘气，把他的烟杆抢过来，狠狠地吸上一口，直辣得眼泪鼻涕齐流，真不明白他为什么吸得那么怡然自得。他把烟丝细心地填进烟嘴里，吸一口，铜烟嘴里红红的火光一闪一闪。

　　他坐在门槛上，望着面前的群山，似乎在思索什么，又似乎什么也没想，只是靠着门框吸了一会儿烟。然后他站起来，唤上黄狗，去干活儿。日子虽然惬意，总归还是艰难的。外公要不停地干活，山上或者田地。大多数的清晨，我还在睡梦中，就被哐当哐当的声音惊醒，那是粪勺在粪桶里搅动的声音，被山谷放大后格外清晰，早起的外公已经在给菜地浇水了。那是一天中最美好的时刻，空气那么清新，整个山谷氤氲着一层蒙蒙的雾气。画眉婉转地叫着，声音又温柔又甜蜜。黄尾巴的翠鸟，在水边的芦苇上俏生生立着，不断转动着乌黑的眼珠。木槿花浅紫色的花瓣上，滚动着一颗颗透明的夜露。我一边擦着蒙眬的睡眼，披头散发地起床了。这时候，外婆锅里的粥差不多沸腾了，她拿着笊篱，将白饭捞到饭钵里，又将饭钵埋进尚留着余温的灰膛，剩下一锅稀稀的汤水继续焖着。她走进房间，叫她两个尚在睡梦中的儿子："还睡！懒人身上都要生懒虫了！"

等舅舅

外婆一生共生育四个儿子、两个女儿，我的大舅舅之下二舅舅之上，原本还有一个舅舅，几个月时就出天花夭折了。没了小孩哺喂，乳汁把外婆整个乳房撑得比石头还硬，胀得难受。恰好，五六里外的鸽坞塔村有一个孩子，出生几个月母亲就生病去世了，两边一合计，就把孩子抱到外婆家来了，小名叫作"等"。等舅舅在洞叭坞一直生活到上初中。他从小没妈，没兄弟姐妹，因此对洞叭坞充满了感情，对这里的兄弟姐妹和养父母充满感情，从没把自己当过外人。我们当小辈的，也把他当亲舅舅一样对待。二舅舅和三舅舅当兵走后，等舅舅就经常过来，和大舅舅一起帮外婆做做田地里的活儿，有时外婆的尿桶满了挑不动，等舅舅也会过来挑。从鸽坞塔到洞叭坞，如果走常规路线，要个把小时，但抄近路翻山的话，半个多小时就到了。等舅舅通常忙完了自己田地里的活儿就过来，锄地、浇菜、挑粪、清理猪栏，忙到天煞黑，吃过晚饭后再打着手电回去。外婆劝他留下来明早再走，他坚决不肯，说是"家里还有孩子"，放心不下。

等舅舅是个心灵手巧又命运多舛的人。小时没娘，长大后又死了爹，家里穷得只剩一堵墙，幸好人非常聪明，样样活计都拿得起。他结婚后生下一个儿子，模样非常漂亮，但在孩子四五岁时，不幸发生了，小孩只要摔跤磕破了皮，或有了一点儿小伤口，就会不停地流血，怎么都止不住，必须十万火急送到医院。为了给孩子治病，夫妻俩走上了漫漫的求医之路，在上海、杭州、金华各大医院间辗转。家里原本就穷，这下更是借遍了亲戚朋友，十多年来，夫妻俩所有的劳动所得全部上缴医院不说，债务更像一座大山压在一家人头上。等舅舅没日没夜地劳作，四十多岁便已头发花白，形容枯槁像个老头儿。他对外婆说："姆妈，我嘴里好几个牙齿都掉了。"

外婆说："等啊，你太苦了，我的牙齿都比你好啊。"

可是等舅舅还是乐观地看到，随着孩子年龄增长，孩子的健康状况似乎越来越好，送医院的次数也越来越少了。他安慰外婆说："姆妈，穷人有穷人的命，富人有富人的命，也许我命里该受穷。"

等舅舅虽不是亲生的，但对外婆却很贴心，望着这个苦命能干又孝顺的儿子，外婆虽心疼却也不知说什么好。

守山人

洞叭坞的守山人除了我外公，还有一个黑黑瘦瘦的老头儿，他的名字起得奇怪，叫白皮。就住在外婆家西边竹林里，离外婆家四五十米的距离，大队里给他盖了一间小泥屋，很小，只能放下一张单人床，靠在窗下，进门一个小灶台，一张桌子，挤得满满当当的。我外婆从洞叭坞搬出来后，他继续住了好多年。

白皮无儿无女，光棍一个，虽是近邻，但跟外婆家很少来往。他和外公同是守山人，但各有分工，也不怎么说话。白皮住在洞叭坞的时候并不多，夏天偷树偷柴的人多了，他才会住过来。他穿着一件灰色的老式对襟布衫，腰里围着长汤布，戴着圆头箬叶帽，脸色阴沉，几乎不会笑。我和妹妹都有点儿怕他，不敢进他的屋子，只在门前探头探脑，他也不理我们，只管自己做饭，然后坐在竹林

里的石头上吃。他上山后,小屋从不锁门,只用一根树枝搭住纽襻,不让山风把门吹开或让野物跑进去。有一回,我们听到屋里有鸟叫,好奇地从门缝里张望,发现一只黑色的大鸟关在一只笼子里,我们进去逗鸟玩,一不小心,鸟就飞走了。我们赶紧关上门,像没事人一样继续割草,也没对外婆说。傍晚的时候,白皮怒气冲冲地跑到外婆家,对正在烧晚饭的外婆说:"瞧你家两个小泼皮,干的什么好事!"

  外婆说:"怎么了,这么火大?"

  白皮说:"把我好不容易抓的一只八哥弄跑了!"

  外婆说:"跑就跑了吧,我还以为把房子点着了呢,以后再抓一只不就行了。"

  白皮说:"抓一只,哪这么容易?一只八哥,又不是麻雀。"

  外婆说:"我们家樟富以后会赔给你的,你这么凶别把我两个外孙女吓出病来。"

  白皮气哼哼走了。外公回来后,去了一趟白皮家,不知做了什么赔偿。外婆的脸一直阴沉沉的,我和妹妹都不敢再淘气了。

养蜂人

  洞叭坞一年四季都有花开,春天里,从曹界村到洞叭坞,整条山垄都是油菜花,从谷口到猴儿岩,茶花也开得正香。山上还有各式各样的野花:杜鹃花像红色的油彩一样涂满了整座山;野蔷薇举着小小的粉红色花瓣,在刺蓬里安静地笑着;络石藤的白花像一条瀑布,从崖壁上垂下来;金樱子的花是白色的,穿着翠绿裙子,喜欢站在高处,显得霸气而张扬。这时,养蜂人便循着花香,带着一箱一箱的蜜蜂来到洞叭坞。

养蜂人是一个常常带着笑脸的很和善的中年人，有一张能说会道的巧嘴，很会哄小孩。他把蜂箱一些放在茶园里，一些放在桃林里，自己坐在青石板上打瞌睡。春天的太阳暖融融的，让人一天到晚昏昏欲睡。我们捉了大青虫放在他的草帽上，看青虫一拱一拱地爬到他的脖子里，他醒过来，抓出青虫，然后大笑着来追我们，要把那青虫甩到我们脸上。

这个调皮的养蜂人肚子里有无穷无尽的故事，尤其擅长讲鬼故事，他走南闯北多了，各地的奇闻怪谈听了不少，讲起来绘声绘色，就连外婆也非常爱听。每次吃完饭（他在外婆家搭伙），就对外婆说："东家嬷嬷，快点儿去洗碗，我要讲鬼故事了。"外婆连忙答应着，飞快地洗好碗，一边切猪草一边听他讲故事。

洞叭坞的岩洞

洞叭坞四面的山上，长满了一个个或大或小的岩洞。比较有名气的是一个叫蝙蝠洞的岩洞。蝙蝠洞是直坞里最大的岩洞，日本侵略的时候，里面曾藏过几百号人。从远处看，蝙蝠洞就像山崖间一条粗粗的缝隙，走近了，在岩壁上敲两下，呼啦一声，几千只蝙蝠便从山洞深处倾泻而出，像一股黑压压的洪水。我的外公常年巡山，对这些岩洞了如指掌，哪一个洞在哪座山的哪块位置、从哪条路走最近、洞的大小、洞里有什么长什么草，都一清二楚。有时我舅舅和外婆在山上拔猪草，拔多了背不动，就放在岩洞里，回家跟外公说在哪座山的哪个洞里，外公很快便能找出来。这些岩洞的存在，使整座山变得狰狞恐怖，仿佛每一个黑黝黝的山洞都藏着阴森

姑蔑侧影
GUMIECEYING

可怕的魔鬼。特别是由于丹霞地貌，有些山崖还是光秃秃的，那一道道岩缝犹如一张张咧开的嘴。有时候，我在山上玩得尽兴，回去晚了，外婆便对着四面的大山喊："囡哎！回家吃饭喽！"那些横的、竖的、大的、小的嘴便一齐喊："囡哎！回家吃饭喽！"声音像闷雷一样滚过一道道山崖，一直传到空旷的田野，像抚平的旋涡一样消失。

农人们在山上干活，难免会碰到忽然间阴天下雨，这时候，山洞便是一个天然的避雨港。坐在洞里，吸一袋烟，看外面的田垄、山谷烟雾迷茫，雨幕使群山变得模糊，听雨水啪啪击打岩石，再从崖顶变成一道雨帘倾泻下来。灰色的老鼠从洞顶刺溜爬过去，到了洞底，还转过头来瞪着黑眼珠看人。

岩洞也是最好的休息和看风景的地方，在洞里稍平坦处，能看到一块块大石，旁边有甘蔗渣、塑料袋、纸团、橘子皮，想象着过去肯定有一个人，也这样坐着，看着同样的风景，吹着同样的风，心情是不是也一样呢？有时候在山洞里，我也会想象这个山洞底下是不是空的，会不会有一个更大的宝藏没被发现。我记得某处有一个采石的地方，几个工人在一个小小的岩洞里挖呀挖呀，轰隆一声，连挖掘机带人还有一辆运石的卡车，忽然就掉进洞里不见了，后来派了专家前去探测，说这个山整体都是空的。在九峰山的达摩洞里，我曾经弯着腰爬到最深处，听人说，这个山洞有一条暗流，可以一直通往北山，和双龙洞相连。我没有发现暗流，只是觉得格外凉飕飕的，满头的热汗顿时消失无踪。

其实，洞叭坞也是广义的九峰山的一部分。翻过直坞里后面的山峰，就是龙潭，然后是大马峰、小马峰。我外婆常常说她会梦见一条巨龙，从山下冲上来，轰的一声冲进房子里，然后她就冷汗直流地醒过来。我外婆认为这是九峰山的龙，藏在洞叭坞，而她一个平凡女人，没有福气去"沾龙恩"，所以一辈子总是磕磕绊绊的。到老了，才总算享到了一点儿晚福。外婆八十七岁那年，无病无痛，在子媳环绕中安然去世。

姑蔑侧影
GUMIECEYING

北山亲戚

我在北山有一门亲戚，但我从来没见过。

这门亲戚实在是远，似乎要打四五杆子才打得着。人们常说，两个陌生人坐一起，聊着聊着，只要时间足够，十有八九就会聊成亲戚或朋友。中国人的人际关系，蔓连蔓，枝连枝，亲戚的亲戚，也是亲戚，尽管可能连对方姓甚名谁都不知道。

我的这门亲戚是我舅舅的岳母的娘家，我舅母的外婆和舅舅，住在北山盘前村。

我舅舅因家庭条件差，从年轻时就背井离乡，在外东闯西荡，后与舅母结婚，一直住在舅母的娘家。他的岳父岳母都是十分和气勤快的老人，开着一家小饭店。舅舅是一个手很巧又很勤劳的人，什么活儿都会做，木工、泥工、电工、水管工、炒菜、洗衣、搞卫生，样样拿得起放得下，人又十分聪明，在外能支应门户，打工赚钱，应付各色人物事件，在内做起家务比一个女人还强，甚至会打毛衣，他的岳父岳母都十分喜欢他。

舅舅虽然客居岳母家，但每年春节，我们还得去给他拜年，顺带着，也给他的岳父岳母拜年。但每次拜年，他都嘱咐我们迟些去，最好到初七初八或初十以后。为什么呢？因为他要到北山去拜年啊。

我舅舅带着舅母和孩子，初三或初四，坐公交车上山。早些时候，到盘前的公交车一天只有两班，早上一趟下午一趟，他们往往要乘下午的车去，因为早上太冷，孩子起不了床，下午天暖和些，山路被太阳照热了，冰雪化开，也相对安全些。

他们要采购很多东西，做充分的准备。首先是拜年货。北山上有舅母的外公外婆，好几个舅舅，还有姨妈，这些是亲的，还有堂的，有十来家，虽说远了一层，但关系一向处得好，过年了也要去一下的。拜年货一买就是一二十份，麦乳精、壮骨酒、芙蓉糕、双喜糕、鸡蛋糕、荔枝桂圆、白糖蜂蜜、牛奶……还有给老人吃的铁皮枫斗、二十一金维他，给孩子们的旺旺仙贝、糖果，满满一堆，要用箩筐挑着才成。

"嘿，北山的半个村子，都是我家亲戚！"舅舅往往笑着说，他一点儿也不为这样麻烦的准备而烦恼，因为他喜欢去那儿，喜欢那里的风景、那里的人，喜欢北山顶山窝窝里那个热热闹闹的村子。

他向来把"盘前"叫成"北山"，仿佛整个北山都是他亲戚家的。

"我要上北山去了！"他说，"一下子真回不来，要是任由一家家吃下去，一个月都下不了山。"

北山的亲戚好客，北山的路却不好走，上北山，确实是一件需要碰运气又耗费体力和精力的事。

春节时期，天气冷，北山动不动就下冻雨，或者大雪。一下雨雪，盘前就去不成了，车子只能开到双龙，最多开到鹿田，再往上，山路被冰雪冻住，公交车的轮胎挂不住，会打滑，很危险。私家车也不能上山，要装防滑链才行。下车步行倒是可以，但花费的

131

力气要比平时多得多，雨靴都不能对付冰冻的路面，拄着拐杖一步一挪，还要时时小心着不要跌倒，不然很可能滑下悬崖。走路速度比乌龟还慢，从鹿田到盘前，可还有十多里山路呢。

如果下了雪，公交车停车，就不上北山了吗？不行的，北山的亲戚，电话一个一个打来："什么时候来呀，床铺好了，天气冷有火篮子烘脚——啊呀！等着你来喝酒呢！""北山萝卜炖野猪肉，鸡也杀了，自家今年腌的腊肉，香得不得了——北山下雪，可好看了。"亲戚们用各种理由诱惑他，他们知道我舅舅的弱点：是个经不住诱惑的人。

没有车，确实是上不去的，舅舅心里急，一趟一趟去打听公交车，看天气预报。北山的亲戚比他还急，他们派了一辆车来接。

这是一辆小货车。北山有亲戚家是开厂子的，经常要下山运货，这辆小货车装过防滑链，有强悍的动力，不怕冰雪，不怕爬山路。

舅舅上了山以后，就窝在盘前动弹不得，因为每天都被各家人拉去喝酒、划拳，茶水鸡蛋、瓜子点心、鸡鸭鱼肉、黄酒白酒，从早上吃喝到晚上，天天脸孔红通通的，鼻子里喷着酒气，手指上一股烟味，脑子晕晕乎乎，脚步跟跟跄跄。

我舅妈十分不满，就说他："也不晓得少喝点儿，嘴长在你身上，你自个儿不张口，人家灌得进来吗？"

舅舅像个傻瓜一样呵呵呵地笑。在山里，他的胃口好像也特别好，吃胀了肚子，也需要运动运动，他就领着孩子们去爬村前村后的矮山。

我说，你可以去爬爬"1314"（北山主峰的最高处）。

盘前村海拔虽高，可相对四周的山来说，它就像坐在一个圆盆的盆底，无论向哪个方向，都需要爬上五六十米。环村绕一大圈爬下来，身上微微有汗，这点儿运动量对他来说刚刚好，"1314"他可不愿动弹。

北山的亲戚们总有各种各样的办法，把他留在那儿住个三四天，但这还是不够，回家的时候，他总要落一通埋怨，因为每年都有轮不到吃饭的人家。他们说："弗要嫌我家穷呀！明年一定住在我家，好菜好饭虽没有，酒总是管够的！"

有一年，舅舅在北山，待了五六天还不回，打电话去问，原来北山下大雪，雪把路埋掉，出不来了。

舅舅在电话里说："雪大得吓人，穿着高筒雨靴，一步踩下去，咯吱咯吱，雨靴陷进去一半，把雨靴从雪里拔出来，再咯吱咯吱往前跨一步，雪地上，两个脚印像两口刚挖的井。地势低一点儿的人家，一打开门，雪都倒进屋里来了。"

他当然很夸张啦，哪有那么大的雪呢。

"真的，你不相信吧！"他说，"我刚刚看到一只白狗走过去，肚皮都拖到雪上，根本看不清哪是狗哪是雪。"

那年大雪，舅舅在北山停留了好多天。盘前的人家，以前没公交车，经常碰到大雪封山出不去的情况，所以对这样的大雪，他们毫不在意，不慌不忙地拿出腌制好的腊肉香肠，腌鸭腌鹅，扒开雪，拔一两个小腿一样粗的萝卜，用雪擦擦泥土，沉甸甸地拎回来。雪冻后的萝卜，又嫩又甜，就算炖块石头，也鲜美得不得了。

我听了，很羡慕，因为金华市区很少能见到雪，好不容易飘了几朵雪花，也是连冬青树叶都铺不满的。

舅舅说："明年拜年，你也来吧，北山上的人，都很好客的。"

他大约跟北山的亲戚讲了这件事，第二年春节，果然给我打来电话，说北山的亲戚们邀请我一块上去。

"四五杆子才打得着的亲戚，平时倒可以走走，正正经经上门拜年，还一住好几天，不是闹笑话吗？"

舅舅倒反过来说我老规矩太重，不像个年轻人："北山那些老农民都不计较这些！"

但我终于没去，舅舅回来时，给我带回来好多笋干，说是北山亲戚们给我的。

有一年秋天，我和几个朋友去北山爬山，爬完山后如约到盘前一位同行者的朋友家吃饭，他家就住在村口。那时盘前只有一家小饭店，去迟了就没菜，要是没有熟人朋友，就只得啃方便面。家主是一个老壮，粗门大嗓，肚子腆在裤腰带上，人很豪爽，早备了一桌热腾腾的菜候着。

老壮是一个很热情的人，说起话来滔滔不绝，家里种大棚蔬菜，这几年连种带卖，着实赚了不少钱，准备翻盖新房。

我们五六个人当中，只有一人跟他相熟，但他一点儿也不见外，跟我们说盘前村的蔬菜怎么种，谁家种了几亩地，谁家又赚了多少钱，城里哪个菜市场价格贵、销路又比较好等。

我记得舅舅说过，盘前村有一小半是他家亲戚，不知道这个老壮是不是。走出去给舅舅打电话，一问，果然是我舅妈的一个堂表哥。

至此，我脑海中的北山亲戚，终于有了具体的指向。我真真切切地感到，这个人，跟我是有某种关联的，而这个盘前村，和我之间也牵着一根细细的线。

我在村中信步，打量一座座低矮的泥房、土墙，看到脸孔通红的年轻妇女们背着一筐一筐的番茄往公路上的收购站去；看到扎着长辫子的老妇人，坐在院子里剥毛豆；看到背着锄头戴着笠帽的老汉，心里想，这些人，说不定也是我的北山亲戚。

我没有跟他说我舅舅的名字，临回去，老壮还是整了不少蔬菜叫我们带回去，萝卜、番茄、白菜、地瓜，全是临时从地里拔的。

"我自己种的，保证健康又好吃。"秋阳照下来，他热得满头大汗，但依然坚持把我们送到村口，挥着手看我们的车子开出好远。

桃的记忆

故乡贫瘠的山野上，种的多是粮食：稻子、玉米、番薯、土豆。冬天，大雪封路、封山，人歇着，地却不歇着，雪下面，青青的麦苗和油菜顶着雪被子生长。坡地上的芦苇枯死了，灰白色的枯枝像一丛乱发，在风中一片飒飒地干响，但在根部，那些鲜嫩的新叶子却在汩汩长出来，涌泉一样，就算下雪也止不住。

父亲在黄泥山顶的菜地边，给两株毛桃施肥。肥是猪栏粪，垫在猪圈里的草混合着猪粪猪尿，起出来后堆在地角上沤，过一两个星期，猪栏粪的臭味儿就不见了，换成了一种暖烘烘的夹杂着强烈氨味儿的特殊气体，父亲说是"肥料的气息"。他凑近肥料堆，吸吸鼻，像凑近酒缸子，似乎很享受这种味道。他掀开肥料堆最上面一层，暖烘烘的肥料味儿更浓郁了，肥料堆中有腾腾的白雾冒出来，像刚蒸好馒头时掀开的锅盖。父亲用一把五齿钉耙，把热腾腾的肥料围着桃树铺一圈，像在土黄色的脖子上围了一圈黑色围脖。

桃树吸饱了肥，枝干圆粗，呈深褐色，上面满是结疤。父亲蹲在它面前，摸摸它，那沟壑纵横的枝干和沟壑纵横的手相遇了，彼此都感到贴心贴肺的温暖。在余温未散的肥料包裹下，桃树一阵战栗。

父亲是个极度热爱粮食作物而对经济作物嗤之以鼻的人，家里的田地,一律不准种水果:柑橘啦、杨梅啦、李子啦,通通拔掉,甚至不准我母亲种西瓜和甜瓜,说是浪费田地。这两株毛桃却能逃过父亲手中的锄头,幸运地保存下来,一则因为它结的桃子确实多,二则它长得很是地方,长在地边一块斜坡上,种不了其他东西。人有时候也是这样,要么成为主导、成为话语权、成为最重要的一部分;要么就边缘化,不妨碍别人。这两种人都活得滋润。我们家地里的话语权是麦子、油菜、萝卜,边缘化的是桃树,父亲手中的锄头有生杀大权,他的手也有抚慰庄稼的本事,一个老农,家乡自留地上的国王。

二三月,桃树长叶、开花,五六月,桃子在绿蓬蓬的叶子间探头探脑。桃是毛桃,又小又瘦,硬硬的,有一个很大的核,味道却极甜,像黑黑瘦瘦又筋骨强壮的乡村少年。五月黄梅季,雨水多,多得莫名其妙,多得烦人。天空始终阴着,闷热又潮湿,每一次呼吸,都吞进去许多湿棉花般的空气,堵在嗓子眼,又吐不出,吐出来也不成,外面到处都是厚重沉闷的湿棉花。太阳虽不常见,但只要一出来,照在人身上,就针扎似的疼。动一动,浑身大汗淋漓,但空气里的水分,比人身上更多,腻腻的一层,粘在身上。梅雨天百般不好,但有一样始终是好的——桃树开始长胶了。每一次雨后,黑褐色的桃树干上,透明的、晶莹的、黄褐色或琥珀色的桃胶就会像小花一样开出来。桃胶吸饱了雨水,颤巍巍的,果冻一样又软又可爱。采桃胶是小孩子们的活计,拎一个四方形的箧斗,低着头,在桃树底下穿来穿去。假如吸的雨水多,桃胶就会很稀,一碰就掉在地上摔得稀烂。雨水少,桃胶就成型些,但如果不经雨水,桃胶会干瘪,缩得很小,薄薄的,粘在桃枝的节疤处,采下来,混着许多脏东西,还要再泡水洗过。桃胶采下来,洗净,摊在圆匾

里，晒上一两个日头，就半干了，满满的一匾缩成一小捧。成型的桃胶像一个琥珀色的软糖，放在手里捏一捏，弹性十足。我的家乡，管桃胶叫"桃油"，他们认为这是桃树渗出来的油汁，采桃胶，叫"挞桃油"，"挞"是动词，"采"也是动词，但"采"是自上而下的，很美丽，透着优雅。而"挞"是挖出来、采下来、抠出来的混合，野蛮粗暴，不讲章法，很符合汤溪人的特点，生机勃勃又具有野性的美。

孩子们挞桃油，是有大用处的，半干了的桃油，拿到镇上供销社去卖，三分钱一斤，一个夏季，勤快的孩子能挞五六斤，少的三四斤。我一年级上学时，学费是五毛钱，家中还不一定掏得出，有些穷一点儿的，五毛钱学费要拖到学期结束才交。父母们往往会对那些半大的孩子说："自己赚学费去！"十来岁的孩子力气小，去生产队上工队长不要，田里的劳力活儿干不得，但还是有一些赚钱途径的：拔猪草喂猪，割草饲牛，夏天挞桃油，秋天去乌桕树下捡白白的乌桕籽，摘茶籽，捡稻穗⋯⋯我干过一个最赚钱的活儿是跟着外公去采草药，现在记不得是哪种草药了，印象中有一种特殊的香气，开紫花，茎秆有小毛刺和硬邦邦的棱，大多长在崖下阴凉处，以及草木茂密的沟畔。挎一只竹篮，满山满畈地寻，草药并不好找，也许一天下来只有半篮，然而日积月累，数量也可观。把草药洗干净，晒十来天，一小捆一小捆扎好，拿到供销社去。供销社的柜台高高的，小孩子要踮着脚才能看清里面的人。供销社收购站在老西门，有一个头顶圆心秃着的中年人长年坐在里面，我们把草药、乌桕籽、晒干的桃油递上去，他放在秤上称过，拿出一把乌黑的大算盘，噼里啪啦一阵甩，算盘的上下两排算珠便分开码得整整齐齐的。后来，我家种珠兰花、茉莉花，也拿到收购站卖，珠兰花要在早上卖,茉莉花要在中午卖。农历六月大热的天,茉莉花浓郁的香气熏得人昏昏沉沉,走到哪里都像喝醉酒似的。

  桃油虽好,量却很少,满满一大筐水嘟嘟的桃油,晒干了,只有手心里的一小把。而且桃树并不多,我家黄泥山顶的两株桃树是毛桃,出产的桃油要少一些。茎秆粗壮、节疤多的老黄桃,下雨过后,节疤处亮晶晶的都是。黄桃成熟的季节,正是桃油最多的时候。门前的山岗上有一片黄桃林,是外村人的,有两个老头儿轮番守着,倒不是守着桃油,而是怕我们偷桃吃——我们确实经常去偷桃吃。中午,老头儿瞌睡,吃了饭喝了点儿小酒,就迷迷糊糊的,正是偷桃的最佳时候。七八个十来岁的孩子,戴着柳条编成的帽子,潜伏在桃林边上的豆地里,看看老头儿不在,把衣服下摆塞进裤腰,用皮带扎紧,嗖的一声蹿进去,树上的桃子,不管青的红的,一股脑儿摘下来塞进衣服,不一会儿,上身就鼓鼓囊囊的,跑两步,或者弯腰,桃子就会从领口蹦出来。老头儿发现有人偷桃,大喊一声:"小猢狲!站住!"七八个人马上分开逃窜,老头儿不去追大的,专拣小的、女的追。我小时候,被这个老头儿追过好几次,以致长大以后还经常做噩梦,但我跑步比较快,一次都没被抓到过。我拼了命地往村中跑,只要跑过那条小沟,老头儿就不会追了。因为,过了小沟,就算进了自己村,老头儿就是再凶再狠,也只能停下脚步。父母们看我们偷了桃,也不恼,只是嘱咐一句:"下次别偷了,岩后坎垄跌去怎么办!"

  六月底,黄桃被摘光,卖给镇上的罐头厂做黄桃罐头。去医院看望生病的人,都会去供销社买一瓶黄桃罐头一瓶橘子罐头。黄澄澄的桃子,泡在糖水里,一年两年都不会变色,永远像新摘下来刚剖开的一样。但罐头里的桃子,是腻的,甜得发腻,丢失了那份特

姑蔑侧影
GUMIECEYING

有的清甜。丢失了桃子的桃树，空落落的，像丢失了孩子的母亲。桃叶依旧青翠碧绿，但满树累累的果实，带走了大部分的生气，它变成一个郁郁寡欢的人。树下的杂草，一日一日地茂盛起来，八月草、牛不吃、羊蹄草、长毛头、黄荆、刺儿菜，仿佛几日之内就呼啦啦长出来，长到人小腿肚高。农历七八月，雨下得比较少，且大多是阵雨，刚刚还晴天丽日，呼啦啦一阵风起，暴雨劈头盖脸打下来，不一会儿雨过天晴，太阳又如先前一般照着，刚刚过去的暴雨好似一场梦，只有衣裳是湿的。农户家晒在场院里的谷子，已被飞快地抢回家，空荡荡的院内，几只鸡在忙着争抢漏在地上的几粒谷子。这样的暴雨天气，是不能催生桃胶的，桃子没了，桃树流干了眼泪，空洞的黑魆魆的眼眶内，再也流不出一滴泪水。

　　这么多年，我竟不知桃胶是可以吃的，还是一种特有的美容食品，更有美其名曰"植物燕窝"，也许是父母们故意不说，也许连他们自己也不知道。去年到丁阳岭观桃，当地农民卖炖好的桃胶，五元一小杯，买了一杯尝尝，味道不过尔尔。

第二辑　南山往事：旧照片里的倒影

丑丑

　　丑丑来我家时，刚刚两个月左右，毛茸茸圆滚滚的一团，两只又大又亮的黑眼珠嵌在灰黑色的圆脸上，湿漉漉的小黑鼻子像一颗围棋子，样子又呆萌又可爱。

　　丑丑是我在吵吵嚷嚷的狗市上一眼相中的。那天我本来想去买一只泰迪，但走入市场不久，一只放在地上的竹篮子吸引了我。篮子里，胖胖的小狗正努力地直起身子，把两只前爪搭在篮筐上，探出一个毛茸茸的小脑袋，两只耳朵一只支棱着，一只微微垂下来，它绷着后腿蹬了许久，也没办法爬出篮子。我不知道这是什么品种的狗，只觉得很可爱，傻乎乎的样子很逗人，老板说这是巴哥，那时我对宠物狗一无所知，如果知道巴哥长大后会越来越难看，我铁定是不会买的。

　　小狗买回来，要取一个名字，上网查了一下巴哥的资料，才发觉长大后的巴哥又肥又矮又秃，心里后悔极了。我摸了摸它软软的耳朵，说："既然你注定会越来越丑，那就叫丑丑吧。"

　　长大后是长大后的事，至少现在的丑丑，萌得人心都化成了水。

　　在宠物店洗完澡，丑丑更漂亮了，眼睛圆圆的，又黑又亮，纯净得像倒映着天空的湖水，和人对视时，眼神也不会东躲西藏。它

偏着脑袋，静静地注视着我。我感觉它的身体一直在抖，不知道是害怕还是冷。我把它抱起来，放在腿上，然后用大衣裹住，用自己的体温给它取暖。它在大衣里拱来拱去，终于蜷缩着睡着了，粉红色的小肚子一鼓一鼓，时不时还要蹬一下腿，大约是在做梦。狗也会做梦吗？没有人知道。

我小时候，经常梦见自己会飞，在一个光秃秃的小土包上，快跑几步，挥动双手，向前一冲，就慢慢地飞起来。在空中，人像一朵飘飘忽忽的云，轻盈地掠过低低的树梢、土房子、小山岗，世界忽然变得寂静无声，又温暖又柔软，我常常在这样美好的飞翔中醒来，脸上还带着心满意足的笑容。

我觉得丑丑肯定在做会飞的梦，因为很多次，我都感觉它做了梦，在笑，这懒洋洋伸腰肢的动作跟我很像。

丑丑是会笑的，圆眼睛变成杏核眼，咧着嘴，吐出粉色的小舌头，嘴里"嗯哼嗯哼"的，小尾巴摇得像风扇叶。

丑丑的玩具，是一只肚子鼓鼓的砂皮小猪，那小猪几乎和它一样大。起初，它很紧张，保持着一米左右的距离，冲着小猪狂叫，又东跳西跳，试图袭击，见小猪不动，胆子大起来，冲上去打了它一个巴掌，然后飞快躲到沙发下。小猪还是不动，它冲出来，啊呜一口咬住小猪的脖子，胖屁股也坐到小猪身上，把它好一番揉搓。

欺负完了小猪，又去欺负乒乓球。但乒乓球可不是好惹的，它虽然有点儿漏气，蹦不太高，但它比狗嘴大，表面光滑圆不溜秋，没法逮住。丑丑瞪圆眼睛、猫低腰，像一头猎豹一样慢慢地匍匐前进，瞅准机会，一嘴咬去——不但没咬住，乒乓球骨碌碌向前滚，碰到墙面还反弹回来，"咔咔咔"地蹦着气人。

我家附近，就是武义江边的梅园，只要天气好，我都会带丑丑去散步。丑丑跟在我脚后，走着走着，忽然不见了，我急忙四处找："丑丑！丑丑！"

已经走远了的丑丑愣住了，回过头看，才发现自己跟错人了。也难怪，人这么多，来来往往都是脚，怎么记得住呢。

从梅园到江堤上，有许多台阶，丑丑直立身子，两只前脚刚好搭在台阶上。我跑到最上面，对丑丑招手："来呀，来呀，爬上来！"

丑丑东瞧瞧西瞧瞧，嘴里呜噜呜噜地发着牢骚，它还从没爬过台阶。但它很勇敢，两只后腿很用力地蹬，小胖身子扭几扭，居然摇摇晃晃地上来了。一连上了四五个台阶，有点儿小嘚瑟，摇着尾巴，一不小心滚下去，滚到第二个台阶，刚爬起来，一脚踩空，又滚下一级。回到起始点，它又沮丧又愤怒，而我在上面净看笑话，也没有拉它一把的意思，它蹲在地上，冲着我汪汪汪大叫。我从兜里掏出一块奶糖，朝它晃了晃，说："小伙子，勇敢点儿，再来一次。"

丑丑很没志气地牢骚两句，退后几步，发足狂奔冲刺，这一次很顺利地上来了，它呼哧呼哧喘着气，绕着我邀功讨赏。

我说："能上来不算本事，能下去才算真功夫，你能下去吗？"

我下到最底下，招招手："下来吧。"

台阶好高，好恐怖，丑丑探出脑袋看了看，马上回过头去，坚决不下。

我上去几步，站在台阶中央，伸开双手。

"不用怕，下来，我会接着的。"

丑丑翻着白眼不理睬我，明显表示不信。

我提高了语气，严厉地说："丑丑，下来！"

在威逼面前，它很没骨气地投降了。伸出一只脚，探了探台阶，踩不到底，吓得赶紧缩回去，换个地方，再探，还是踩不到下面。

它哭起来，嘴里很大声地抗议着。还东张西望，试图从旁边的灌木丛中绕过去。

我抓住它的颈毛，把它拎到台阶中央，它一看下不来，就反身往上，往上爬它已经成功过，不怕了。它站在最上面，得意扬扬地看着我，还不忘汪汪两声示威。

狡猾的小东西！

我再次把它拎到台阶中间，一放手，它熟练地反身往上。我抓住它，把它摁在地上，再捉住它两只前爪，强迫它一步一步往下爬。

咦，爬下来了，好像没那么可怕嘛！

再来一遍，尽管它还是下意识地退缩，但动作明显协调些，也不会使劲往后撅屁股了。

第三天，丑丑已能连滚带爬地自己上下台阶，它非常开心，在草地上疯跑，沾了一身的草籽和露水。有一次从草丛中钻出来，耳朵上还夹着一朵花。

我们在路上碰到一个老头儿牵着一条大巴哥，大巴哥看到它，不停地嗅它，鼻子、耳朵、身子、屁股，丑丑很不耐烦，它正在追一只蝴蝶，追跑了蝴蝶，又跟一丛葱兰干上了，粉红色花朵被它碾得稀烂。

老头儿说："你这只狗，是不是一个月前在狗市上买的？"

我说："是的，你怎么知道？"

"是我家欢欢生的呀！喏，左耳朵尖上，有一撮黑毛。"

我回头看了看，那只难看的、肥胖的大巴哥正在使劲地舔它的屁股，而丑丑正跟葱兰玩得起劲，被舔烦了，不时地咆哮两声。

妈妈还记得它，可它已不记得妈妈了。

三个多月后，丑丑的身体飞快地长起来，它越来越活泼好动，身体就像一架永动机，没有一刻消停。家里的书、报纸、窗帘、拖鞋、袜子、塑料瓶等都是它的玩具，我干家务时，它也不闲着，一口咬住拖把不放，跟随拖把被拖来拖去，拎着拖把到池子里洗时，拖把下挂着一只狗，连拖把带狗放在水龙头下冲，它还是不松嘴。我切菜，它就使劲翻垃圾桶，恨不得整个跳到垃圾桶里去。

丑丑不仅精力充沛，而且是个好战分子。公园里每天都有许多狗，它不管大的小的，冲上去就打。有时被揍得灰溜溜地逃回来，但打赢的时候居多，因为那些狗大多是娇小秀气的博美和泰迪，体形高大的金毛、拉布拉多则对它不屑一顾，它连人家的脸都够不着。

有一次，丑丑和一只名叫贝贝的博美犬玩，不一会儿，贝贝就惨叫连连地跑回来了，它走到我面前，呜噜呜噜地冲我说话，我没理它，它转了一圈，又站在我面前，不停地叫。

"贝贝你怎么了？"我摸摸它的头说。

"汪汪汪汪汪！"

"丑丑到哪儿去了？去和丑丑玩呀！"

"汪汪汪汪汪！"

"你们家丑丑欺负它了，它向你告状呢！"贝贝的主人笑着说。

"是这样啊，等会我打它！"

我抓住丑丑，当着贝贝的面打了几巴掌，贝贝消了气，不吭声了。不一会儿，两只狗又你追我逃，玩得不亦乐乎。

丑丑的听力出奇地好，每天我下班回家，还在二楼，关在五楼家里的它已经听出来了，疯狂大叫，不停地挠门，好像隔了半个世纪没见似的，时间长了，家里的钢门都被挠出一道道印。待开了门，它更是劫后余生一样不管不顾地扑过来，抓住我的裤脚又啃又咬，涂了我一裤脚的口水。老伊晚上开车回来，正在玩闹的它会忽然停下来，竖起耳朵，待听得楼下砰的一声关车门，它立即冲到阳台上，把狗头从栏杆缝隙里伸出去，冲着下面不停地叫。

丑丑十个月左右时，还是十分漂亮可爱的，我老是在担心有一天它会变得和其他巴哥一样丑，毛会秃，身体会变臃肿，走路会一扭一扭，脸上会长出一道一道的褶子。但这个趋势又是必然的，它就是这个种啊。

秋天，我带着丑丑去超市，小区门前有一条巷子，路左边停着一溜大车，丑丑在这些大车底下跑来跑去，我从路中间走。这时一辆出租车开过来，我本能闪避到右边，并叫了一声"丑丑"，让它注意车辆，不要乱跑。

丑丑从大车底下钻出来，呆了一瞬，忽然拔足狂奔，想跑到我这边来。我急忙喊："丑丑，不要过来！"

已经来不及了，砰的一声，丑丑躺在血泊里。

它没有马上死，睁着黑眼睛看我。我浑身冰凉，不仅手在抖，整个身子都在打摆子似的发抖。血和毛发混在一起的丑丑，我碰都不敢碰，不一会儿，它眼里的光亮消失了。

丑丑在最美的时候死去，它终于没有变丑。

第二辑 南山往事：旧照片里的倒影

父亲

我总是在各种场合避免谈到我的父亲，不是因为我的父亲有什么不可告人的缺点，事实上我的父亲是一个地地道道勤劳、忠厚、老实、善良的农民，除了每餐要喝点儿小酒外，没有什么不良嗜好，一年到头都在田地里像牛一样地劳作。我不愿谈及他正是因为父亲的过劳。

父亲的肯干、不怕苦大概是从小打下的根基。他的外号叫"牛牯"，农村人取的外号有着极其强烈的全面性、概括性、直观性，一语中的，比如：有叫"老三"的，其排行为三；叫"乌皮"的，皮肤肯定黑；叫"癞头"的，头肯定癞；叫"铁骨人"的，肯定又黑又瘦不怕晒；叫"粪勺"的，嘴肯定很臭，是乌鸦嘴。叫"牛"的也特别多：乌牛、黄牛、水牛、大牛、小牛、疤眼牛、跷脚牛等等，他们共同的特点一定是都很会干。父亲顶着"牛牯"的大号叫了四十多年，名字只在做身份证的时候才用到，方圆几里的人一说"牛牯"就知道是他。

在我七八岁时，父亲交给我们姐妹一人一个猪草筐，说："以后打猪草的任务就全归你们了。"从此，不管雨下得多大，太阳有多猛，只要猪不死，就每天都得挎着筐子去打猪草。那时打猪草的人真是太多了，猪草又不好找，常常要走四五里路才有。夏天，热

浪滚滚中匍匐在田间地头，皮肤都被晒脱了，全身长满了痱子，身子摸上去像个仙人球。

母亲说："中午就别去了，在家休息一下吧。"

父亲说："人是练出来的，不练怎么吃得起苦。"

他不仅这样说，而且身先士卒。别人中午都在家躲避热浪，他从不休息，有时中饭也不回家吃，而是叫家里人吃完后给他带过去，他坐在柳树下随便一吃就接着干活儿去了。他十分看不起一生病就躺在家里的人，认为只要下地干活儿，出一身汗，病就好了，他自己就从来不生病。他说："懒病懒病，懒就是病，不懒就没病了。"因此我们姐弟三个生了病，最多也只允许我们挑一个比较轻巧的活儿干，比如说在家收谷子、烧饭、洗衣、喂猪等，而且这已经是他作为一个父亲最心慈手软的恩惠了。

父亲确实是非常能吃苦的，那时贫穷的家庭经济也迫使他不得不吃苦。人多地少，土地贫瘠，三个孩子要上学，老人要赡养，大小有六张口，不吃苦就没有饭吃。为了挣点儿外快，种田之余父亲就去砍柴、挖草药，支持我们读书，也使全家人在那个饥荒年月不至于挨饿。对于这一点他非常骄傲，告诫我们说："勤劳是本啊，不做哪里来的饭吃，不做哪里来的书读。"

过年的时候，父亲总是恭恭敬敬地把红纸裁成两方，请同村的大伯写对联，左边是："勤俭持家。"右边是："勤劳致富。"这副对联在我们家大门上贴了好多年，后来流行贴烫金字的对联，才换成了"天增岁月人增寿，春满乾坤福满门"。

但是，父亲有一个缺点：重视体力劳动而鄙视脑力劳动。他认为脑力劳动只能叫"享福"。他对考上大学的人说："你以后就不用干活儿了，享福去了。"他的观点是：所有四肢健全、身体强壮的人都应该下地去。如果大家都坐着，不去种粮食，国家粮库里的粮只能越吃越少，粮食又不会自己从地里长出来。因此他作为一个农民，义不容辞的责任就是多种地，种好地，多打粮食，放在仓库里存起来。

对于种地的事，父亲过于自信。他完全相信自己的经验，不相信那些广播里农技员的话。比如给棉花锄草，他认为要锄深一些，草才会断根，泥土里的营养才会跑出来。别人告诉他要锄浅一点儿，他不听，结果棉花苗都被他锄死了。给稻子施肥，明明肥料袋上写着一亩地施多少肥，他按照比例施了一遍后，又偷偷摸摸地再施一遍。他的想法是肥料多施点儿，稻子总会长得快一些，就像养孩子，饭多吃一点儿，总会长得高一些。但结果却不如意，每到收获季节，别人家的稻子金灿灿的，挂得秆子都弯了，我们家的稻子却枝繁叶茂、茁壮挺拔，远看油黑墨绿，近看墨绿油黑，看是好看，就是不结籽。最要命的是他从不吸取教训，同样的错误每年都犯，搞得母亲每年都要防贼一样盯牢他，不让他偷偷溜去施肥。

由于长年劳作及过度疲劳，父亲得了腰肌劳损和腰椎间盘突出的病。本来父亲已五十来岁，三个儿女也都已成家立业，家里不缺吃不缺穿，他应该颐养天年，不必干重活儿了。但他总是怕家里不能开支，一会儿说没有给弟弟把房子造起来死不瞑目，一会儿说养老钱没挣出来，一会儿又说不干活儿全身都疼，不顾家里人的强烈反对，跑到附近的砖场去拉砖。

拉砖的活儿跟小煤窑里背煤一样，又苦又累报酬又低，一车砖头一千多斤重，他一个患有腰椎间盘突出的老头儿，像牛一样勾着头，使足力，吭哧吭哧地把砖从山坡上推到砖窑里去，并且一天要推三四十车，这样的活儿，连年轻人都不愿意干、吃不消，他却干

得津津有味，主要是每天都能拿到现钱。

他每天早上四点多就起床，目的是到砖场去抢一辆车况好一点儿的平板车。傍晚，一身汗水一身泥浆地回家，把浸透了汗、结着盐碱花的、皱巴巴的十几元钱很骄傲地递给我妈。

家里人实在看不下去，不准他再去砖场。他却说："谁不让我去，我就跟谁翻脸。"

我仗着是老大，在家里也有一定发言权，跟他说："爸爸，我去跟砖场老板讲，叫他把你开除了。"

他恼羞成怒，说："你敢！你要这样做，以后就不要进我的门！"

过一会儿又心平气和地对我们讲道理："不做哪里来的饭吃？不做家里能开支吗？"

我们说："家里粮食已经够吃了，零用钱我们会给你的，我们平时不是也都给你的嘛！"

他说："万一有个病有个灾的，你们负担得起吗？你们要给，每人每月拿一千块钱来！"

他这纯粹是将我们的军，当时我们的月工资都不高，特别是弟弟妹妹，也只是靠打工度日，家里都不宽裕，每月哪有一千块的余钱。

他说："拿不出是吧，拿不出就免谈。"

我说要不找个轻松一点儿的活儿，村里跟他年纪差不多的人都到奶牛场里养牛，不妨也去试试。可他说奶牛场这样东搓搓西弄弄的活儿干不来，不如在砖场拉砖直接，别人也管不着，拉一车三块钱，拉两车六块钱，有力气就多拉，没力气少拉也没关系。

终于有一天，他的腰肌劳损发作了，躺在床上不能动弹。他心

150

里很急，怕拉砖的活儿被别人挤掉，要母亲给砖场场长说说，嘱咐母亲带两瓶好一点儿的酒去。但母亲却不理他。

父亲心里急，病不见好，又不痛快，就成天找事吵架，责怪母亲不给他草药吃。母亲说："医生说你这个病要躺在床上，要打针的，草药怎么吃得好呢？"

等病稍好一点儿，父亲便不肯躺在床上。他买来许多膏药贴在腰上，因为还痛着，就常常勾着腰。他跑到砖场里，砖场里的人对他说："你这个样子，怎么能拉砖呢！"又责怪我们姐弟，"你们真是不孝的儿女呀！父亲都这样子了还让他去拉砖，你们多少给他一点儿钱，他也就不会去拉砖了。"

不久之后，由于砖场所在的地方改造公路，砖场关门了，父亲也彻底死了心。我们心想这回父亲该不折腾了吧，母亲也在划算着把承包出去的责任田收一点儿回来，两个老人在家带带孙子，种点儿蔬菜，种一亩单季稻吃饭，一亩糯米造酒，想来应该是很幸福的。结果，父亲又有了一个宏大的理想，他准备承包二十亩地，全部种成稻子，再养一头母猪，因为前几年猪肉一直在涨价，前面那户养猪的人家已经发了财。我跟父亲分析了一些经济学的简单的道理，跟他说："现在养猪，肯定得亏。"这一次，父亲好歹总算听进去，不养猪了。但是他又开始打听养羊的事，哎，养羊就养羊吧，不管怎么说，总比养猪要好一些。

但父亲的这个理想，很快变成了泡影，因为没多久他就得了帕金森综合征，外加脑卒中，全身僵硬吃饭翻身都困难，一辈子做死做活的父亲，终于可以歇一歇了。

复式班

我七岁那年，妹妹四岁，正是懵懵懂懂的时候，时刻要人看着，弟弟还在吃奶，母亲忙里又忙外，为家里那口大猪供饲料的任务，便紧紧地背在我身上。

每天，我都要挎上一个大竹篮，跟在同村几个女孩后面，到田野里拔猪草。那时家家养猪，拔猪草的人多，离村近的地方，干活儿的人来来去去，只要有一丝用处的东西都被搜刮得干干净净，有的田埂甚至寸草不留，被刮得像个大白光头。要拔猪草，就要到远离村庄的地方，但人人都这么想，远的地方，离其他村子就近，所以也不一定有，兜兜转转，运气好时能拔一篮，运气不好，半篮也没有。但猪是不管这些的，它只张开了嘴猛吃，饿了就嗷嗷叫，有时我在大太阳底下忙半天，人累得话都不想说，拔回来的猪草却不够它呼隆呼隆两下的。那时，我对这头食量很大的猪充满了愤怒，常常禁不住要踢它两下。这种养猪拔猪草的日子似乎永无尽头。那些比我大的女孩，做姑娘时拔猪草、喂猪，嫁人生了孩子，还是拔猪草、喂猪，似乎谁也逃不脱这个以猪为中心的怪圈。

但有一个人是例外的，就是红仙姐姐。

红仙是大村人，她的父亲在供销社工作，家境比一般人家好，她是全村唯一一个到外地上学的女孩，是上高中或中师我并不清楚，但记得她每次回家来的穿衣打扮，便与其他女孩截然不同，其他人都是黑黑的瘦瘦的，穿着打满了补丁看不出花样颜色的衣服，而她却长着一张银盆样的白皙的脸，大眼睛长睫毛，两条又粗又长的辫子缀在脑后，粉白色的短袖，露出凝脂一般的胳膊，脚上还穿着带花纹的尼龙袜，在一群黑妹子中间鹤立鸡群。她笑眯眯地和人说话，看见每个人都打招呼，听人夸赞时低下头来，脸上飞起两朵红云……总之，一切看起来都那么美好，她不用拔猪草，不用割草、割稻、种田、喂猪，不用蚂蟥叮日头晒，只需要读书就够了。这让我觉得她是另外一个世界的人，这个世界离我有好远的距离。

我们村小，和我差不多大的女孩有三个，淑婷姑姑大我三岁，美红姐姐大我两岁，和我同岁的是我的堂妹，开学季一到，淑婷和美红都要上学去，终于可以丢掉讨厌的猪草篮了，她们很兴奋，每天都在谈论什么时候开学，要买什么样的书包和铅笔盒，报到那天穿什么衣服。而且，同村比我大一岁、两岁的两个男孩今年也要上一年级，我心里非常羡慕，但学校有规定，八岁才可以上学，我要到明年才能去报名，又着实令人不甘。

美红说："你想上学还不简单，混进去报名呗。"

"我不够年龄，老师发现了怎么办？"

"他们大村的，和我们又不熟，怎么知道你几岁了，你又长得这么高，看上去就像八岁一样！"

对的，我是长得特别高，比一般小孩子都高。

"我有点儿怕。"

"怕什么，我们带着你。"

我的内心其实挺纠结，我一去，家里的猪草没人拔了，母亲必得付出更多辛苦，但读书的吸引力更大。我不知道父母会不会同意

我去上学，万一告知，他们不同意怎么办？后来想想真是可笑，他们不同意的话，无论报不报名，只需跟老师讲一声就是。

报到那天，我瞒着父母，把自己的头发梳整齐，穿上一件稍微干净的衣服，跟着淑婷和美红，往山背上的小学校走去。

小学是孤零零坐落在黄土丘陵中的一幢小平房，总共三间房，东西两间教室，中间是办公室兼杂物堆放室，门前的操场倒开阔，约莫着三四百平方米。学校离大村有四五百米，离我们村更远一点儿，中间还隔着三道长满松树和荆棘的荒坡，荒坡中还有几座陈年老坟。学校的地势相对较高，往东望过去就是一个大水塘，水塘后就是大村，南面隔着荒坡就是我们村的几家矮泥房，西面是一片杏树林，北面也是荒坡，荒坡中蜿蜒着一条小路，是大村人往西方向的进出之路。

令人意外的是，负责报名的老师竟是红仙姐姐，但我现在得叫她胡老师了。胡老师自己也才是个半大孩子呢。她家在大村是大家族，叔伯兄弟姐妹很多。我看到好几个抹着鼻涕赤着脚的孩子叫她"阿姐阿姐""姑姑姑姑"，她转来转去忙不过来，一个跟我差不多大的瘦瘦的女孩帮她打下手。我跟大村人不熟，她不认识我，问我叫什么名字，几岁了。我告诉她叫"利春"，八岁了，她看了我几眼，说了一句"这么瘦的"，就没再问了。然后在本子上工工整整写下"张利春"，长大后，我才知应是"莉春"，而这个被误写的名字就一直用到我参加工作。

那天我没有交学费，也没有领书。几天后，母亲帮我去交了五毛钱的学费。

学校总共有五十多个学生，分四个年级，老师只有两个，除胡老师外，还有一个姓王的胖胖的中年妇女。

胡老师教一年级和三年级，课程除了语文数学外，还有音乐、体育和劳动，全部课程由胡老师一个人教。小小的教室里，学生坐成两个阵营，一年级在左边，三年级在右边，中间是一条较宽的过道。老师上完一年级的"a、o、e"，就去上三年级的乘法和除法，一年级的小屁孩们边写作业，边聆听老师讲三年级课文，有时听某个人背不出课文被打手心或回答错误出洋相，就跟着他们一起嘿嘿笑。轮到一年级上课时，三年级的学生又用一种看白痴的眼光瞧着我们。

一年级的新生，我记得是十三个，四个是我们村的，除了我、比我大一岁的维和比我大两岁的迁，还有个已经十岁的明，他们三个都是我的远房堂兄。明是留级的，在班里，他人长得最高最壮，但学习最差，胆子也很小，总是挨老师批评，要么被罚到教室最后靠墙站着，要么被罚放学后留校。

大村的人中，我至今有印象的，女孩有五个，男孩有四个，男孩中最吵最皮的，是瘦小精干的贤，最懒最不爱学习的，是小方。贤尽管个子小，但脑子灵活，鬼点子多，眼珠一骨碌就是一个主意，又有一股狠劲儿，所以当仁不让地成为"鬼头"。小方个子大，邋里邋遢，常常不洗脸，趿拉着一双鞋——他懒得把鞋跟提上去，他母亲说他"脸上的壳厚得能揭下一层来"。他是贤的忠实跟班，跟另外一个男孩一起，常常到西边的杏林里去偷杏，去地里偷甘蔗、偷番薯，用弹弓打雀鸟，在女生铅笔盒里放毛毛虫……

五个女孩里，最懂事、学习最好的，是阿媛，也是胡老师的堂妹。学习最差的一个，是一个胖胖的女孩，名字已记不清了。她写的字总是歪歪扭扭的，特别是"3"，无论如何也站不直，随时都是迎面扑倒的样子。美娟是一个很漂亮的女孩，有一双明亮的杏

姑蔑侧影

核眼，说话的声音也很好听，我总觉得她应该出生在城市里，扎着蝴蝶结穿着裙子，而不是像我们一样每天拔猪草割草。我的同桌叫英，是一个患先天性疾病的女孩，手脚软塌塌的，走路费劲。她因常年不晒太阳，全身泛着青白色，说话声细若蚊蚋。手上的青筋，一条条历历分明，细长的手指如鸟爪。手脚虚弱无力，有时候笔都握不住，走路时脚一软一软的，似乎马上就要跌倒。

阿媛聪明，成绩好，跟胡老师又是自家姐妹，实际上成了一个"副老师"，老师有事不在，她就管着班级纪律，最调皮捣蛋的贤也不敢惹她，有时候，三年级她也要管一管，三年级的人敢怒不敢言。有一回，三年级的人要抽查背一篇课文，坐在后面那几个根本不会背，吭哧吭哧憋半天也背不出，胡老师把教鞭拍得啪啪响："这么简单的课文都背不下，人家一年级的都能背下来！"

吵鬼们都笑起来，有的还拍着桌子，表示怀疑。

胡老师说："阿媛，你来背。"

阿媛站起来，呱啦呱啦背了一小段，确实比他们流利多了。

因为只有两个班，全校的体育课经常是一块儿上的，而且老师没完没了地讲课也很累，老师一累，学生们就上体育课。那时没有篮球羽毛球之类的体育器材，课上安排的大多是跳绳、做操、滚铁环、踢毽子、跑步之类，很多时候是让我们自由玩，老师到办公室休息去了。女孩子们一般都会比较斯文地玩跳房子、跳皮筋，用五颗小石子玩"得谷"。男孩子的游戏就比较激烈，他们玩"翻包"，用纸壳折成一个硬硬的四角包，用力甩动另一个四角包，啪的一声贴到地上，利用气流把地上那个四角包翻过来。玩斗鸡，屈起一条腿，单腿跳着去和别人撞击，跌倒或支持不住先放下腿的算输。还有一种游戏，由四人组成小队，前面一个背过双手，后面两人双手交叉，一手抓前人肩膀，一手抓住前人一只手，做成一个凳子状，第四人爬上去，坐在后面两只抓着肩膀的手上，第四人是将军，拿着木剑、树枝之类，指挥着底下三人战车哗哗往前冲，跟对方的战车相撞、打斗。明因为个子大力气大，常常被拉去做战车头。这样的游戏经常发展成真的打斗，参与的人鼻青脸肿，回家免不了又挨父母一顿骂。

在这个复式班中，只有我们四个不是来自大村，因此被格外孤立，他们三个男孩，常常会成为出气或嘲笑的对象，我是女孩，平时闷声不响，从不和任何人有口舌，也不参与其他女孩的团体活动，学习成绩又属于中游，所以没人注意我。但我的与世无争并没有躲过他们的捉弄，有一回课间活动，男孩子们在操场上追来追去，我刚刚走出教室，就被一伙人推到操场上，莫名其妙地撞到也同样被揉着的明身上，两个人狼狈地倒在一起。旁边一阵哄笑："老公老婆啦！老公老婆啦！"

明一把推开我，跺跺脚说："谁和她老公老婆！"

我羞愤交加，哭着冲到办公室找胡老师告状，她听了后，轻描淡写地说："你不要哭，等下我骂他们。"

但我等来等去，始终没等来胡老师的骂。

胖女孩虽然学习差，却是个很热心的人，英走路慢，别人十分钟就能走到家，英可能半小时也走不到。胖女孩见她可怜，有时会背英一段。单论个子，英可能比她还高一点儿，她拖着长手长脚的英，像老鼠拖着个玉米棒。

英的病是天生的，没法治愈，大人们心里都在叹息："挺漂亮的一个女孩，可惜了。"家里让她读书，也是不想让她太孤单，并不在意她书读得好不好。况且她最多能读到四年级，五年级要到外

姑蔑侧影

村去读,她肯定去不成的。但英上课很认真,作业一笔一画,字迹端正,作业本整整齐齐的,她的手经常会没来由地发抖,我甚至感觉她说话时舌头也是发抖的。看她这样努力做着没结果的事,想想自己手脚完好身体健康,想偷懒都觉得惭愧。

冬天到了,教室窗户没有玻璃,只用几张破报纸糊着,学校处在高处,前后无遮挡,冷风飕飕地从窗户和门缝里灌进来,操场前面的松树林呜呜厉叫着,像一只饿狼在嗷叫。大多数孩子家中都不富裕,衣服穿得单薄,裤子只有两层单的,鞋子也是灯芯绒的单布鞋。学生们冻得瑟瑟发抖,有些人从家中带了火挈来。但用不了多久,火挈就不热了。我的脚生了冻疮,手肿得像个酒糟馒头,手指上一块青一块黑,树疙瘩一样,也全是冻疮。每天,我手捂着火挈从家里出来,迎面便是刮骨刀似的北风,矮泥墙屋檐下挂着粗大的冰凌,黄土沟梁上最表面一层土连冰带霜根根直立,踩上去簌簌作响,冰碴子和冻得硬硬的黄土瞬间就散了。我的脚后跟全是流着黄脓的冻疮,没法穿袜子,鞋子也只能趿着,走路十分费力。翻过村后的小荒坡,听见挂在办公室门前的铁块已经铛铛敲响。上课了!我着急了,小跑起来,但鞋子并不合脚,母亲为了防我脚长得太快,特意把鞋子做大一些,此时一跑起来,鞋子又甩出去,去捡鞋子,书包里的书又掉出来,忙放下火挈收拾书,没放稳,火挈翻倒,唯一几点儿火炭倒得一干二净。

等我赶到教室,老师已开始上课,她看了看我说:"你迟到了,这节课就站在门口吧"。

教室门口的风又冷又硬,翻过来翻过去,搜走我身上的最后一丝热气,我不停地跺脚、哈气,脚和手却越来越麻木。不远处的厕所倒是个挡风的场所,我跑到厕所里躲着。厕所是极简易的,一排挡板上横着一段圆木,大小便可以坐在上面,下面就是粪池。看守杏树林的老头儿拿着粪勺,在哐当哐当地淘粪,一阵阵恶臭弥漫在狭小的空间内。

老头儿说:"你怎么不去上课?老师罚你了?"

我不吭声。

老头儿说:"不认真读书,还逃学,没出息!"

我更加羞愧。

我决心要读出一个样子来,跳出农门,像胡老师一样穿上卡必龙袜子,卡其裤,针织的毛线衣,一双手伸出来,指甲里不带泥垢。

胡老师一路把我带到三年级,四年级时,换了姓王的老师,一个胖胖的中年妇女。她不是本村人,家也在外村,不知是家庭烦心事比较多还是性格使然,她总是紧紧地拧着眉,阴着一张脸。据说她原先在一个完小里教数学,不知怎么被调到这儿来了,还教的是复式班,她心里不高兴。因为教复式班比普通班要累多了,不仅要备两个年级的课,而且上课时上完一个年级马上上另一个年级的课,中间没有停歇。课堂纪律还特别难管,老师即使脾气再好,也会被这些不听话的吵鬼气出病来。我从未见王老师笑过,但她对我倒是比较和气,因为四年级时我的成绩已和媛不相上下,数学她比我好一点儿,但语文我更好一点儿。王老师对我们这些听话的女生,不表扬,也不批评,但对调皮的男生就非常严厉,上课不听、做小动作、说话,都会引发她一阵疾风暴雨般的骂,手中挥舞着一根小拇指粗的教鞭,甩得讲台上的粉笔灰漫天飞扬。不做作业或抄作业被发现,不仅罚站,还要打手心。女生们还好,吵鬼们可吃了苦头了,一个个被王老师骂得灰头土脸。他们在背地里咬牙切齿,

给她取了一个很难听的外号。王老师不住本村，上完课回去，第二天一早来开教室门，吵鬼们想了一个坏主意，他们到厕所里弄来一些大便，涂抹在挂锁的反面和锁芯里，王老师来开锁时没注意，一抓一手大便。王老师气坏了，她也不管是哪个干的，把二年级和四年级的男生全部提溜出去，罚他们绕着学校跑十圈，她自己亲自监督，不跑完就不准放学。

不管是一年级还是四年级，在村小读书的日子总是辛苦的。尤其是农忙时节，还要帮着大人收谷子、烧晚饭、收衣服、扫地擦桌子，把第二天早上烧红薯粥的红薯洗好。筋疲力尽的父母回来，可以尽快地吃上热饭。吃完饭喂完猪，母亲洗衣洗碗，切猪草，刨红薯，而我则凑在微弱的煤油灯下做未完成的作业。

我的堂妹仅仅比我小两个月，但她比我迟了一年上学，我读二年级时，她一年级，我读三年级时，她还是一年级。她是一个特别老实、特别勤劳能干的孩子，对家务和农活儿有着高度的热情和惊人的天赋。她从不怕苦不怕累，小小年纪一天到晚在外面割草、放牛、拔猪草，从不像同龄人一样躲活儿偷懒。她浑身晒得黑不溜秋，走路时把地蹬得噔噔响，似乎总有使不完的力气。我父母及同村人都对她赞誉有加，说她"真能做，肯吃苦"，是全村孩子的榜样。父母看到自己孩子偷懒了，就指着她说："你去比比人家，连人家一根头发丝都比不上！"生了这么一个争气的女儿，在村里，她的父母是可以挺胸抬头、引以为傲的。

但她有一样不好，就是读书根本不开窍，她那脑袋仿佛榆木疙瘩一般，除了干活儿，其他知识根本挤不进去，不仅认字慢，拼音学不会，数学还奇差，十以内的加减法，用手指头勉强能对付，二十以内，加上脚趾也够了，超过二十，就怎么都不会了。她常常天黑了还趴在小板凳上一边哭一边做作业，一家人都去吃晚饭了，她还拗在那里不肯歇，直到她妈提着"牛棒丝丝"来打，她才放下本子。

我尽管干活儿不太积极，但学习成绩算是好的，时不时地能得到胡老师的表扬，年终得一个"学习积极分子"。有一年上东祝去参加作文比赛，竟然还拿了一个奖，这使我的父母脸上大大有光。他们对我干活儿不如堂妹的缺点也极大地提升了容忍度，不再纠结于"人家割草割一担你半担，人家的猪像大象我们家的猪像个猴"。到年底成绩单拿回家，各家的父母暗中比拼，我总会让劳累不堪的父亲心情轻松愉快好几天。

五年级，我们要去瀛洲上学，复式班的经历成为过往，新的班级里，学生们来自三个村，瀛洲、下洲，还有我们村。学生基本上是一拨一拨的，而且学生都是通学，中午饭回家吃。每天上午上完课，我要撩起长腿，一路小跑回家，吃完饭，再小跑回校，来去七八里路，我照样是一个沉默寡言的人，孑然一身奔走在灰尘漫天的乡村公路上。

姑蔑侧影
GUMIECEYING

苦楝树

　　三四月，正是江南草长莺飞的时节，大地上最不缺的就是各式各样五颜六色的花朵。苦楝树也凑着这个热闹的当儿，静悄悄地开花了。淡紫色的小花，一团团一簇簇，像一片片紫云一样覆盖在绿树梢头。它的花形与丁香颇有几分相像，但丁香颜色亮丽、花序密实硕大，红、白、粉、黄，争奇斗艳，花香袭人。苦楝树的花颜色单调，我见过的仅有淡紫色，花瓣也狭长些。若细看，其姿形秀丽，黛眉修眼，仿若一位身着紫裙优雅从容的美妇。楝花的香是一种略带清苦味儿的淡淡的香，不霸道，不张扬，若有若无地钻入过路人的鼻腔。但只要一闻到这股微含着苦味儿的香气，你就知道附近一定有棵楝树，它就是用这样独有的气味提醒你：它也是春天的一分子。楝花美则美矣，然登徒子们却不敢轻易触碰，它有微毒，因此本草上云："楝花，铺席下，杀蚤虱。"

　　苦楝树在农村的田间地头、沟垄崖畔，是比较常见的。我家房子东头，是一片杂树林，其中就有五六棵大小不一的苦楝树，每一棵都枝干挺拔，清秀的身子努力地伸向头顶的一方天空，它们轻盈的羽状叶子纷披着，在树梢围成一圈，像一个高高瘦瘦的少女戴了一顶硕大的宽边绿草帽。

　　苦楝树的枝、叶关节非常松脆，轻轻一掰就能掰下来。农人们夏天种蔬菜时，为防太阳把小苗灼死，常常掰苦楝树的枝叶去盖苗，楝树叶散发的苦味儿是天然的驱虫剂，它的枝叶也有小毒，能杀死不少虫子。

楝树长得快，几年就能高过房顶，但材质比较疏松，在农村派不上大用场：用它打家具，容易开裂；用它做椽木，承受不住屋瓦的重压，时间长了易折断；用它做屋梁，根本找不到这么大的树不说，也难堪如此重任。因此楝树大多不是主人们有意种的，它是风和小鸟带来的种子。

好在楝树生命力顽强，无论在怎样贫瘠的土地，只要给它一点点养分，它就能快快乐乐地长出嫩芽来。但楝树长大以后命运多舛，因为没用，小时候就有极大的概率被人砍了当柴烧，逃过这一劫再长大一点儿，农人们在清理房前屋后时，又会因楝树的"苦"而心生忌讳。有谁会愿意门前长着一棵苦树，走过来走过去都是苦苦的滋味呢。人们总希望自己的生活甜一点儿香一点儿、健康长寿点儿，讨彩的樟树、枫树、柏树、桂花、玉兰比比皆是，门前种楝树的少之又少。

我家东头的几棵楝树，父亲几次提了柴刀，要砍掉种竹子，都被母亲拦下。母亲说，这几棵楝树，长这么大也不容易，说不定哪天就用上了。后来家里造房子，果真用上了——用来搭水泥未干时支撑楼梯的架子。虽说派不上什么大用场，好歹是有用了。但对小孩子来说，楝树却是一种极理想的攀爬树种，它树干挺直、表皮干净，不枝不节，有分枝也是要一人多高时才分杈，又不易生毛毛虫，不像梧桐树，到处是绵密的绒毛，到了夏天站在树下，冷不丁就会有虫子牵着长丝掉到脖子里。

端午过后，苦楝树结出一个个小小的青果子，依然是苦的，它

的心中似有一万担苦水，倒不出散不尽，也不能用语言表达，只能借着这些花、叶子、果子，源源不断地往外冒。但楝果的苦味儿要淡得多，不仔细闻，竟分辨不出。或许是天气愈来愈热，人的感官渐渐地被热所麻痹，不那么敏感了。或许生活本身的苦，冲淡了对苦味儿的感知能力，总之，夏天的时候，没了苦味的楝树变得格外亲切，人们喜欢把牛系在楝树下，扔一把稻草，让它自个儿慢慢地咀嚼，慢慢地反刍。楝树的树冠生得高大宽阔，在半空中撑开，像一把圆圆的油纸伞。风轻轻地吹动树叶，这绿色的伞便跟着轻轻晃动，阳光在牛身上，画出一个又一个斑驳的阴影。

秋天，楝果成熟了，黄黄的像一把把小锤子，大风吹过，楝果就纷纷往下掉，砸到人脑袋上生疼。平时，小孩子们抱着树枝使劲摇，也能摇下不少果子。这些果子是不能吃的，不仅苦，而且有毒。楝果最大的用途，是当作游戏时的玩具，供男孩子追逐打闹用。但乡人们不知道，其实楝果是一味很好的杀虫良药，可以杀蛔虫和钩虫，治疥癣。冬天，把干的楝果剥掉表皮，去核，单剩果肉，在开水里泡软，用来涂抹在手上，在物质贫乏的年代，是农家少女最方便实用的护肤品。

火挈

《红楼梦》第六回,写刘姥姥进大观园,见王熙凤一身绫罗绸缎,"端端正正坐在那里,手内拿着小铜火箸儿拨手炉内的灰"。那是怎样一副富贵人家阔太太的气势!手炉,即是可以捧在手上的小火炉,古时候没有暖手宝、热水袋,但冬天小姐太太们的纤手也冷呀,所以聪明人就把火炉做小,一直小到可以拎在手上,甚至可以藏入袖中。手炉形状各异,八角的、六角的、圆的、长方形的、正方形的,纹饰更是花样百出。至于用材,富贵人家大多用铜,铜炉内放上一点点木炭,便可以保持半天的温暖。一个水葱儿似的小姐,捧着精致的雕有缠枝莲花的铜手炉,一边烤火,一边吟诗作赋,又是怎样一番风雅!

假如这个水葱儿似的小姐到了乡下,精致的铜手炉是肯定用不起了,但聪明的乡人们并不会因为穷而放弃冬天里暖手宝的享受。铜的用不起,就用铁的、用陶土的。雕花纹饰不能用,可以用竹篾编织成罩子把陶罐铁罐罩起来,同样美观大方又实用。汤溪地界,这种用陶土或铁罐外包竹壳的手炉就叫"火挈"。

"火挈"的"火",是指它本身是用于烤火的,"挈"是指可以提在手上。在没有暖手宝的年代,一顶黑色毛线帽、一条蓝色的粗布围裙、一个细篾外壳的火挈,几乎是农村老年妇女的标

配。可千万别小看了这条围裙,没有围裙,热量容易散,有了围裙,热力就被笼住,肚腹之间甚至下半身都暖暖的。我奶奶用的火挈是陶土做内胆,外包一层细竹丝编织的壳,用得久了,竹丝渐渐透出暗红,通体油光发亮,火挈上面搁脚搁手的地方,是一块薄薄的铁片制成的铁帘,很有一点儿分量,提手处是竹制扭花提梁,中间一个小结,让她提着时不至于滑手。这个火挈奶奶不知道用了多少年,印象中她到死都没换过。我奶奶是一个小脚老太太,冬天天气冷,她就整天闭门不出,坐在临窗的八仙桌前,看天井里飘下大团大团的雪花。有时候没来由地叹一口气,我那时小,根本不知她为什么叹气,也不会去揣测。我和弟弟妹妹堂弟堂妹们开心地玩"翻包"、玩"得谷",玩着玩着手冷了,就伸到奶奶的围裙下烘一会儿。有时候,奶奶会拿出棉花来搓棉线,用一个"洋夹"(倒过来的"丁"字形,上面一根细竹棍,下面一块宽宽的拱起来的竹板),把棉花一丝一丝拉细,绕在"洋夹"上,捻动竹棍,竹板便会旋转起来,一条细细的棉线便成型了,当然粗细很不均匀。我奶奶搓棉线的时候,我必须在旁边帮她扯棉花,作为报酬,她会把火挈给我烘脚。

  隆冬时节,奶奶的火挈就从不离身,烧晚饭时,她换了新炭,将近冷却的火又重新旺起来。睡觉前把火挈塞进粗布被窝,等睡觉时,被窝就变得暖暖的了。我小时候,冬天睡觉是没有垫被的,和夏天唯一的区别,就是竹席下的稻草更厚一些。竹席在夏天时冰凉爽滑,冬天却不好受,又冷又硬,睡在上面,半天暖不过来。身上还没有棉毛衣棉毛裤,光着大腿,贴到竹席上,更觉冰冷刺骨——那时候的穷人家,不管冬天夏天,都是光着身子睡觉,目的是节省衣服,奶奶说睡觉穿衣服的人"都是败家子"。

第二辑 南山往事：旧照片里的倒影

但奶奶把被窝烘得热热的，竹席就不那么冰了。后来条件稍好，用了草席，就更温暖一些。但火挈老放在一个地方也不对，炭火太旺时，有把被子烤焦的危险，要隔一段时间就换个地方。奶奶睡觉时，火挈是整晚放在被窝中的，她用两只脚夹着，一直夹到天亮。但这样是非常危险的，要睡相很好的人才行，因为一旦火挈翻倒，就会把席子被子烧起来。我母亲是永远不许我们带着火挈睡觉的，至多在睡前烘烘被子。在乡下，每年都会有火挈翻倒后把床烧坏的传闻。据说曾有一个妇女，晚上婴儿尿床，把被子尿湿了，她就用火挈烘着，但她太累了，一会儿就睡了过去，结果被子烤焦了，着起火来，一家人一个都没走脱。

我小时候，冬天并不像现在这么暖，而是真正的冰冻三尺，不光常常会下齐膝大雪，即使有太阳，池塘里的冰，也总是结得厚厚的能推小车，房檐下的冰凌，大大小小像一排排尖利的狼牙。在本村上小学时，教室条件差，四面透风，窗玻璃破了，只用报纸遮挡着。很多学生上学时，便会以"太冷"为由，向家长申请带一个火挈。其实火挈除了烘脚外，另外一个让孩子们乐此不疲的用途，便是煨东西吃。

每个提着火挈的孩子，如果去搜搜衣袋，肯定是鼓囊囊的，一把黄豆，或玉米，或花生。在火挈中间的灰堆里挖一个浅浅的小洞，放入豆子或玉米，煨一会儿，用小木棍翻一翻，豆子便发出香味儿来。煨玉米粒则要冒一定风险，因为玉米熟了，会砰的一声爆出花，炸得人一脸灰，而花生则容易外焦里生，所以最安全方便的还是黄豆。但黄豆容易埋在灰堆里找不到，所以后来，聪明的人便想出用瓶盖煨豆的办法。冬天，在墙根下，一排孩子一边晒着太阳，一边比赛谁煨的豆子最好，欢声笑语，贫穷的生活里有了更多

的欢乐。

　　现在，电热水袋、空调、暖宝宝大行其道，冬天是没人用火挈了。这种竹编外壳的火挈日渐稀有，只有深山里一些极个别守旧的老头儿老太太还在用。村镇上，火挈的样子已逐渐简化成用薄铁皮焊成，主要用途也已转变为丧事用品。农村里用木柴烧土灶做饭的人家日渐减少，年轻人更喜欢用煤气灶，老人们想要用火挈，已找不到可以蓄火蓄温的炭和灰了。

第二辑　南山往事：旧照片里的倒影

癞头

癞头，恐怕是全中国重名率最高的外号了。

全国有多少叫癞头的人啊。据我的估计，上千万可能有点儿高，百八十万的肯定不止。光我认识的，大大小小的癞头就有十来个，大部分是五六十岁、七八十岁的老头儿：大癞头、小癞头、癞头生、癞头曼、癞头林、癞痢头、癞头树奶、癞头爸、癞头妈。还有我不知道的。这些人并非全部都是货真价实的癞头，比如说，因为儿子名叫癞头，害得爹妈也连带着叫癞头爸癞头妈；有些是因为小时候生过癞头，长大后虽然好了，但村人们仍然改不了口，固执地将癞头叫到底。比如说癞头树奶，现在不仅不癞，还是一个光荣的小学退休教师，头发花白很有风度，但其十一二岁的时候，头上星星点点的到处是红红的疮，头发缝里天天流着脓水，好了又癞，好了又癞，她妈都快绝望了。还有一种是小时不癞，等老了头发却一块一块地掉下来，又不大面积地掉，只一小块一小块地掉，头上零零落落地露出一块块铜钱大小的头皮，医学上俗称叫"斑秃"。也有全秃或半秃的，要么是头顶一圈秃了，光剩底下一圈。抑或差不多全秃了，但还留着三五根散兵游勇，若有若无地贴在脑壳上。二十世纪八十年代，汤中食堂就有这样一位大师傅，叫癞头双华，整日穿着一双大雨鞋，人很好，爱跟学生开玩笑，打豆浆时也舀得

满满的，其他人可能记不住，要说起癞头双华，那几年在汤中读过书的人，恐怕全认得。

跟城镇相比，农村里的癞头特别多，恐怕跟当时卫生条件差有关系。我记得小时候，冬天洗澡没有浴室，没有暖房，只能在大木桶里洗，非常冷。一个冬天很少洗澡，冬至以后就常常要积到过年前才洗一次，有些人洗完澡，搓掉那些澡泥之后，体重立马轻了。星期天下午学生回校时，班主任一项重要的工作就是检查个人卫生。啥叫个人卫生？就是检查脖颈和耳朵根，看看是不是黑乎乎的没搓干净。我们班有一个男生，脖子里每次能搓出一坨黑乎乎的厚泥，老师笑话他说真不错，这么厚的泥，怎么说也还有点儿保暖的作用。

一般农家冬天睡觉没有垫被，席子底下全用稻草垫，而稻草里就有很多的虱子和跳蚤。跳蚤就不去说它了，光说虱子。虱子是一种很可恶的动物，躲在头发里，不分昼夜到处乱咬，又痒又烦心，被咬的地方很快起个红包，用手抓几下，马上就溃烂了，流出血水和黄水，虱子们更兴奋，像挖掘地道一样，不断加宽加深，扩大战果。血水和脓水更多了，湿乎乎地粘在头发上，使头发结成一板一板的，梳都梳不开，像一个硬壳一样套在头上。这就是癞头，也叫癞痢头。癞头的人臭气熏天，苍蝇成群结队跟在后面，人走到哪里，便嗡的一声飞到哪里。坐下来，嗡的一声歇在头顶上，像围着一口大粪缸。

我八九岁的时候也癞过一次头，那时小姑娘爱漂亮，稀稀拉拉几根黄毛还留着长发，然而不幸长了虱子，有时吃饭，吃着吃着就会有虱子掉到碗里，静坐时能感觉到虱子挥动着毛茸茸的脚在头皮上唰唰唰唰一路跑过去。早上起来，拿篦子篦头，下面铺一张白纸，从最后面篦到前面，虱子就噼里啪啦地掉到白纸上，用指甲一捺，轻轻的一声脆响，变成一个湿湿的小圆点。篦子真是个好东西，又解痒又杀虱子。但是虱子繁殖很快，刚杀完一批，没几天，头发丝上又星星点点地粘着白色的卵了，用两个指甲捋下来，一捺，啪的一声响的是还没孵出的卵，不响的，是小虱子已经出壳了。我每天都到溪里洗头，擦膏药，红药水、紫药水，癞头却总不见好，我妈一怒之下把我剪成个小光头。后来她得了一个别人传授的秘方，给我擦洗疮口，结果还真灵，才洗了三天，虱子就没了，疮口也慢慢愈合。幸好以后也没留下癞疮疤，不然也要被人叫成张癞头了。

在我的印象里，癞头们大多脾气较好，脑子灵活聪明。有的开店做小生意，有的开拖拉机帮人跑运输，有的包地种树苗，有的承包砖瓦窑。总之，日子过得挺滋润的。在做生意时癞头们又占了点儿优势，因为癞头本身就是一张无形的名片。像王麻子酥饼、胖子饭馆、傻子瓜子一样，形象直观、特征明显，好记又不易忘。我妈从中戴赶集回来，人家问她："你这衣服好，哪里买的？"我妈说："桥头那个癞头的店里！"噢，桥头的癞头，谁不知道！二十世纪九十年代，汤溪西门有好几家批发店，店面、货品、价格、服务都差不多，但有一个叫癞头鬼的老板生意就特别好。因为他的名字特别好记好叫。早上去上班的人，骑个自行车路过，捏一下车闸，一只脚点着地，远远地叫道："癞头鬼，两箱啤酒，后山的王小五家，吃夜饭的时候送！"里面高声答应一声："知道了，后山的王小五，两箱啤酒！"你便只管去干活儿好了，晚饭时保准会把啤酒给你送到府上。假如换到别的店里，叫"老板，送两箱啤酒！"，听起来就不那么亲热爽快，隔着一层似的。我们村有三个开拖拉机帮人运东西的，别人来请时，有时一时想不起名字，就会

说:"叫那个癞头好了。"癞头真是因癞而得福啊。

癞头们因为自身有缺陷,所以在恋爱婚姻方面也很低调,不盲目乐观,幸福的沸点很低,知足者常乐,在家常常是老婆有理,坚决听老婆的话。小孩子们不明白这个道理,看见癞头就唱:"癞头皮薄,不怕死活,就怕老婆!"殊不知,这正是癞头们幸福生活的源泉。

慢性病

我的父亲张牛牯坐在一大堆棍子柴前,望着这些粗细不一的黑黢黢的木柴发愁。地上放着大砍刀和一个硬木墩子。他把一根小孩手臂粗的栎木树枝放在木墩子上,费力地举起砍刀,狠狠地劈下去。

他满心以为,栎木树会像往常一样,乖乖地待在墩子上,像一个绝望的死囚,等待着砍刀飞下来,然后一阵细细的光芒闪过,木柴咔的一声被一剖两半,露出白色的坚密的纹理。几十年来,他劈柴的感觉历来都是如此:得心应手,畅快,刀刀致命,几乎从不落空。他曾引以为豪,一个男人,一个养家糊口的壮汉,就应该如此,一把砍刀,维系着全家人一年烧饭煮菜的柴火,红通通的炉火边,女人和孩子的脸,被映得像上了一层红釉。黑暗潮湿的小屋,也被火光烤热。在乡下,柴堆的大小,或多或少地显示着这家男主人的精力和体力。一个身强体壮、勤劳肯干的男人,家里的柴垛子往往又高又厚实,而且根根都是滚圆粗壮的木头疙瘩。家里的女人进进出出,看一眼柴垛子,度过整个冬天还绰绰有余,心里就踏实、安稳。而那些瘦弱、多病的男人,砍不动劈柴、背不动木头,只能捡些零零碎碎的树枝,割一些蕨类植物充数,这些柴火不经烧,轰的一下就没了,女人就时时担着心,怕大雪封山时,家里没

柴火了，怕烧不出木炭，寒冷的冬天就没法暖被窝。

我父亲在这方面，历来是全村男人的典范。他的力气大得惊人，两百来斤的重物压在身上，腿不抖、身不颤，"嘿"的一声，两箩筐满满的稻谷便沉沉稳稳地凌空而起，一根杉木扁担弯成一张弓，在肩上快活地跳跃，从晒谷场一路"吱扭吱扭"到家。那时候的力气，像一眼活泉水，仿佛怎么也用不完。一天忙到晚，到了晚上，好像困了、乏了，感觉身体里的井水，已经接近干涸。但是闭上眼睛，睡上一觉，骨头缝里，肌肉深处，皮毛血液里，那些新鲜的力气，又源源不断地涌出来。

人说"吃一碗饭，长三斤力气"，父亲的饭量也大得惊人，白米饭三碗，感觉还是半饱，只是看着饭钵渐渐地露了底，家里的女人还没有吃，只得硬生生把碗放下。他每餐还要喝点儿小酒，自家种的糯米，自己做的红曲，自己亲手酿的米酒，一杯不醉，两杯洗肠胃，三杯毛哄哄，四杯脸绯红。父亲坐在老屋的上横头，站着是家里的顶梁柱，躺下是家里的把门闩，不要说劈柴，犁耙耕耖，又有哪一样活儿能难倒他呢！

但是现在，他望着眼前如小孩手臂一样粗的一大堆棍子柴发了愁，刚才试了试这把过去二十多年常用的砍刀，不行，根本找不到一点儿感觉了，一是砍刀突然变沉了；二是胳膊僵硬，手举不过头顶。他灰白浑浊的眼睛紧紧地盯牢栎木段，使劲儿狠狠地劈下去，砍刀却劈歪了，刀尖在木段上留下一个深深的白点，木柴像吃了痛一样，跳了几跳，飞得老远。他走过去，捡起来，重新放到木墩上。这一次，倒是砍正了，木柴裂开了一道缝，但刀却被夹住了，怎么也拔不出来，他用手抠，用脚踩，木柴像跟他作对一样，紧紧地咬住刀，就是不松口。木柴也是有灵性的，他年轻的时候，由着性子欺负它，随心所欲地折、弯、砍、踩，木头在他手里也特别听话，想横就横想竖就竖。现在没劲儿了，力气小得一根树枝都拗不断，木头、石头也处处跟他唱反调。比如说有一天，他看到路上有一块石头，就走过去，抬起脚，一脚踢去，想象中，石头应该是骨碌碌一阵就滚到路边草丛中去的，但他惊奇地发现，这一脚过去，石头竟然还待在原地，一动也不动，而脚掌却格外地疼。他花蒙蒙的眼睛看到大石头，仿佛一个光着脑袋的人，龇着白牙朝他笑。

　　年老是一种慢性病，它的到来是慢慢地，不知不觉地，在他惊觉身体已经发生了大变化时，衰老却已成为一件显而易见的事实，再也无药可医，无法更改，就像他的帕金森综合征一样。

　　我父亲张牛牯在六十五岁的时候，手脚开始僵硬，走路步子越迈越小，有一回，竟然在走过上万次的田埂上摔倒了。还有一次，他骑着三十五岁时买的那辆永久牌自行车，被一个小泥块绊倒，脸朝下鳖一样趴在番薯地里，自行车倒在身上，他使劲挣扎，却怎么也爬不起来。很长一段时间，恐惧和不解笼罩着他，他想一定有"鬼"压在他身上，捆住他的手脚，堵牢他的嘴巴，使他不能动弹。不幸的是，这个"鬼"越来越频繁地出现，比如说，半夜醒来，想翻个身子，手脚怎么也不听大脑的，翻不过身来。从门前的小土坡上走下来，脑子里认为，这么一点儿坡，几步就跨下去了，身子和脑袋往前冲，脚却像被藤蔓缠住，几乎跌了个嘴啃泥。从此，这个从前走路大跨步的人，变得小心翼翼，特别是下坡，要扶着墙壁走。

　　这种境况是从什么时候开始的呢？他努力地想，五十多岁时还在砖瓦场拉砖，六十岁在汤中的操场上平整场地，拿着锄头，便时时感到腰疼。后来腰疼病越来越厉害，挑不动担子了，六十一岁，

掉了三颗牙齿,六十二岁,爬山的时候,腿脚也开始颤抖。六十五岁,去市区大医院照了片子,是脑卒中,小脑有两根血管堵死了,他开始吃中药、西药,一个星期一趟,往洋埠马医生家看病,往金华医院看病,往各个亲戚朋友推荐的土医生家看病。后来,病越看越严重,起先还能自己骑自行车去,两个月过去,变成只能由别人开车送去,三年多过去,他对医生失去了信心,也附带着对一切中药西药失去了信心。他心里明白,那个日子越来越近了,从逐渐僵硬的手脚到逐渐僵硬的脑袋,再到舌头、鼻子、耳朵……一样一样,慢慢离开了他,那些以前从不经意的东西,变得那么重要,高不可攀,像天上的云朵。

父亲靠着老屋的土墙,两眼空洞地望着一只走来走去的鸡。这是一只公鸡,生得高大壮实,但用不了多久,它就会变成锅里的炖肉,变成一堆鸡毛。公鸡的生命是猝然而止的,什么时候止,它并不知道,也没有什么定律,完全取决于主人在外读书的外甥女什么时候回来。所以公鸡看起来光鲜亮丽,充满了年轻健康生命特有的蓬勃劲儿。有时候,他想,人为什么要到老年,要油尽灯枯,要慢慢熬死,要经过漫长的等待生命终结的痛苦过程,还不如这只鸡,至少在死前的每一刻,过的都是快乐的日子。

他盯着自己那双骨节粗大的脚,这双脚……唉……这双脚……从前,它可以一天走七八十里山路,凌晨起床,走三十多里到山上打柴,傍晚再推一车柴回家,即使这样奔波,也从没有像现在这样累过,几乎抬都抬不起来!门前一个小小的台阶,都要花很大的力气才能迈上去,这小小的台阶,竟比一座山还难爬。这是什么时候的事情呢,细想起来,竟记不得了。从前那些藏在鼓胀胀的肌肉里的力气,忽然有一天,就不再回来,不,不是忽然,是一天一天回来得少了，像派出去作战的士兵，第一天能回来五十，第二天能回来四十，之后是二十、十，现在，他的脚肚子里，只有一个兵，这个兵又这么弱，他恐惧地想，如果有一天，这个兵也跑走了，也就意味着要永远地躺在床上，由别人抬着、抱着、拖着……他不敢想接下来的事情了。

医生告诉他，帕金森是不能根治的病，只能缓解。他抖着手，将一粒药放在嘴里，缓解，缓解吧，即使没有帕金森，又怎么样呢，难道年老这种病能根治吗？也只能缓解罢了。对于所有的人来说，年老，才是一种绝症。

麦秆扇

麦秆扇是旧时农村里的常物。轻薄、洁净，黄白色的扇面，衬着绣花的或花布做的扇月，薄薄的被无数双渍着汗水的手把握过的扇把。轻轻摇动，飘来一股麦秆特有的清香。旧时没有电风扇，更不用说空调，夏日纳凉之物，除麦秆扇外，还有棕榈叶做的扇、鹅毛做的扇、绢布做的扇。棕榈叶做的扇不经用，又难看，鹅毛和绢做的扇是富贵人家小姐用的，农人家庭一般都用麦秆扇，就地取材，又轻便又好看，坐上去、躺上去、折过来、扔地上、踩几脚，都不会坏，真的是跟乡下的农民一样，抗压能力特别强，不金贵。麦秆扇还有一个很大的用处，就是父母用来当作打小孩的工具。孩子不听话了，老娘随手抓起一把扇子，倒过来握在手上，露出长长的扇把，朝孩子的屁股打过去，嘴里叫道："不听话，给你几扇把吃！"扇把是用竹子剖成薄薄的宽宽的长条，像一把戒尺，打在屁股上好痛。我想那时的孩子恐怕都挨过母亲的扇把吧。

我奶奶是一个做麦秆扇的高手，家里隔一两年就要做一些扇子。四月小麦收割完，奶奶就从麦秆堆里挑出一些大小粗细均匀且色泽鲜亮的麦秆出来，扯去叶子，掐头去尾，单留中间一段，然后浸泡在冷水里，用石头压上，以便麦秆不浮起来，大约要泡一两天，捞出来，又用热水浸泡，泡过以后，麦秆就变得又韧又软了。

接下去开始编扇辫子，把麦秆像编麻花辫一样编起来，做一把扇子，需要五六米长的辫子，这也要看扇子的大小，大扇子要多编些，小扇子少编些。我奶奶经常坐在天井的檐廊里编扇辫子，因为太阳可以从天井里射下来，斜斜地照着她，既不会感到阴凉也不会感到太热。她有一双三寸金莲的小脚，尖尖的头上绣着牡丹的鞋，只有大人的手掌那么大。

扇辫子编好了，奶奶开始缝，把扇辫子一圈一圈地盘好，像盘蚊香一样，前面的一圈压在后面的一圈上，从前面看，是看不到针脚的，从后面才可以看到均匀细密的针脚。缝好扇面，还要在最外层绲上镶边，一般都是白色或浅蓝色的洋布，也有用桃红色的。接着做扇月。扇月就是缝在扇子正中的圆圆的一块布。扇月缝上去以后，这扇子就有了眼睛，有了灵魂，就活了，就是一把神采奕奕的美丽的扇子。没有扇月的扇子则失了神采，只能算一个工具而已。

讲究一点儿的扇月是用绣花针、花线一针一针绣出来的，白色的布，绣着不同的图案，或梅花，或牡丹，或荷花，或兰花，这些是比较常见的，难一点儿的有喜鹊登枝、鸳鸯戏水、鱼跳龙门，我家里的扇子有很多是绣了兰花的，大概兰花比较好绣。也有的是一朵五瓣桃花，粉红色和绯红色的丝线，从花中间一层一层地晕染开去。也曾经有好几把鸳鸯戏水的扇子，都是我奶奶做的，绣得活灵活现，那鸳鸯的眼睛和羽毛都被摸得油油的，好像会闪闪发亮。我奶奶床头桌的抽屉里，有一大捆五颜六色的丝线，光红色就有十几种，绿色也有七八种，一个颜色一个颜色分门别类，夹在厚厚的竖排的线装书里。我奶奶轻易不给我们看，怕我们弄脏。不过她对我特别好，经常叫我去帮她穿针，绣花针的针眼比普通针更细，她眼

睛不好穿不进去，而我一穿就穿进去了。我们缺少绑头发的头绳时，经常去把那些丝线偷来，好几种颜色混在一起，搓成漂亮的头绳。奶奶一开始是骂，因为我们抽丝线时，慌里慌张，把线全搞乱了，结成了死结。后来，她也不做绣活儿了，用不着丝线，干脆全部一团乱糟糟地塞在里面，我们反倒不去偷了。再后来，扇月越来越不讲究，奶奶经常用我们做新衣服的下脚料来做扇月，花里胡哨的，有时还把两块不同花色的拼在一起，虽然不太好看，用途却不会减少，那年头，每个人都忙忙碌碌，谁还讲究这个呢。

扇把是毛竹做的，取三四十厘米长四五厘米宽的毛竹片，将最外一层和最里一层削去，削成薄薄的竹片，一头沿着竹板的平行面再剖一刀，只剖到一半，并不剖到底，做成一端张着口的竹夹子，一面长些一面短些，把扇面夹在中间，用线固定牢，麦秆扇就做好了。

夏日的晚上，我们搬出竹床，在月亮底下乘凉，奶奶轻摇着麦秆扇帮我们赶蚊子，偶尔轻轻地唱道：

麦秆扇，麦秆扇
扇月像月亮
扇扇我的弟弟吭㾱吭疔吭癞疮

她拖着长长的声音唱着，在热闹的蛙鸣声中，有一种格外的忧郁，我现在想来，做这首歌的，一定是位嫁了小丈夫的大媳妇，因为在汤溪，旧时童养媳都是叫小丈夫"弟弟"的，并且这个"弟弟"像她的儿子一般，往往要她一手带大，吃穿要服侍，睡觉要哄。奶奶虽然是童养媳，但并不是那种女大男小的十八媳妇七岁郎,她和我的爷爷属同龄人,这在旧社会很少见,一般人家都愿意要个大媳妇做家务,所以,奶奶感到自己运气很好。她终身没有用过电风扇,一把麦秆扇伴了她一辈子。

街灯

城市的夜晚，到处是热闹的灯火，商店的玻璃幕墙像一个绚丽夺目的万花筒，不停地旋转变幻着五颜六色的光，城市的中心主干道，是一条灯光组成的明亮的河流。夏天的晚上，许多人喜欢开车到北山上，在半山腰的观景台上眺望金华城，看白天林立的高楼大厦在夜空中隐去身影，只剩下一地璀璨的灯光，如上天撒落的金子，在黑暗的大地上熠熠发光。

这是城市的街灯。这个充满了魔幻面孔、不停旋转变幻着、带着鲜艳亮丽的光环一路飞奔的城市，是繁华的聚集地，是热闹、狂欢的海洋。人在灯下，灯在人上，光柱子映着酡红的面孔、映着飞旋的车轮子，隔着玻璃，灯光打在富丽堂皇的酒店的餐桌上。江边，楼层越爬越高，灯光也越爬越高，一条圆弧形的灯带如一串五彩项链，挂在黑暗中的顾长脖子上。通济桥，灯光捧出一个弯拱形的轮廓，拱桥上箭一般穿梭往来的车辆，白色、绿色、黑色、沙滩金、棕色、大红，都幻化成一道道黑影，偶尔出现散步的男女，裙裾和头发被风吹得飘起，灯光悄悄地拽着不肯走远的影子，像面条一样越拉越长……

在城市某些不起眼的角落，或者在乡村的土路上，我也看到这样一些街灯：孤独地站着，努力地睁着晕黄的独眼，以微薄之力对抗着整个世界的寒冷和黑暗。一个孤独的勇士,在无边无际、越陷越深的重重黑暗包裹下,奋力撕开一条光明的缝隙,这光能一直照到人的心里,给夜行人以希望和温暖。

去年秋天,我回乡下老家,吃过晚饭后,我跟母亲说要到茶园边的小路上转转。小路很黑,但幸好还有几盏路灯,"没灯的地方别去,有蛇呢,秋天的蛇,最毒了。"母亲说。茶园就在我家前面五六十米,白天绿茸茸的茶园,此时陷入一片无边无际的黑暗,熹微的星光垂在天边,照出黑暗中松树、柏树、樟树的重重黑影。除了秋虫长一声短一声的鸣叫,以及风刮过的呼呼声,世界一片死寂。隔得远远的几盏路灯,就这么静静地站着,微微地垂着头、躬着腰,细瘦的身体努力地高举着一星灯光,似乎已经把全身的能量都聚集在一处。灯光笼罩之下,肥绿的苍耳草、合拢了花瓣的蓝色喇叭花、粉嫩的指甲花像一群可爱的睡意蒙眬的少年,叫人想起油灯下边做作业边打哈欠的孩子。远处有着朦胧亮光的路上,一个上晚班的人骑着电瓶车"沙沙沙"地过来,骑到近处,速度放慢,灯光下,一张疲劳黝黑的中年人的脸。

"这么晚才回家?"

"嗯哪。"

"饭都没吃吗?"

"嗯哪。"

"家里人都在等你喽。"

"嗯哪!"

有路灯的地方,世界不那么黑了,人的心里有了亮光,有了火焰。

我的一个远房的堂爷爷,八十多岁了,说起他年轻时撑竹排的

经历。那时竹排装满了货物，顺水一路撑到兰溪，在兰溪把货物卖掉，第三天或第四天，再逆着水一路把竹排拖回来。冬天，河里结着冰，撑排人穿着草鞋，踩着冰碴子沿河走，有时天完全黑了还没走到家，又冷又饿，全身被水淋湿冻得发麻，快走到村口时，远远便看到村口特意挂着的一盏路灯，顿时感觉散失的力气又长了回来，冻得硬邦邦的身体仿佛也有了知觉，咬紧牙关，一口气走回家。家里有热汤热饭，有父母兄弟倚门而望，那盏灯就是家，就是念想和希望，是受尽辛苦后所得到的最大的安慰。看到那盏灯，就想：唔，到家了，回来了。心里暖洋洋的，不知道这时候，会不会有人在哭。

这盏灯，是特意为夜行人点的，放在一个木头做的灯架里，外面用油纸蒙着，里面是桐油，这种灯，当时人叫作"天灯"。

我家所在的村子，是一个只有二三十户的小村，人本来就少，大部分人外出打工或定居城镇上，常住在村里的，只有十多个老头儿老太太，我父亲死后，母亲一个人住在一座大房子里，养了一只狗叫来福，母亲一个人烧饭一个人吃，往往未等天黑就关门。我家的屋角处，立着一盏15瓦的路灯，黄黄的光，颤巍巍的，像老年人浑浊的眼睛。尽管不太亮，但我仍然感谢它，假如连这盏灯都熄了，乡村该是多么黑！母亲的身体，也像这盏灯一样，颤巍巍的，不知道哪一天就熄了。

我的数学梦

数学一直是我的噩梦。

我这么说，一定会得到许多中学生的同情，因为他们也许正像我一样，在数学的泥潭中痛苦地挣扎。我读中学时，各门功课都不错，除了物理和数学。物理很少及格，数学总是处在及格与不及格的边缘。物理可以用选文科的方式逃避过去，数学却像头上的癞疮疤一样成为永远甩不脱的噩梦。

我从小对数学很害怕。追溯历史原因，恐怕跟小学时的数学老师有关。小学时，我们的数学老师姓王，是一名胖胖的中年妇女。印象中，她总是挥着一根小拇指粗的教鞭在教室里逡巡，谁做不上题或是不听话了，就在桌子上啪地一鞭子，虽然没打在肉上，心脏却吓得不轻。男生们给她起了个很难听的外号，她似乎也听到了，对我们更加没好脸色。小学毕业时，我的语文成绩要比数学好得多，大概是语文老师比数学老师和蔼可亲吧。到初中时学平面几何，尚能对付过去，我的成绩并不是很差。后来学立体几何，就撑不住了，我的头脑似乎没有三维的功能，永远也无法想象虚线后面的那个图像。那时，教数学的老师叫李一新，长得相当帅气，头顶上有一撮毛，高高地竖着，像戏台上武将头上的翎子，随身体左右晃动。我听不懂李老师的课，就自我放松，看他头上的翎子。中学

姑蔑侧影
GUMIECEYING

第二个数学老师姓林，没有翎子可以研究，我就专心听他的课。但林老师讲课很快，我的反应，显然要比他的思维慢很多拍，往往他三四个知识点讲过去了，我还在努力弄明白第一个知识点。林老师敲着桌子，恨铁不成钢地说："脑子怎么长的，一个弯都转不过来！"我惭愧得无地自容。

为搞好数学，我把大部分的时间和精力花在做习题上，买了很多参考书，和前面的同学搞好关系，以便时时请教。然而成绩总是不见起色。每次考数学，我都手脚发冷，内心冰凉，能够考到七十分，就觉得自己已经非常非常了不起了。失望之余恨恨地想，长大后一定要嫁个数学老师，看你狠还是我狠！不幸的是，长大后我依然日日与语文为伍，征服数学的愿望恐怕很难实现了。

离开学校很多年，现实生活中也很少用到代数几何之类的东西了，我以为数学会远远离开我。但令我想不到的是，数学非但没有离开，却时不时以噩梦的形式侵入我的生活，令我半夜里恐惧、颤抖，一头冷汗地醒来，惶惶然坐在床上如丧家之犬。

在梦中，一开始总是很好的，阳光明媚，学校也很可爱，我蹦蹦跳跳去教室，忽然发现校园里空无一人，他们全坐在教室里，已经在上课了，我迟到了！更糟的是，那个在上课的竟然是数学老师！忽然想起来这一节真的是数学课。怎么办呢，如果旷课不去，这一节课落下了跟不上不说，前面落下的还没补上呢。如果去敲门，喊"报告"，该多么难为情！我似乎每一堂数学课都迟到，都跟不上趟，开小差。数学老师的眼光，像探照灯一样扫过黑压压的人头，落到我的身上，我仅有的一点儿自尊心在他的注视下被烤焦、变灰，然后灰飞烟灭。这时候，天也忽然变得黑压压的，几朵乌云像大缸一样倒覆在我的头上，让我呼吸困难。我在教室门外焦急、踌躇，急得恨不得一头撞墙却又毫无办法，最后在焦急中大汗淋漓地醒来。

有时候的梦是我在考数学，开始时卷面还很清楚，考着考着字忽然越来越小，越来越模糊，最后一点儿都看不清了。抬起头来看看四周，全是埋头疾书的身影，耳边传来一片唰唰唰的写字声，心里那个急啊，我大叫起来："老师……老师……"

还有一次我梦见周末放学在家，知道周日晚上回校就要考数学，从周日上午开始，肚子就隐隐作痛。但并不是痛得非常厉害，如果考语文的话是毫无问题的，但因为是考数学，就觉得有必要请病假。我央求着我妈陪我到学校去请病假。两人拎着菜、拎着米，到学校时，天已黑了，教室里灯光通明，所有的人都在考试。此时，我肚子忽然不痛了。真着急啊，肚子怎么就不痛了呢！不痛了还请啥假呀！我急切地希望它痛起来，但它就是不痛，一点儿都不痛。我不是一个会说谎的人，也不是一个说了谎话脸不红心不跳的人。我胆战心惊地带着我妈去找班主任，看我妈拘谨地站在老师面前，穿着破衣烂衫，低声下气地解释我请假的原因，心里无比羞愧。

还有一次做梦是关于数学书的。快上课了，我怎么也找不到我的数学书，找呀找呀，哪里都没有，把抽屉全翻过来也没有。我越找越急，眼泪都快掉下来了。后来一抬眼，看到我的数学书赫然躺在窗户外面的泥地上，而此时窗外下着大雨，书已经被雨淋得稀巴烂了。我冒雨冲过去捡回来，却已经一张一张破掉、烂掉，再也拼不回去，我拿着淋坏了的书号啕大哭。事实上，我确实有过课本被扔到窗户外大雨中的经历。我和坐在前面的男同学打架，我用圆规狠狠扎了他一下，他则撩起我的书就扔到窗外去。不过那次扔的是语文书，我出去捡回来时，也并没有被淋坏。

灶台

我相信许多人都有过这样温暖的记忆画面：暮色四合的农家小院，辛劳的主妇卷着袖管，头发上还粘着在田里忙活时带回来的草茎，在简陋低矮的厨房里忙碌着，洗青菜、洗萝卜、淘米、放油盐酱醋。灶台上，铁锅里热油刺啦刺啦地响着，一阵阵白色的烟雾从锅中冒出来，翻滚着浓浓的香味儿，溢得满屋子都是。小孩或者老人，坐在镬孔下的灰塘边，不紧不慢地往里面添柴。红色的火苗越燃越旺，涌出镬孔，舔着坐在灶口上方水壶的壶底。火光映红了烧火人的脸庞，即使是数九寒冬的天气，灶上灶下，甚至整个厨间，都是热气腾腾的。

灶台是农村人家庭生活的核心。有道是"吃喝拉撒"，灶台就占了俩。旧时农村穷，农民们全部的生活目标只有一个：吃饱、活下去。围绕着这个目标，他们有干不完的活儿，担不完的忧愁。白天在田里劳动，有时中饭也由家人送到地头了事，只有到了晚上，一家人才聚在一起，像模像样地弄一顿真正意义上的饭吃，好安慰一下疲累的身体。趁着烧晚饭的当儿，男人们收拾农具、洗手洗脸。主妇们唠唠叨叨，说着村子里发生的事，询问孩子们学校里的表现。小孩子只围在灶台边，伸长脖子望着锅里的饭菜咽口水，偶尔趁妈妈不注意，便伸出五爪，拎一块油泡或肉片吃。妈妈看见了,举起爆栗子做出要打的样子,孩子一溜烟跑走了,瘪嘴的老奶奶在镬孔下嘀咕:"小孩嘛,撮点儿吃吃有什么要紧!"然而妈妈也不是真要打,最多斥一声:"没相!"

因此,灶台可以算作全家人的信息交流中心、娱乐中心。一户家庭,不管多么穷,一个灶台是少不了的。一户家庭的基本设施主要有三样:一个灶台、一个猪圈、一张床。少了一样,便不能算是一份完整的人家。媳妇娶进门来,少不了要分家,分家的标志之一,便是在另外一个房间的角落,用黄泥垒起一个灶台,这叫"分灶吃饭"。分了灶之后,便会有新的猪圈,即使房子小,腾不出猪圈的位置,也会想办法和婆婆或嫂子合用一个猪圈。

养了猪,当然要烧猪食。猪的胃口大,一餐要吃好几桶食,小的铁锅不够用,灶台上,就要为猪单独设立一个倒过来可以当雨伞用的"两尺六",即直径两尺六的大铁锅。一般规模的灶台,大多有三个孔,放三个锅:炒菜用的铁勺子、烧饭用的两尺四、煮猪食用的两尺六。灶台呈现曲尺形,微微地弯着,好像母亲环抱婴儿一样轻轻地环着后面的柴火和灰塘。我真的很佩服第一个发明灶台的工匠,真的很聪明,他当然可以做成长方形,但那不仅占地方,而且不避风,一个人要管三个灶孔的火,也不方便。

农村里的女孩子,从小便被派去当烧火童,厨艺也大多是在烧火时潜移默化学会的,俗话说,看得多了,自然就会了。每年过年前十来天,灶台是最忙碌的地方,打年糕、蒸饭、做酒、炒米、做冬米糖、做豆腐、炸油泡、炸番薯片、做毛芋羹,等等,灶台上,一天到晚热气蒸腾着,大捆大捆的稻草、棉花秆、蕨、杉树枝,被一把一把地塞进灶孔。烧火人的脸上,一天到晚红着,热得受不了了,就脱掉棉袄,只穿件棉毛衫。仍然热,就走到外面的雪地里吹

吹风。我奶奶说,她当童养媳那会儿,家里有二十来个人吃饭,田地里还有长工,她当烧火丫头,每天烧饭烧水,从早烧到晚,过年时更是吃饭都在灶下吃,一个人管着三个门的火,连小便的工夫都没有。

平原地区没有山,没有树,烧火用的材料,最主要的是稻草,其次是麦秆。稻草和麦秆都有一个共同的特点:不经烧。塞进去,"轰"的一下就没了,只剩下一大堆的灰。赶快就要塞进去新的,不然火就灭了。所以如果管着三个孔的火,就手忙脚乱、上气不接下气。我小时候,三个孔是管不过来的,最多只能管两个孔。我妈就很厉害,管三个孔,还能腾出时间到灶台上炒菜。我看看她的手,好像也没比我多一只,而我管两个孔忙得连鼻涕都没工夫擦。当然,我家也有好一点儿的柴:经烧一点儿的灌木或柴棍子。但我妈是不会轻易拿出来的,只在过年来客人时才用。但在山区,这样的灌木或柴棍子人家就瞧不上了,他们烧的是大柴:整根的松树、毛竹、手臂粗的杂木段,一餐饭下来,根本不需要专门有人在灶下烧火。我小外公家就在山区,房子紧贴着山,要用柴,出门不用走十步路,就有长势茂密的蕨类。我去小外公家拜年,最喜欢坐的地方就是灶台下。小外婆在灶上忙,客人坐在旁边的八仙桌上喝茶,我坐在灶下烤火,听外婆和客人们有一搭没一搭地聊天。我妈妈最羡慕的就是山里人的好柴火,她说:"山里人多好,火都不用烧!"她年轻的时候,常常忧心忡忡,想自己年纪大了,砍不动柴,挑不动稻草,怎么办,难道用一根柴都要向儿女讨吗?有时她也把这个问题抛给我,开玩笑地说我长大以后一定嫁到山里去,既没有田里劳动的辛苦,也不用整天为柴担忧。

第二辑 南山往事：旧照片里的倒影

我的母亲可谓杞人忧天了，世界变化之快真是让她难以预料。现在，农村里家家户户都用上了煤气，灶台只剩下辅助作用，家里只有一两个人，烧个灶也挺麻烦的，还不如煤气方便。东东有一回跟我说，有一个村子的人，特意到镇上买了一罐煤气，连瓶带气应该有六七十斤重吧，他除了坐一小时车，还要吭哧吭哧走十里山路才能扛回家。用不了几年，我们这一代人关于童年、关于乡村、关于炉火和灶台的记忆，会成为新一代孩子们头脑中模糊的传说。

轩轩小路

轩轩小路是有了轩轩之后才有的。之前它肯定不叫轩轩小路，它或许叫李水碓小路，或许叫汤溪西畈小路，或许有一个小男孩，天天在小路的尽头盼妈妈下班回来，那么它就会叫妈妈小路。总之，在轩轩出生前，它或许什么名字也没有，像乡下那些窜来窜去的小狗一样，有了轩轩之后，它才有了名字，这个名字只有我们三个人知道，是我们一家的专用名词。

吃完晚饭，我们手牵手去散步，路过巧梅家的房子，巧梅妈妈和俊杰奶奶在聊天，她们总是很好奇地问："三个人到哪儿去呀？"我们就笑一笑，不告诉她们。要是让别人都知道轩轩小路，这条路就显得很平淡，就不那么美了。

轩轩长着两条小胖腿，胳膊上的肉肥嘟嘟的，两个口水袋很大，专注于某一样事物时，口水就唰唰地流下来，把前胸的衣服弄湿。她最爱捉蚱蜢，稻花孕肚抽穗时，蚱蜢很多，在路边的草丛和稻叶子上蹦来蹦去。蚱蜢有两种颜色，一种是绿色的，跟青草的颜色一样，个儿比较大；一种稍黄一些，个儿比较小。蚱蜢总是傻傻地伏在草叶子上，自以为藏得很稳，别人都看不见它。轩轩不怕蚱蜢，她流着口水，伸出小胖手去抓，关键时刻蚱蜢却机灵得很，唰的一下张开翅膀飞到远远的地方。捉不到蚱蜢，还有行动不那么迅速的小粉蝶,像豆叶丛中一张飘来飘去的废纸。但粉蝶更难捉,它太轻了,比空气还轻,手指开合间带来的风,也会把它吹得很远。轩轩不喜欢蝴蝶,她不喜欢这样娇小美丽的事物,她喜欢凶猛一点儿的东西,比如青蛙,比如蛇。更小的时候,有一个养蛇的叔叔,住在东门山背,送给轩轩的见面礼是两条刚刚出生的小黑蛇(无毒),轩轩一手一条,左瞅瞅右瞅瞅,坐在地上傻乐。

长着小胖腿的轩轩还喜欢缠着爸爸讲《三只小猪的故事》《没牙齿的老虎》,这几个故事已经讲了不下二十遍,她都会背了,但是还要爸爸讲。爸爸绘声绘色地讲老虎吃了糖后,牙齿咔啦啦全掉下来、变成一个瘪嘴老虎的时候,她不可抑制地咯咯咯笑起来,笑得口水糊了一脸。笑完了,轩轩没力气了,爸爸就让她坐在肩膀上,扛着她回家。

从税务所到轩轩小路,要走过长长的正街。会经过春森照相馆,春森的儿子和轩轩同年同月同日生,是轩轩幼儿园的同班同学。春森老婆是兰溪人,每次都很客气地打招呼:"同年佬,到瓜里来嬉阶!"再走过去一点儿,是修自行车的张志贤家,他的女儿张艺璇也是轩轩的幼儿园同学,但轩轩和张艺璇并不亲热,她目不斜视地走过去,好像不认识张艺璇一样。

过了自行车铺,就是一条寂静的小弄堂,逼仄的小弄堂被打扫得干干静静的,也或许不是人打扫的,而是风,无论春夏秋冬,弄堂里的风都很大,夏天在弄堂口站上一会儿,满身的臭汗顿时无影无踪。弄堂里住的人很少,房子也很旧,灰白色的墙壁上铺着大面积的阴影。我们低着头在弄堂里走,经常会碰到一个皮肤异常苍白、眼窝深陷的老妇,挂着拐杖,站在一扇灰暗的门里。我常常无端地觉得这个地方有点儿诡异,我不敢冒犯它,不敢说一句话,只

能加快脚步，快一点儿走到阳光里去。

小弄堂的另一端，就是灰尘漫天、车来车往的环城路。过了弄堂口，所有的生机和活力、人世的烦恼似乎呼啦一下涌过来，像猛然打开的另一扇门。我站在阳光里，回望弄堂，以及弄堂的另一头，有点儿恍惚，似乎自己是从时光隧道中穿越过来的。

傍晚的天光伶伶俐俐地洒在西门畈广阔的田野上，稻子正在扬花抽穗，一眼望去，是一大片无止境的浓黑碧绿，仿佛浓稠的墨绿色的油彩，从九峰山大大小小的山尖上一路流下来。平整的田畴中，是几个渐渐沉入暮霭中的小村子：李水碓、王村、上徐、东夏……妇女们在护城河里洗衣服，用连槌在石板上"嘣嘣嘣"地捶打衣物。菜地里，包菜结出了硕大的球果，像一个老实本分的孩子，无声无息地伏在脚下；蒜薹撑开紫色的小伞，用一根纤细的茎秆逗引夜空中的流萤；灯芯草长得有膝盖高，神气活现地站在低矮的水草丛中，它的前世一定是个太过骄傲的人，这样的人容易被折腰。这不，倘若捉了一条小鱼或泥鳅，身边又没有装鱼的容器，便可以折一根灯芯草穿到鱼鳃里提着回家了。我记得小时候泥鳅特别多，特别是晚稻快收割的时候，田里没水了，泥鳅就会钻到相对湿润的稻培头下（两株稻子叠在一起处），掀开泥培头，里面就有许多背上乌黑、肚子泛金的扁鳅，虽没有圆鳅好吃，烘干油炸过，却是难得的美味。

轩轩小路总共只有三百来米，一端是护城河，另一端是李水碓，傍晚时，下班的人或走路，或骑着自行车、三轮车从汤溪镇上匆匆而返。我们从这一头走到另一头时，李水碓村已家家户户升起炊烟，女人们唤各自的鸡鸭和孩子回家。鸡和鸭们一扭一扭地从池塘里、草丛中起身回去了，小孩子还不肯歇，嚣叫着在村中跑来跑去，狗一路狂吠着，跟着小主人追逐。我们在村口转一圈，引来无数只狗的围观和驱赶，只好无奈地退出来。这时候，夜幕已垂落，地底下的小昆虫纷纷爬出来，在草丛中长一声短一声地叫唤。田野上只剩下风跑来跑去，引发了稻叶子们一片极不满意的唰唰声。我们在小路上慢慢走回家，在一片静谧的黑暗中，汤溪镇灯火通明，仿佛预示着美好生活正在逐步来临。

第三辑 乡野美食：篱笆墙内的烟火

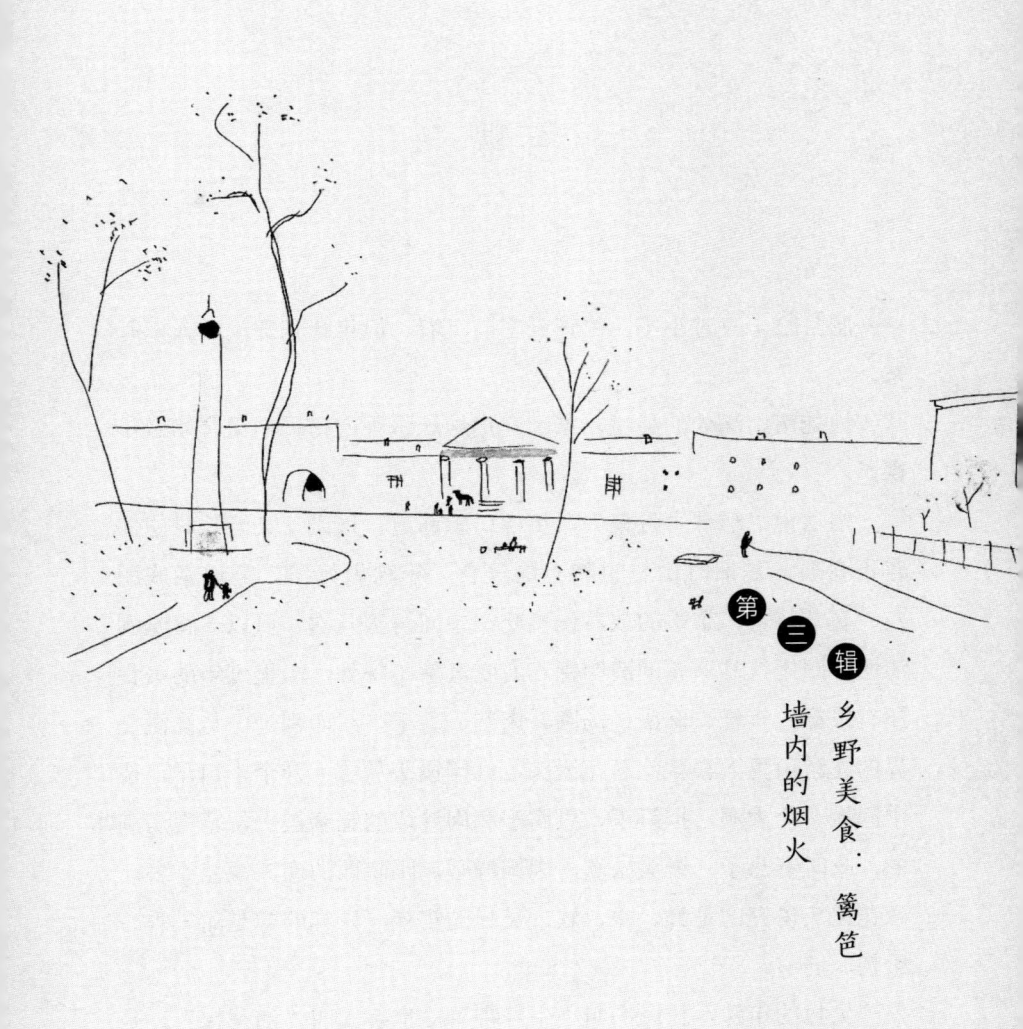

年粿

腊月二十三过小年，尽管天空阴沉着，但年味儿却一天天浓起来。

地处南山深处的吴村，家家户户炉灶飘香，村民们又开始做年粿了。

俗话说"糕粿半月粮"，年粿口感筋道、顶饿，又能长时间保存不变质，是旧时山村里特有的美食。年粿做好了，分送亲戚朋友、春节待客，余下的放着慢慢吃，中间再蒸几次，可以一直吃到清明，跟用鼠耳草做的清明粿连着吃。除年粿外，山里过年的美食还有发糕、年糕、麻糍、汤圆、肉圆、薯干、红印粿……与汤溪交界的龙游山里人喜欢吃葱花馒头，红印馒头从边上开个小口子，往中间掏一个大洞，把笋丁、豆腐干和肉炒成的馅塞进去，塞得满满的，吃时蒸热了，馒头松软，肉馅鲜香，跟陕西的肉夹馍差不多。葱花馒头讲究的是鲜、香、软，吴村的年粿，讲究的却是甜、香、柔韧、筋道。

吴村的年粿，村民们叫"牛蒙粿"，也有人叫"油蒙粿"，是用一种长在深山里的特殊植物混合粳糯米制成，但这种叫"牛蒙"或"油蒙"的植物到底是什么，没有一个人说得出。村民们比画着告诉我们，是一种"芥菜一样大的植物，有大片大片像油菜的叶子,长在深山密林里,只在金华与遂昌交界的源头、苏村、张村、银岭一带才有"。"晒干的叶子一百二十元一斤——以前没这么贵的,今年涨价了。"他们说。

后来经过考证,才知这种植物叫"牛蒡",也叫东阳牛鞭菜、东洋参等,氨基酸含量较高,具有降三高及疏风散热作用。牛蒡性寒,长在深山中,株高尺余,叶面青色背面浅白,每年夏季采摘。遂昌人没有做牛蒡粿的习俗,他们每年都采了叶子,晒干,等着吴村人去买。牛蒡一般都在较深的山中,近些年由于山里的青壮年外出,留在村里的老人年纪大爬不动山了,采牛蒡的人逐渐减少,导致价格越来越贵。吴村人曾想把这种植物引种到村里,但人工种植的牛蒡味道跟野生的就是不一样,韧度和口感相差了不止一点点。

小雨霏霏,正是两三户邻居一起拼伙做年粿的好时候,米是腊月初就浸泡好的,按七斤粳米三斤糯米的比例浸泡二十多天,取出晾干后磨成细粉。再按一百斤米三至四斤牛蒡草的比例,将牛蒡叶子放入锅中煮得软烂后撕碎,混入米粉和红糖搅拌成灰黑色糊状,再倒入蒸笼中蒸半小时左右。取出晾凉,由一力气大的男士,高卷衣袖,大力揉搓米粉团,把粉团再次揉细揉匀,把米粉中有些还未完全化掉的牛蒡筋脉揉掉。在这个过程中,主要的技术活儿一是米粉和水的配比,不能太干,也不能太湿。二是蒸的时间,火候没到,粿做好后容易粘牙;火候过了,韧度不够。三是揉粉的人力气要大,要有技巧。现在农村里一般都是老年人,所以做粿要几家拼着做,拼不了的,一般要请个做粿的师父。

五十来岁的陈集堂师父有着典型的山里人的特点:精干、清瘦,眼神明亮,牙齿微黄,露出的手臂上肌肉鼓胀,一看就是个瘦小有力气的人。他从十七岁开始做牛蒡粿,做了三十多年,手艺纯

熟、揉粉、取馅、包圆、摁进粿印，动作飞快，做出的牛蒡粿油光水亮、大小均匀，花纹细致，看着就特别诱人。

牛蒡粿的馅，是芝麻炒熟后碾成粉，加白糖和猪油搅拌成一大团。早先的人平时吃得素，油和糖喜欢多放；现在的人害怕三高，都不喜吃得太甜，糖和油就要少放一点儿。

吴村人做牛蒡粿，一户人家都要做四五十斤米，多的一百来斤，一百斤米能做两千个。年粿做好，除分送亲朋好友，媳妇家女儿家，主要还是正月里待客，用笼屉稍热一下，或者放在米饭上热，就十分软韧了。如果觉得热一下也太麻烦，就放在烘手的火挈上烤一烤，更有一股别样的香味儿。

我父亲年轻时，因为经常去山里，认识了一个吴村人，我们叫他耀明叔。耀明叔比我父亲小几岁，中等个子，壮壮实实的，有一张黑红的脸膛，他家里非常穷，只有一间非常低矮的泥屋，屋子小得转个身都困难，猪圈、厨房和卧室连在一起。但他性子直爽，与我父亲脾气相投，我父亲进山，每次都住他家。他出山买东西、到镇上办事，都要在我家住一夜，与我父亲喝酒聊天，两人就一盘花生米、一碟咸菜炒蛋，或一盘煮毛豆，就能闲聊大半夜。耀明叔常说："过年时，到吴村来尝尝我们的牛蒡粿。"耀明叔有一个儿子，在汤溪中学读书，周末回去不方便，没米没菜了，或者衣服被褥要洗了，我母亲就让他到我家来，衣服被褥洗好，晒得松松的，再用一个大茶缸子，装上一缸新炒好的菜。耀明叔的儿子，最后考上大学在外地工作，耀明叔的条件渐渐好了起来。吴村与镇上通了公交车，耀明叔来我家的次数就很少了。只可惜，一直到他去世，耀明叔家的牛蒡粿，我们都没有尝到。

塔石、莘畈、小源一带的南山中，过年做牛蒡粿的，只有吴村和它的附属小村里东坑、外东坑，其他村子并没有这个风俗。从吴村再向大山深处走，沿山势盘旋而上，就到井上村，再往前，就到了塔石垅的岭边、山坑、坟岩，塔石垅里的年粿，又换了另外一种名称，叫黄粿，也叫红印粿，样子与牛蒡粿相似，但其用料、颜色与口味都有一定区别。做黄粿的米，基本上也是七斤粳米三斤糯米，但要看各家口味定，也有是六四开、五五开，甚至七三开的。加工步骤，与牛蒡粿大致一样，但它不用牛蒡，米粉里加了更多的红糖，大约是十斤米半斤红糖，糖放得比牛蒡粿多，因此炊熟后更甜，颜色上也偏暗红。因没有牛蒡草混入其中，因此做好的黄粿容易开裂，存放时要小心不能被风吹到，也不能放在太干的地方，保存时间比牛蒡粿要短。

无论是牛蒡粿还是黄粿，外形都非常小巧可爱，扁而圆，厚度大约 2 厘米，直径 8 厘米左右，正面有各式花纹：梅花、兰花、菊花、福禄寿喜的字样、双喜图、琴棋书画图案……每一个油光透亮、花纹繁复、散发着甜甜味道的年粿，都是一件精致又美丽的艺术品。

年味汤团

这天是腊八，早上上班，新华街上有人摆摊施粥，路过的人，捧上一小碗热气腾腾的八宝粥，边走边用小勺子舀着吃，在寒冷的飘着白雾的早晨，格外暖心暖肚。过了腊八，一年一度的春节又要来了。旧历此时，各家的主妇们就要忙碌起来，为过年准备各种各样的吃食：冬米糖、年糕、粉丝、冬水酒……而汤溪人最具年味儿的食品——汤团，也随着记忆中的那场大雪，从味蕾深处向我们走来。

汤溪的汤团，白而胖，呈椭圆形，像一枚小巧的白鸭蛋，鸭蛋上，长一条尖尖的小尾巴。一碗汤团，少的五只，多的七只，卧在白瓷碗中，汤水用老抽和生抽调和，加一点儿猪油，上撒一把切得细细的葱花，看着便叫人赏心悦目，更不消说那扑鼻的香气了——汤溪人对美食的想象和聪明才智，在汤团上体现得淋漓尽致。汤团皮是糯米粉做的，经过近乎苛刻的晾晒过程的汤团粉皮，软糯而具有韧性，入口却不粘牙。好的汤团皮，可以用筷子夹住，胀鼓鼓的汤团肚子受重力作用微微下垂但却不会开裂，新鲜汤团放冰箱速冻，再拿出来化冻煮熟也依然完好无损，而一般糯米粉做的东西，冻过后再煮是会开裂的。

汤团的内馅，有笋丁、肉丁、豆腐干、萝卜丁、葱花，笋是自己家竹园新挖的冬笋，萝卜也是从自家地里拔的，豆腐干是老妈亲手做的盐卤豆腐，说起来，这些也不是什么高大上的东西，但在那连饭都吃不饱的年代，可是难得的美食了。馅料的好与差，完全取决于家庭的富裕程度，条件稍好的，肉丁、笋丁就放得多，穷一点儿的，大部分都是豆腐干萝卜。小时候家里穷，平常难得吃到肉，母亲炒好了馅料，放在大脸盆里，用白纱布盖着放在碗柜里，孩子们瞅着空儿，就要撩开白纱布偷吃一勺，汤团馅中的肉丁，用肥瘦兼杂的五花肉炒，半精半肥的变成脆脆的油渣或酥肉，吃着格外鲜香。

汤团是各家各户过年时的必备之物。年三十晚上守岁，母亲便开始搓汤团，有时正月初一有客人来，也要备着，一米筛的汤团，一只挨着一只，一圈一圈围着，足足有四五十个，像乖乖排着队照相的小胖娃娃。第二天大年初一，早餐有两种选择，一是汤团，二是芋羹，大部分人选的是汤团，但我父亲是选芋羹的，他说吃汤团"顶心"，没办法，有些人天生不能吃糯米食，多年以后，我才知道父亲的胃一直不好，他常常胃痛，但他说"顶心"的时候，从来没有人想到他胃不好。

汤溪人待客，无论何时来，开头一定是一碗汤团，叫"吃点心"。点心过后，才是正餐，食量不大的，一碗点心已是不停打饱嗝了。旧时有一种说法，客人吃饱了点心，正餐就吃得少，桌上鱼鱼肉肉的就不会少去，要知道正月里的那碗肉和鸡，一直要摆到初十左右、客人渐渐少去为止。但我想汤溪人的初衷肯定不是这样，他们纯粹是热情好客，总想让客人多吃一点儿，做客时没有点心吃，主人家会很丢脸。

汤团一般只有过年和办喜事时才吃，平时很少做，就是现在吃

穿不愁，也是如此，主要是侍弄汤团粉实在太花精力。首先，要选上好的糯米，最好是当年新收割的，用清澈的井水泡着，共泡二十七八天，其间一天或两天一换水。米泡得干净而易碎时，再取出晾晒，农历八月，白天太阳猛烈炎热，晚上气温下降又有微微凉意，昼夜温差使糯米的内部悄悄发生变化，变得更具有黏性和韧性。这样水深火热的煎熬一直要延续半个月左右，这样晒出来的米称"八月米"。每天，农妇们用竹簟竹匾把米晒出去，傍晚再收回来，晚上要注意防潮，白天要时时看云识天气，以防忽然变天时淋雨，可说得上殚精竭虑。八月米晒得不干不透，不仅直接影响汤团的口味，还会损坏碾米厂的磨粉机。所以碾米厂的老板们都很谨慎，凡来磨八月粉的，一律要问清楚晒过几个日头，还会捧着米细细查看，确定米晒得干透了才让磨。磨好的八月粉，像细沙一样顺滑，珍珠粉一样洁白，饱含着阳光和米粉的香味儿。

汤团，形状可爱，味道鲜美，寓意美好，有"团团圆圆"之意，上面的那条小尾巴，可以理解为"年年有余"，或者是"家有余财"。所以，农家娶媳，新郎新娘在新房的第一餐，嬷嬷都要端一碗煮得不太熟的汤团给他们吃，一边嘴里念念有词："吃汤团吃汤团，团团圆圆。"还要问新娘："生不生？"新娘大多已受了教导，大声回答："生！"

汤团，也有人叫汤圆，但全国各地，叫"汤圆"的实在太多，不仅有咸的，而且有甜的，做法各种各样，烹饪方法也各有区别，而汤溪汤团，大概只能算汤圆的一种吧。

汤圆起源于宋代。周必大《元宵煮浮圆子》诗云：

今夕知何夕，团圆事事同。

汤官寻旧味，灶婢诧新功。

星灿乌云里，珠浮浊水中。

岁时编杂咏，附此说家风。

旧时，汤圆称"浮圆子"，以糯米粉为皮，以黑芝麻粉调和猪油、桂花、白砂糖为馅，搓成小圆球，小巧玲珑的白圆子在热汤中起起伏伏，真可谓"琼浆鼎沸滚珠圆"。农历正月十五元宵节，全国上下普天同庆，北方人吃元宵，南方家家户户煮汤圆，故汤圆也称"元宵"。

汤圆大多以甜为主，也有以荠菜、豆腐干为馅，搓成圆形的咸汤圆，和汤溪的汤团相比，少了一条小尾巴。云南还有一种无馅的汤圆，单单一个实心的糯米粉团，与青菜、香菇、肉丝、大虾一起烧，类似于现在吃的米粉圆子。甜馅的汤圆，除了汤煮以外，还有干蒸的、油炸的、烘烤的、拔丝的汤圆，炸好后放入糖糊中滚沾的穿衣汤圆，与甜酒鸡蛋一起烧的酒酿汤圆……汤溪的汤团，一般都是汤煮，但最近看到有一人拿笼屉蒸，据说味道也非常好。

我对汤圆的美好记忆，大多来源于慈祥又有点儿唠叨的外婆。我小时候，外婆独居在一个远离村庄的山谷——洞叭坞里，到外婆家拜年，要走好远的路，经过许多村庄，从早上走到近午，快走到时，早已又渴又饿、又累又热，胖胖的外婆一趟一趟到山谷口张望，远远看见山道上一行人来了，赶紧回家把汤团下到锅里，等我们走到家，热气腾腾的汤团已经可以出锅了。外婆的手并不很巧，汤团皮有的薄有的厚，不均匀，但那时候，就觉得她做的汤团格外好吃，香甜绵软的萝卜、鲜美的肉粒和冬笋、山泉水做的豆腐，我一口气能吃八个！

姑蔑侧影
GUMIECEYING

的卜

假如有外地人路过汤溪小镇,看到一家店面的门楣上写着"汤溪的包"。外地人心里一定认为,这是一家卖包包的店。很明显,"汤溪"是地名,"汤溪的包",无疑是汤溪所特产的一种包包,且不论是玉米叶编织,或藤条编织,或者是皮制品,汤溪人的店招都是这么直白霸气的!是不?呵呵。

但当他走进店里,看到所卖的商品时,他一定目瞪口呆,不错,"汤溪的包",不是肩背手提的包,而是一种特殊的小食,有时也写作"的卜"。

这种叫"的卜"或"的包"的小吃食是圆圆扁扁的一个小饼,只有茶杯的杯口大小,一分硬币左右的厚度,通体白色,外面是一层极薄的麦芽糖,隐隐透出里面黑色的芝麻粉。一口咬下去,麦芽糖香甜脆韧,芝麻粉香酥可口,外脆里香,甜而不腻,含着淡淡的桂花味儿,是这种小吃食给人舌尖上的美好慰藉。

"的"与"包",是两个动词,也是制作汤溪"的卜"的两个工序。

"的",汉语中往往作助词,比如"蓝蓝的天""美丽的花朵",另外是"目的地""众矢之的",表示地方。"的卜"中的"的",是汤溪话的音译,据专家考证,正确的写法是"扚",

意思是"摘""拧""掐",比如在某人大腿上"的"一把,就是"拧"一把,除了用手指抓住皮肉提起来之外,还有一个用力转动的动作。"的"发音为"dei",平声。"的"与"摘",还是有一定区别的。"的",除了把东西拿下来之外,后面这用力一拧才是关键呢,被"的"的东西,也肯定是很韧很筋道或者有黏性的东西。"的卜"用麦芽糖制成,又经千锤百打,韧性非常足,不拧光摘是摘不下的。"包",则是包饺子的"包",把馅料——芝麻粉、黄豆粉、核桃粉等,放进平摊开的麦芽糖圆饼上,像包饺子一样包起来,封住口,搓成长条。接下去的工序就是"的"。"的"下来的一个个小团子,搓圆、压扁、打粉、叠压、擀薄,直到变成硬币厚茶杯口大小,再装袋密封,冷却后,就是一个酥脆香甜的"的卜"了。

"的卜"虽小,工艺却复杂,每一道工序都有祖传的诀窍。手艺不熟练的,要么芝麻粉外泄,变成黑乎乎的一团;要么厚薄不均,像个粗制滥造的馕;要么直接黏成一团……总之,祖传的手艺,加上成千上万次的实践,才是做成一个漂亮"的卜"的关键。

汤溪"的卜"的非遗传承人丰承秀告诉我,"的""包"是最后两道工序,除此之外,从发麦芽开始,做"的卜"一共有十多道工序。

首先是发麦芽。将小麦浸在水中,等到长出三厘米左右长的麦芽,即捞出晾晒,晒干后磨成粉,叫麦芽粉。其次是准备糯米,将优质的糯米浸泡上锅蒸熟,放入缸中冷却后,以一斤糯米加入三两左右麦芽粉的比例进行发酵,发酵过程约六小时,这个时间要看天气等具体情况。发酵后,将糯米放入榨糖架上反复挤压,糯米中的糖分完全榨出。将糖汁放入锅中熬煮三个小时,待乳白色的糖汁慢

慢变得金黄黏稠后，再取出，放入铺满草木灰的篾席上放凉，形成麦芽饼，麦芽饼经过反复揉搓摔打，成为做"的卜"用的乳白色的麦芽糖。

麦芽糖是农村中非常常见的一种糖，同时也叫饴糖、饧糖。三种叫法，指的是同一个东西。我父母辈们，大多时候称之为"饧糖"。小时候，我还不知道世上还有"饧"这个字，以为他们说的是"席糖"，"饧"和"席"，汤溪话发音完全一样。旧历到了腊月，家里照旧要做冻米糖，所用的糖即为黏度比较大的饧糖。饧糖加热熔化后，加入炒米、米花或玉米花搅拌，冷却后切成一块一块薄薄的长方形。我伯父是做冻米糖的好手，他围着一块大围裙，站在热气腾腾的"两尺四"边，用一把大铲子，用力搅拌锅中的饧糖，饧糖在锅中沸腾冒泡，发出阵阵令人垂涎欲滴的甜香味儿。然后把炒好的黄豆和米花倒进去用力搅拌，拌均匀了，倒入一个长方形的模具里，压实，待放得半凉，饧糖和米花紧紧地粘在一起，再倒出来切成一片一片。用"饧糖"做的冻米糖，不仅特别松脆香甜，而且能保存很久。

小时候，一到冬天农闲时节，村道上就有挑着两个木桶卖"的卜"的人。木桶里装着秕谷，秕谷中埋着雪白的"的卜"和"白糖"（饧糖），"的卜"一角钱一个，后来涨到五毛钱一个，再后来是一块钱，现在一块五。

卖"的卜"的人大多有自己固定的几个村，常来我们村的是一个高义人，六十来岁的年纪，瘦瘦的，头发花白，穿一件蓝粗布对襟袄，腰里围着一块长汤布。他一边走一边喊"的卜哦！买的卜哦！"，走到村中央，不慌不忙地把担子歇了。孩子们耳朵尖，听到叫卖声，从四面八方围过来，眼巴巴地盯着埋在秕谷里令人垂涎欲滴的白糖和"的卜"。"的卜"是小零食,那时大家都不富裕,舍得花钱给孩子买零食的家庭不多,老人们又嫌它粘牙,而且买"的卜"又不像义乌的货郎担一样,可以用鸡毛或猪头骨、鸡内金去换,卖"的卜"的人生意并不好。但他也不急,坐在墙根底下和晒太阳纳鞋底的人聊天吹牛。有时碰到哪个村子做戏,"的卜"的生意就比较好了,除了正常的买卖外,还会以"的卜"做赌注玩"押宝",木桶的盖翻过来,就可以当押宝的牌桌,一堆人蹲在地上,手里拿着一毛两毛的零票子,"出门""归升"——花花绿绿皱巴巴的钱堆在窄窄的桶盖上——"开宝、开宝",喝多了老酒的喉咙震天响,赢的人乐呵呵的,手里拿着赢来的一大摞"的卜",看见相熟的人,你一个我一个地分,输的人也乐呵呵,图的就是个高兴。

  "的卜"因为工艺烦琐,并且只能用手工制作,无法用机器取代,而产品的利润又不高,所以做的人越来越少。横路村丰氏家族一脉传承下来,原来每户人家都有一两个会做的人,到现在,老一辈去世,年轻一辈不肯学,会做"的卜"的只剩丰承秀兄弟俩以及丰承秀的儿子丰伟江了。社会、时代的变革,生产方式和生活方式的巨大转变,使传统手工艺的血脉传承岌岌可危,这也是无可奈何的事。

柿子

柿子性寒凉，不可与海鲜、啤酒、螃蟹、海带、萝卜、紫菜、鸭子、红薯、鸡蛋……一起吃，另外，皮肤过敏的人不能吃，糖尿病人不能吃，体寒的人不能吃，肠胃不好的人不能吃，等等，柿子的禁忌林林总总几十条，能和柿子一起吃的，好像也不多了。这样看来，柿子实在太霸道了，它一上来，其他东西都要往旁边靠一靠。

柿子却自有霸道的底气。中秋刚过，暑气未消，柿子先红了，累累果实挂满枝头，像挂着喜庆热闹的红灯笼。随着天气转凉，树叶子一张一张变黄，飘落下来，树上只剩下一个个玲珑可爱的果子。柿树林疏朗澄澈，枝条伸向空中，微风吹来，那一树树柿子在晃动，仿佛飞天舞女手臂上的红铃铛，会发出清脆悦耳的"铃铃"声。

柿子的营养十分丰富，除含有大量的果糖和维生素 C，还富含微量元素锌。锌是一种很重要的物质，缺乏锌，人就会浑身无力食欲不振，个子长不高，大脑及身体都发育迟缓，人的情绪容易低落，连味觉也似乎消失了。

小小的柿果，除了带来甜蜜的口感以外，还在努力地给我们补锌。

但柿子不能多吃，它的寒凉，不是一般人能承受的。

有一年，老伊同志收到一篮子红柿——鲜亮得淌着蜜一样，看着就令人垂涎。他吃了一个又一个，一连吃了四个，这下好了，到了晚上，肚子开始疼，一趟一趟上厕所，闹到第二天才慢慢地好了。

我是对热性、寒性一点儿都不敏感的体质，人家说什么吃多了荔枝会流鼻血、吃多了炒瓜子会嘴上生泡、吃多了螃蟹会拉肚子、吃多了橘子会生眼屎等，对我来说一概没用。但柿子，是唯一一个令我有点儿忌惮的食物。有一次，我吃了酸奶后，又吃了两个柿子，结果胃里很不舒服，一整夜都在隐隐作痛。

离金华最近赏柿树的地方，我去过的有两个，一是衢江峡川镇的东屏村，一个是兰溪的余粮山。

余粮山位于兰溪北面与建德交界处，海拔五百余米的一个半山腰。从朱村上去，山路盘旋环绕，山道狭窄，有些地方两车难以交会。车行不过十来分钟，陡崖上一棵棵柿树便扑面而来，红彤彤的，耀人的眼睛。再往上，见到柿树林中露出一幢幢泥墙灰瓦的房子，村前小广场上，摆着一长溜的柿子，都用塑料篮子装着，每两个篮子后面，小板凳上就坐着一个大妈。柿饼则装在袋子里，用一块纱巾盖着。掀起纱巾，扁扁的琥珀一样泛着温暖的暗红色的柿饼就静静地躺在里面。村民们在向游客兜售自家的柿子，三十块钱一篮，一篮大约有七斤，稍微还一下价，二十五块就能买走。柿饼是三十块钱一斤，不还价。有些年纪较大的老人，则在自家门前摆着柿子，并不到村前广场上去卖。在村里走的时候，不时会碰到坐在门前的老奶奶老爷爷，用兰溪土话叫："客人，客人，买点儿柿子吧，我家的柿子好。"

各家的门前，都用竹匾、晒筛、竹筐等晒着刨去皮的柿子，初秋太阳猛，柿子晒一天就会收缩变小。等晒得半干，看上去玉津津软糯糯的，柿子表面就会结一层白色的糖霜，这就是上好的柿饼。余粮山的村子很小，大约只有五十多户，青壮年大部分外出，村中只剩下一些老年人。节假日，孩子们会拖家带口地回来。每年柿子成熟的季节，是余粮山最热闹的时候。亲戚朋友们上门来，总要送几篮柿子吧。

近几年，余粮山人已不靠卖柿子的收入过日子了。现在的农村因为缺乏劳动力，柿子没人摘，也没人去管理，只让它随意野性生长，爱结几个结几个。一位六十多岁的鲍姓村民对我说：

"卖柿子能挣几个钱！现在年轻人都喜欢到外面打工，打工来钱快。"

"没有人来收购吗？"

"没有。村民们随便摘一点儿，自己在村里卖，也有人运到城里卖。"

"剩下的柿子就不摘了吗？"

"树那么高，我又爬不上去！再说摘下来也卖不掉，就让它挂着呗。"

"这样也卖不了几个钱啊。"

"是啊，老年人赚几个零花钱。"

这个鲍老汉说的话也不知是真是假。但村里少年轻人是真，走来走去，看见的村民基本上都是中老年人。

沿着村中小路往山上走，窄窄的土路，野荞麦开着繁密的白花，藿香一丛丛的格外茂盛，毛茸茸的圆叶子肥嫩可爱，如折下一枝，断口处会发出一股强烈的辛香味儿。草丛里，不时能见到掉落的柿子，或被风吹落，或自然成熟掉落，或被鸟雀啄落。山中的鸟实在太多了，叽叽喳喳，飞过来飞过去，东啄啄西啄啄，把柿子啄出一个个小洞，这样的柿子就会逐渐发烂掉落。被鸟啄的柿子，都是成熟的、甜的，完好无损挂在树上的柿子，则大部分都是硬的、涩的，一口咬去，整个口腔都麻了。

村子四周，漫山遍野全是柿树，远远望去，疏林红果，一直向远处延绵，红果掩映下的农舍、村庄，漫淌着一股难言的喜庆，透着富足和安宁的气氛。最上面一处独门小院里，三位六十来岁的妇女在做手工。柴门半掩着，三人用方言说着悄悄话，其中两个是姑嫂，说的大约是孩子上学的事，听不太真切。不远处的柿林里，一个穿灰布衣服的老汉在锄地种菜，菜地边缘五六棵枝干粗壮的柿树都挂着牌子，标着的树龄都有一百多年。据说余粮山是从明万历年间建村的，村中最老的柿树有三百多年了，而一百来年的柿树则随处可见。

唐人段成式《酉阳杂俎》中的说法："柿有七德，一长寿，二多阴，三无鸟巢，四无虫，五霜叶可玩，六嘉实，七落叶肥大，可以临书。"张大千说，劳作之余，翻翻医书，方知柿叶煎水可以治胃病，那么，柿子树岂不是具有八种功德吗？张大千因此为自己在巴西圣保罗远郊的私人庭园取名为八德园。

说到柿叶可以临书，这是唐代著名书法家郑虔的故事。

据《尚书故实》记载，唐朝郑虔，河南荥阳人，工诗善画，擅书法，唐玄宗时任著作郎。幼时家贫，无力购买纸张。秋日寓居长安大雁塔慈恩寺，寺中和尚手植柿树多株，柿叶硕大肥厚，于是捡拾树叶，每日取叶临书，一年中竟将一屋子的柿叶写遍，终于练出一手好书法。郑虔的书画得到玄宗皇帝赏识，皇帝亲自在画上题写

"郑虔三绝"四字，从此"郑三绝"传遍天下。

  柿子甜、软、有营养，老年人最爱吃，我却不怎么喜欢。主要是它吃在嘴里像一团糊糊。凡是像一团糊糊一样的，我都不喜欢，包括那种很软烂的桃子和香蕉，我喜欢脆一点儿清口一点儿的水果。但柿树林，我却是极爱看的，漫步在柿树林，看地上铺着一层一层宽大的卵形叶片，抬头再看树上，鲜红的小铃铛俏伶伶地挂着，或者从空中垂下，挂在行人眼前，招招摇摇的，极像调皮可爱的孩子。想到以前过年时，外婆总会拿出一个碟子，里面装几个柿饼，但这个是不能多拿的，很珍贵，通常是放着摆样子的。外婆家附近的山上，有野柿子树，树上的柿子，又小又涩，核又大，不好吃，但外婆做的柿饼，却叫人念念不忘。

第三辑　乡野美食：篱笆墙内的烟火

菱角

假如植物也有性别，我想，菱，应该是蔬菜中的女性。红菱、白菱，是常见的乡下姑娘的名字，旧时大户人家的丫鬟，也有很多叫春菱、秋菱的，大观园中那位会作诗的丫鬟，就叫香菱。菱甚纤细，两脚尖尖，放在掌中，玲珑可爱，故常以女人的小脚为喻。而未采摘时候的菱，因长在水中，又多了几许湿淋淋的水性。江南名调《采红菱》中"我们俩划着船儿采红菱呀采红菱，哎呀郎有心，哎呀妹有情，就好像两角菱从来不分离呀，我俩一条心"，更是把菱与柔情蜜意的爱情联系到一起。而所有的爱情虽然男性不可或缺，却总是愿意以女性形象示人。假如把菱换成南瓜，怎么看怎么别扭。

说菱是女性的，另外还有一条原因：菱肉白嫩甘甜，生食口舌生津，与肉同炒，鲜脆可口，自有一股清新味道。夏日的菜场里，有附近农民来摆的临时地摊，所卖的菜大多是自家田里种了吃不完的。卖主也大多是当地的农民，大爷大妈，儿子女儿都打工去了，田地荒着，有力气的农民们是闲不住的，随便种一点儿，便有着一年四季吃不完的菜。凌晨四五点，便到田地去摘了新鲜的蔬菜，乘着启明星的光亮，用三轮车运到城里的菜场，在空地上铺一张塑料纸，黄瓜、豆角、莴苣、茄子，一样一样摆出来，箩筐倒扣过来当

凳子，一杆手制的秤，一个简易的菜摊便摆成了。我最爱逛这些临时的菜摊，摊主少了一些商人的狡猾，多了一些实诚。蔬菜的品种虽然少，卖相也难看些，但比批发的更新鲜，大白菜的根上还带着小块油黑的泥土，黄瓜毛茸茸的尖刺上尚挂着晨起的露珠，马齿苋开着浅浅的小黄花，仿佛还在温润的泥土里欢笑。有一些时令的野菜，也在地摊上比较容易找到，比如：荠菜，汤溪话叫三月青，时令在初春。野油麻，是一种微苦的野菜，有强烈的清热解毒功效，春末夏初，山谷沟垄里到处都是。野栀子花，也是夏初，一种非常美味而短暂的花朵兼菜蔬。

生菱角上市，则是在农历中秋前后。新菱上市，我是一定要去买几斤尝尝鲜的。翠绿而弯弯的菱角，挤在一大堆豇豆茄子中间，并不显眼。菜场上的熟面孔们，大多理直气壮，气宇轩昂，争先恐后地占据惹人注目的位置，而菱角，总是放在一个角落里，羞涩得仿佛初次进城的乡下丫头。卖生菱角的人并不多，一则因为菱角煮熟了，价钱更高而且容易卖；二则是现在农村里水塘都承包养鱼养珍珠了，能种菱角的水面少之又少。我记得小时候，我家门前的水塘里，就有很多野生的菱角，一丛一丛，水葫芦一样，扁扁的心形的叶子，悠闲地躺在水面上。贪吃的小孩们，找出自家的大木桶，人坐在桶里，以手当桨，划到塘中，翻开叶子，下面就藏着一颗一颗的菱。但野生的菱角，个子是很小的，壳也又厚又硬，跟市场上卖的没法比。

菱刚采下的时候，是绿色的，或是紫红色的，一旦煮熟了，就会变成黑色，或是褐色。以我的经验，黑色的菱更老，肉质粉，吃起来更香，像栗子肉；而褐色的菱肉比较嫩，含水量较高。但现在我发现这套经验不太管用了，我曾吃到过一种新品种的菱，不

216

但皮薄肉粉，而且很容易饱肚。卖者说，这种菱无论老嫩，煮熟了都是褐色的。而要说起菱的种类，我想洋洋大观，恐怕要作万言书。以我的知识，实在有不能穷尽之虞。单就角而言，以我吃过的为例，便有两角的、三角的、四角的。还不包括我从未见过的叶在水下，菱在水上的昆明浮根菱、嘉兴的无角菱、玄都的鸡翔菱等（柯平《素食者言》）。在金华本地，多为两角菱，角小而钝，皮薄肉多，价钱大约十元一斤。也有四角菱，前些年比较多，这几年少了，四角菱其中有两只角特别粗壮，坚硬，像个桀骜不驯的水牛头，另两只角小，长在中间，特别弯。大概因为营养全让角占去了，菱肉就比较少。四角菱咬起来很费劲，但菱肉却分外香甜。好吃的东西总是特别不容易取得的，我想起汤溪民谣中一句形容栗子的话："大栗大栗三层壳，又好吃，又难剥。"用来形容四角菱，差可似矣。

我这人平生不爱吃水果，除了实在因营养需要强迫自己一定要吃一点儿，几乎常年不吃水果，因这个毛病，被老伊同志批评很多次。但我爱吃菱，煮熟的菱角一般都在水果摊上卖，因而跟他强辩："我怎么不吃水果！菱角难道不是水果？分明是水果摊上买来的！"老伊同志张口结舌，无法作答。我想菱角如果真算水果的话，除了名字的女性化，内里是颇有阳刚气的：它的硬气、它的少水分、它的并不光鲜的外表、它的决不妥协的尖角。我喜欢带有一些阳刚之气的东西，就算水果，也是如此。

薜荔

大凡诗人，总有一个怎么也改不掉的毛病，就是到处题诗：贬谪、流放、游山、戏水、喝酒、聚会、锄地、采禾、骑马……而身边的草木山川、人物图景、飞禽走兽、雨雪雷电，无一物不可入诗入画。这不，断壁残垣上满地攀爬、萧索一片的薜荔，竟也入了大诗人柳宗元的手眼：

> 城上高楼接大荒，海天愁思正茫茫。
> 惊风乱飐芙蓉水，密雨斜侵薜荔墙。
> 岭树重遮千里目，江流曲似九回肠。
> 共来百越文身地，犹自音书滞一乡。

唐宪宗元和十年，柳宗元、韩泰、韩晔、陈谏、刘禹锡因参加王叔文领导的永贞革新运动遭到贬谪，柳宗元被贬到广西柳州。诗人初到柳州，登楼四望，海天茫茫，风雨斜侵，感慨世路多艰，昔日友人四处飘零，音书难寄，于是写下这首《登柳州城楼寄漳汀封连四州》。

尽管时运不济，而文中的"薜荔"，读来却并不曾有满目萧索之意，相反，倒有一种迎风抗雨、顽强不屈之势。在猛烈的风雨中，那满墙的薜荔，生机勃勃，将一堵老墙紧紧护住，只刁钻的斜雨才能侵入，可见生命力之蓬勃旺盛。

2017年夏天，我和老伊去厚大寻找一处宗祠，在早已破败凋零的几条老弄堂中逡巡，忽然发现一堵爬满薜荔的矮山墙。

墙是一堵一人高的泥墙，围着一方空荡荡的小院子。从墙外望去，低矮的木门虚掩着，门上过年贴的红纸对联已残破不堪，唯有一丝浅红表示此院尚有人烟。底下露出发白的对联残片。小院子里，一个全身乌黑的老树桩龇牙咧嘴地立在矮墙的阴影下，像一个年老又无力挪动身体的流浪汉。整个院子，甚至整条弄堂都阒无人声，仿佛来到一座废弃的荒园。唯有满墙的薜荔，绿油油包裹着矮山墙，浓浓的绿意从破旧的院子中喷涌而出，仿佛地底下埋藏着一个巨大的绿池。薜荔虽长相粗糙，但叶片肥厚，向四面八方攀爬的茎秆粗壮柔韧，密匝匝的叶片中，偶尔露出几个初生婴儿拳头般大小的果子，形状像青涩时期的无花果，也有一些是呈卵形的，像一枚有着点点白斑的绿色鹅蛋。

因喜欢攀爬于断壁残垣上、坟地里、荒园中，薜荔被视为一种颓败的象征，普通人家门前屋下，是不喜欢植薜荔的。但是，我也常常在一些有着厚重历史的老建筑上，看到薜荔爬满一整堵墙壁，使得百年老屋显得生机勃勃。在一些文艺青年的眼里，薜荔更是一种布置庭园的绝佳之物。宋代的司马光有诗赞云：

> 修竹非俗物，薜荔亦佳草。
> 村之君子庭，人来见逾好。
> 侵阶鹤胫细，缘壁龙鳞老。

薜荔是学名，农村里，它的名字更是土得掉渣，叫"木馒头"，大概是因为它的果子像个微微发酵的馒头吧。但它还有一个好听好记的大名，叫木莲。一说"木莲"，很多人便熟悉了，在超市、菜场豆腐摊上，有很多盒装的果冻状的东西，叫"木莲豆腐"，装在透明的盒里，仿佛空无一物。木莲豆腐是不需要烹制的，拿回家，用凉开水洗一下，拌上白糖、醋，就可以美美地吃了。而汤溪乡下，这种用薜荔果做的消暑食品，几乎家家都会做，对了，它就是最常见的消暑食品——凉粉。

农历七月，骄阳似火，整个大地笼罩在锅炉般的热气中，薜荔青卵形的果实再也经受不住热力的烘烤，慢慢地变成紫色，在阳光下开裂，一些黏黏的液体，自厚厚的果壳中流出。此时，田地里早稻收割完毕，晚稻也已插好秧，村民们的胃也该好好犒劳一番。薜荔果成熟得正是时候。选取丰满、漂亮的果实采回来，剖开，取出里面的籽晾干，然后从清凉的井里提一桶水，把薜荔籽装到纱布袋里，放入井水中不停地揉搓挤压。不一会儿，薜荔籽就变成糊糊，不断地有果胶被挤出，融入到井水里。果胶挤完，把井水放在阴凉处，让这一桶神奇的水在角落里慢慢发生变化。几小时后再去看，桶中的井水，已凝结成晶莹剔透、冰凉爽滑的凉粉了。

九峰山下卖凉粉的刘大妈告诉我，要做凉粉，最好还要加入一点儿凝固剂，凉粉才会凝固得既快又好。加什么样的凝固剂，各地都有不同的小窍门，有加生石灰的、有加明矾的、有加藕粉的。

小时候在田里割稻插秧，累极热极，父母的鼓励之词便是"等歇工时买碗凉粉"，听到"凉粉"两字，疲惫不堪的手脚似乎又多了几分力气，拖拖沓沓的动作也会稍稍快一点儿。凉粉犹如悬在驴前面的那把青草。但这把青草偶尔也有吃到嘴里的时候。常到村子里卖凉粉的是一个五六十岁的老头儿，挑着两个密封的大木桶，严严实实地用布一层一层包好。他有一个小小的精致的笊篱，一根长长的篾片。有人来买凉粉了，揭开桶盖，里面是一桶清水，似乎什么都没有，用勺子舀一勺放入笊篱中，再用篾片轻轻敲一敲，才发现竟有那么多透明的晶莹可爱的东西躺在笊篱中。

在凉粉中放入白糖（也可以用红糖），倒一点儿醋，滴两滴薄荷，入口凉丝丝、滑嫩嫩的，清凉香甜、舒心舒胃，在大热天里带来周身的凉意。那时，凉粉虽只要三分钱一碗，但父亲干一天活儿，也只有两毛钱，所以也算是奢侈品，只有生病的时候，或"双抢"最关键的时候，或有什么特殊的日子，父母才会格外"开恩"一回。

薜荔除了奉献给人们美味的凉粉，它的藤、叶、根都有一定的药用价值。薜荔的性味酸、苦、凉三味，对应人的心、肝、肾三经，《江西草药》中记载，治腰痛、关节痛的偏方是："薜荔藤二两，酒水各半同煎，红糖调服，每日一剂。"不知我的老腰痛，能不能用这薜荔藤来治愈。

烂咸菜滚豆腐

就吃这一块来说，人的口味真是各种各样、千差万别：有的人喜食鱼，有的人偏爱肉，有的人嗜辣，有的人爱吃甜食，也有的人无酸不吃。苏南一带的人爱吃甜，那是出了名的。有一年我去无锡，早上起来，到宾馆的餐厅吃早饭，馒头、包子、黄金糕、小点心、鸡蛋、酱菜、萝卜丁、霉豆腐什么都是甜的，稀饭里好像也放了糖，吃得腻味，拿过一个咸鸭蛋，心想这个总该是咸的了吧，一吃，竟然咸中带甜！我说这里的饭难吃无比，无锡人肯定不高兴，以为做了最好的饭给我们吃，竟然还挑三拣四，真是没口福。

爱好不同可以理解，而要更进一步，变成嗜好，很多都要向偏、奇、怪方向发展了。我有一个同学，吃甘蔗最爱吃根部埋在泥土里的那一小截，节多、硬邦邦的，咬都咬不动，一般人都弃之不要，他却专吃那一段，撩开大牙，像个狼一样地嗑。还有一个村子，村里人特别爱吃当地出产的一种泥土，当茶叶泡茶喝，几天不喝泥土茶就要生病，"甜丝丝的"，他们说。专家猜测泥土里含有某种他们身体缺少的营养。

汤溪人的饭桌上，也有这样一道令人"敬而远之"的菜，它就是有名的"烂咸菜滚豆腐"，外地人叫"烂菘菜滚豆腐"。腌咸菜，汤溪人叫"生菜"，而汤溪人叫咸菜的，却是指"霉干菜"。

真正的生菜，汤溪的词库里没有这个词，说明这种菜以前汤溪人没见过，是近几年才引进来的。而"菘菜"，一般是指大白菜、黄芽菜或结球白菜，古时候管大白菜叫"菘菜"。烂咸菜所用的原料，并不是平常我们所吃的大白菜，而是出产在汤溪厚大一带的"高脚白"，白菜的一种，有着颀长而肥硕的茎秆，叶子翠绿而少，植株有半米左右，品种好的更高，站在地里，亭亭玉立，像一群苗条清秀的少女。这种"高脚白"，其他地方也能种，腌出来的咸菜味道，却以厚大的最正宗。

头年立冬前后，白菜从地里收回来，农户的女主人就忙开了：把菜洗净、晾干，控去水分，切细，然后拌上盐、辣椒、生姜，收在腌菜坛子里，上面不压石头，过个一年两年，咸菜就自烂了。不仅叶子找不到，连茎秆也没有了，只剩下一坛臭不可闻的咸菜糊。这个"烂"，一定要自然烂，不可用任何方法催烂，时间也一定要一年以上，不然就不正宗了。烂咸菜滚豆腐的烧法极其简单：用猪油热锅，放入姜、蒜、辣椒爆炒，再将烂咸菜和嫩豆腐放进去同煮片刻即成。菜上桌之时，奇臭无比，待入口之时，又鲜香无比。两种极致的味道集于一身，给人的味觉以暴风骤雨般的冲击。相比绍兴的臭豆腐，其对味蕾的冲击力更甚。爱的人说它"香"，汤溪人的话是："舌头都吞下去了。"不喜欢的人却觉得臭气熏天，避之唯恐不及。有一次我们同事吃饭，席中十个人，六个人爱吃烂咸菜滚豆腐，四个人不吃，表决的结果，当然少数服从多数，上菜之时，那四个人端着饭碗远远地避开，有一个女同事，甚至逃到大街上去，回来宁愿坐公交也不肯跟我们同坐一车，说我们身上一股烂咸菜的臭气。

烂咸菜滚豆腐还有另外一个好处，就是特别下饭。和饭拌着同

吃，不知不觉，三碗就下去，而且根本不需要其他配菜。即使最不爱吃饭的人，一碗下去，也觉得肚中爽滑、通体舒泰，忍不住还想来一碗。就这一点，就可以看出这是一道穷人菜、农民菜，城市的高门大户、贵族的时尚晚宴、都市的俊男靓女，是不需要这么能下饭的菜的，只有下苦力流大汗的人，家里人才要千方百计让他们多吃一点儿饭，多长点儿力气。

现在网上有一则关于烂咸菜滚豆腐起源的传说，说的是上境地方有一个姑娘叫十三妹，是做豆腐的，罗埠地方有一个小伙叫春哥，是种菜的，十三妹和春哥在走村串巷做买卖时认识相爱了，结婚后，两个人就一起种菜卖豆腐。有一年，天气连续阴雨，春哥种的高脚白卖不掉，十三妹只好随随便便地把它往坛子里一塞，用盐一撒，加了点儿酒——放在那儿，转身就忘了。过了一年，又用到腌菜坛子，才想起这罐随随便便腌的菜，打开一看，全烂了，但又舍不得扔掉，怎么办？闭着眼睛吃呗。汤溪人对豆腐最普通的吃法就是用咸菜滚，加葱姜蒜。弄"拙"成"巧"，一道汤溪名菜从此诞生了。

这是一则典型的民间故事，杜撰不杜撰先不说，从这里面可以发现两个信息：第一，十三妹家一定很穷，不然，她也不会舍不得把一罐烂菜倒掉，再说也不是什么名贵的菜。第二，十三妹做豆腐的手艺很高。烂咸菜滚豆腐好吃，咸菜烂得好不好固然是关键，用什么样的豆腐，豆腐嫩到何种程度，也是一个决定性因素。用那种即使摔在地上也摔不破的老豆腐是万万不成的，不好吃，煮了以后还会空心，像在吃海绵。但在早些时候的农村，卖豆腐的挑着担子走村串巷，豆腐没有老嫩之分，只有一种。买的人希望豆腐老一点儿才划算，卖豆腐的却希望豆腐越嫩才越赚钱。因此，豆腐师傅的手艺才有好坏之分，好手艺的师傅一斤豆能做五斤豆腐，不仅嫩而且好吃，手艺差的却只能做三斤，多出来的那两斤就是嫩豆腐里的水，水也能卖个豆腐价，不发都说不过去。十三妹的烂咸菜滚豆腐既然这么好吃，想必那豆腐一定又嫩又爽口，加上罗埠有名的小白辣椒，烫烫地在口中转一转，辣味儿与香味儿齐集，咸味儿与香味儿并存，臭中有咸、咸中带辣、辣中生香，哎呀，千万不要把舌头吞下去哦。

端午说粽

说到端午，第一个跳出来的词肯定是粽子。

一九八八年，我在湖州读书，第一次吃到嘉兴五芳斋粽子。那次是周末，上街去逛，发现五芳斋的粽子居然不是像个小枕头一样的长柱形，而是一个立体的三角形，不禁感到新鲜又好奇。从没出过远门的我，潜意识里认为粽子就应该是长柱形带四个角的，这种像个大菱角一样的怪物，居然也叫粽子！买了一个大肉粽，剥开来，香气扑鼻，可惜个头太小了，大约只有汤溪粽子的一半，要说扎实厚道，大约还是汤溪的枕头粽更胜一筹。

汤溪人对吃并不很讲究，但一年有四个日子比较特殊，一定要吃一种特别的食物。一是清明，要吃清明粿；二是端午，要吃端午粽；三是七月半，要吃米糕；四是冬至，要吃"麻擂（音）"，这是一个圆圆的用红糖和芝麻粉包裹的糯米糍粑，味道有点儿像北方的"驴打滚"。前三样现在较普遍，冬至吃的这个东西则慢慢发生了变化，有的变成吃年糕、有的吃汤圆、有的吃面、有些地方包粽子、有的吃饺子……不一而足。要说能和全国人民同步的，则必然是端午的粽子。

我母亲包的粽子，细细长长的，像一位刚刚及笄、身量还未长开的苗条少女，用碧绿的箬叶作衣裙，用红纱裹身，头上，俏皮地探出一个双丫髻。母亲的手指肥短,掌心粗糙——她这样的一双手,如何能包出这么好看的粽子呢!我朝她看了又看,跟着她的样子取粽叶、折叠、压糯米、将肉条和蚕豆放进去、扭过来,再覆上另一张粽叶,包出来的粽子,怎么着都矮胖矮胖的,一头大来一头小。我妈笑话我说这不是粽,这是"斧头凿子"。

我母亲包的粽子,是不放酱油的,所以粽子煮熟后,莹白如玉。粽子里的馅料,则有好多种:蚕豆、豌豆、土豆、板栗、豆沙、青豆、蜜枣……我最喜欢吃的是蚕豆粽,每回剥蚕豆的任务也由我完成。晒干的蚕豆要用水浸过,泡软,有时还要借助牙齿,才能揭掉那层厚厚的外皮。区别各种不同馅料的粽子,母亲的方法是用不同颜色的棉线,而奶奶的方法,则用长短不一的麦秆。奶奶包粽子不喜欢用棉线,她喜欢用棕榈丝——把棕榈叶子撕成一条一条细细的线,再打个结接起来。新麦打下来的麦秆是莹白的,有着温暖的草木清香。她把麦秆剪成长短不一的段,每一种长度代表一种馅料。但她有时自己先糊涂了,比如把代表土豆粽的长段包到豌豆粽上,幸好我们全是一群饕餮之徒,弄错了也不在乎,反正最后全祭了五脏庙。

每年端午,除了包正常大小的粽子,还要包两个特别大的肉骨头粽——每个大约有两斤重,这两个粽子是给家里的主劳力——我的父亲特制的,大约是多吃点儿有力气干活儿吧。汤溪人有"好事"时,也要送"馒头粽"礼,讲究的人家,往往也有一对"大粽",主人家的排场,也全在这一对"大粽"上。我看见过的最大的粽,每个有八斤左右。白鹤殿口村举办民俗文化活动,据说展出了一个三十六斤重的大粽子,由五六个包粽能手共同完成。我心里在想,如此大的粽子,该用什么样的锅才能把它煮熟呢?

大粽包好后，有剩余的糯米，还要包一串"小粽"，小粽大约只有食指长，用一张最小的箬叶包成，小巧可爱，像一个小玩具。用一根红色棉线，一头一个，煮熟了，挂在小孩子胸前，家里的兄弟姐妹们，人手一串。我至今不知道这是什么风俗，奶奶从来没告诉过我，多年以前，她去了另一个世界，我再也没有看到过这种小粽，也许我已经不是小孩了吧。

粽子虽美，却不能多吃，吃多了"堵心"。旧时农村家里穷，一年到头难得吃几餐饱饭，看到鲜香味美的粽子，难免会控制不住，而长期以来无所事事的胃，已经不能进行高强度劳动了。因吃得太猛太多而撑死的人，大概也不鲜见吧。汤溪有一首民谣就这么唱道：

初五吃个粽
初六肚里痛
初七弗会来
初八赶棺材
初九吟吟吟
初十埋到山头顶

第三辑　乡野美食：篱笆墙内的烟火

秋来辣酱香

对于食材，中国人仿佛具有某种天赋，能把极普通的食材做成唇齿留香的美味，或者想尽办法，使食材的鲜味、香味长久地保留，就算是简单的凉拌，不经过任何加工，在厨师的巧手下，也能变成百八十样精巧细致、好吃又好看的特色佳肴。

而其中最富于中国特色的，莫过于花样繁多、风味各异的腌制类食物。一篮子菜蔬、一把盐，一口腌菜缸，在时间的"子宫"里交融、孕育、生长，待成熟之日，它蜕变成了另一种风格迥然的美味：既继承了父体和母体本身的特色，又滋生了原物不曾有的酸甜鲜香。在吃腻了大鱼大肉、山珍海味之后，一盘腌黄瓜、一碟辣椒酱、一碗酸豆角，依然能引得人口角流涎。

现在网上都在传播，说腌制食品致癌，号召人们拒吃腌制食物，此说虽有一定科学道理，但爱吃腌菜的人依然爱吃。那是来自童年的味觉记忆，留存于身体内对家乡对母亲的原始依恋，并不是短短一条微信或医生几句告诫就能抹去的。

小时候在乡下，家里穷，平时吃的都是自家种的，一到冬天，新鲜蔬菜少，一天三顿，倒有两顿在吃腌菜。最常见的腌菜，便是咸菜、霉干菜、腌豇豆和腌萝卜，而作为主食的调味品，莫过于那一瓶瓶腌得鲜红欲滴、又辣又鲜、吃得涕泗横流又大呼过瘾的辣椒

酱了。

我不知道第一个发明辣椒酱的人是谁，总之，他一定是一个聪明又节俭的人，同时也是一个深谙存储之艺的美食家。这么多年过去了，人们还是和老祖先一样，谨遵食盐和时间的契约，在辣椒树干枯死掉之后，还能让辣椒的辣和鲜甜原封不动地保存到第二年春天甚至更久。

汤溪的白辣椒，看着赏心悦目，如少女细白如兰的手指，吃着是尺度拿捏得十分适中的微辣，不像圆椒一点儿辣度也无，也不像朝天椒，辣得人欲仙欲死。即使不吃，在枝上挂着，也是嫩者青白，老者红艳，各有风姿——三川先生说它"头尖如笔，周身光洁如瓷，仿佛涂满了时光的银粉"。

白辣椒的一生，用颜色来区分，可分为三段：幼时青绿色，曲身如虾，顶端带着未脱落的干枯的花萼，满身皱纹像一刚出生婴儿。成熟时呈青白色，身姿挺拔，苗条修长似亭亭玉立的少女；待老时又逐渐褪去青色慢慢转红，直至鲜红，在绿色的枝叶间像一个个倒挂的小火炬。此时的白辣椒饱满透亮，辣味儿十足，若以此辣椒炒菜，一屋之内人人掩鼻流涕，咳嗽喘息。而制作辣椒酱，应以此时的白辣椒为最佳。

我不是一个嗜辣之人，但从小到大，确实吃了不少辣椒酱。小时家里仅有的几畦宝贵的自留地，全部种了油菜、麦子或番薯，父亲便利用房前屋后，田垄地角，种上几棵辣椒——这东西肯生，不挑地方，不怎么生虫，而走来走去的母鸡也不爱吃。那时的孩子，似乎每人都有一个填不满的大胃口，吃饭特别费菜，桌上仅有的两碗菜，三个孩子上桌，你一筷我一箸，刹那间便见了底，而作为家庭主劳力的父亲可能还未上桌。母亲在每样菜上混上一点儿辣椒或辣椒酱，不仅辣而且咸，孩子吃菜就省得多。所以，吃辣是每个穷家孩子的基本技能，无论多么缺油少盐的食物，经过辣椒的提鲜调味，都能吃出不一样的味道来。

中学时，我在汤溪中学住校，一周回家一次，周日回校时带上下一周的菜，基本上都是咸菜与霉干菜轮换着带。天气热时，咸菜容易长毛，保持不了一个星期，而如果在咸菜里拌上一些辣椒酱，保持的时间就能长一些。有时候，母亲也会格外给我带一小瓶辣椒酱，红红白白地装在罐头瓶里，放在寝室里，总会有喜辣的同学来蹭吃。到食堂买一大白馒头，掰开，以辣椒酱配霉豆腐夹入其中，在当时，确实是口涎生津的美味。

中秋前后，是制作辣椒酱最好的时节，早稻入仓，晚稻还未收割，农人有充足的时间和心情调制各类美食。田地里，高大的辣椒秧已完成了生命最后一次华彩绽放，翠绿的枝叶渐渐变黄，青白的、鲜红的、半红半白的辣椒挂满枝头。此时，把那些红透了的辣椒采下，洗净去蒂，趁着还未干瘪，与新鲜的大蒜、生姜一起剁碎，撒上盐，加一点儿白酒搅拌均匀，用玻璃瓶密封好，就可以了。腌好的辣椒酱过一个月就可以开吃，不过，取辣椒酱时不能用蘸过水或油的筷子，最好倒在一个小碟子里，否则，辣椒酱就容易坏了。

辣椒酱是一种极其"下里巴人"的食物。制作简单，没有什么秘诀，普通人看一眼就会做。与什么食物都能搭，什么都没有的时候，与白米饭也能搭。色泽红润讨喜，放在家里亮堂堂的，打开盖子，一股特殊的鲜香扑鼻而来。爱吃辣酱的人，是豪爽、是快意；不爱吃的人，是温和、是雅致，谁都能找到一个合适的词。

汤溪白辣椒腌制而成的辣椒酱，辣味儿并不十分足，而是微微

带点儿甜味的微辣。由大蒜生姜食盐构成的咸香，也把辣味儿中和了一部分，既去除了新鲜辣椒的冲劲儿，又增添了腌制品的醇厚温润，实在是佐餐提鲜的佳品。

  我以为与白辣椒酱最相配的，莫过于有名的罗埠油炸臭豆腐。罗埠是有名的豆制品产地，其百年老店制作的豆腐干、千张、油泡、臭豆腐都是采用老手艺手工制作而成。罗埠豆腐干软糯筋道，特别有嚼劲儿，而且怎么炒都不会散。罗埠千张也是十里八乡闻名，与牛腩一起煮，是一道汤溪名菜"牛肚邦千张"。而其制作的臭豆腐，薄薄的、乌黑的，闻起来奇臭，用油煎后，外表乌黑中透着金黄，内里却洁白细腻，入口鲜香无比。吃臭豆腐没有辣椒酱，总觉得少点儿人间滋味。将炸好的臭豆腐轻轻咬一个小口，蘸一蘸辣椒酱，辣酱的咸香与豆腐的鲜香融合，竟似仙女配与牛郎、王子娶了公主，说不出的契合与安稳。

早桂花，迟桂花

农历中秋未到，楼下那棵枝叶繁密的桂花树，枝叶间已现星星点点的金黄。暑热还未过，正午的大太阳依旧热辣辣的，傍晚时，才稍稍从热劲儿中缓过一丝气来，然早桂花一开，才恍然觉得秋天是真真正正地来了，并且一下子蹿到了秋天的分水岭。

早起从公园里走过去，香气是极轻微的、极淡的，像细细的嗓音唱着若有若无的歌，然而又极可能在不经意间钻进鼻腔，说不上来的甜味儿一直沉入到肝枝肠末。咦？桂花开了吗？我听到更多的人在询问。在金华这个满山遍野都是桂花的地方，人们对桂花的香气是不陌生的，很多人都能分辨金桂、银桂、丹桂和四季桂不同的香气。公园里到处都是桂树，淡黄色的小桂花藏匿在绿色的枝丫里，像一个个娇嫩的小婴儿。分开叶片，一张小小的精致的脸，小酒窝嵌在脸颊上，可爱的少女还未及笄，她穿着鹅黄色的衣裙，容颜分明已有了倾城的雏形。

全面的花潮汹涌而来是一周以后的事。似乎是一瞬，转个身擦擦汗的工夫，整个金华城已淹没在无边无际的花香花海里。桂花无处不在，山坡上、田野里、窗前、公路边、农家小院子里、市政府广场上、汽修厂的废铜烂铁堆里……桂花不再是羞涩的、低调的，它们使劲挺着金黄色圆鼓鼓的花球，争先恐后地从绿叶间探出头

来，把花球旋转着放大，颜色一再地加深、加深，把淡黄变成深黄、金黄、浓黄，恨不得分泌出一颗颗金豆子。正午的时候，太阳暖暖地照着，桂花散发出最浓烈的香味儿，仿佛要用香味儿把整座城包围。这样的浓香，连蜜蜂也不敢上前，只是闲闲地挥动翅膀，在花树边环绕。倘有风来，聚集着的香气便会被推开，像云一样飘散，融入更阔大的空间。

"人闲桂花落，夜静春山空"，王维的桂花，开的是静，讲的是幽，如涧底青石，自然而温顺。

"独占三秋压众芳，何咏橘绿与橙黄"，吕声之的桂花，满满的都是霸气。

"金粟如来幻化身，嫦娥留得护冰轮。枝横大地山河影，根老层霄雨露春"，谢宗可的桂花，又被赋予了特殊的责任和理想。

古代的桂花，不像现在这样大面积种植，只是房前屋后三两棵，即使是富贵人家的庭园，种得最多的也是梅园、竹园、牡丹园、芍药园，以桂为园的，并不多见。在中秋，在重阳，夜深露凉，人在庭中散步，白白的月光照了一地，抬头见冰轮玉转，思丹樨桂子，本乃月中之物，如今流落人间，那样的香，毕竟也不是凡品可比，"人间跌宕简斋老，天下风流月桂花"，所以香得霸气些，香得不同凡响些，也是自然的。

金华的安地小镇，是一个把世俗生活和美演绎到极致的地方。出城南，一路山环水绕，金安公路和安地溪，像青蛇和白蛇一样相依相伴，蜿蜒伸向大地最神秘的洞穴。两旁的桂树，连片成海，与山色一脉相承，深绿与浅绿交融，蜜里调油，浓得化不开。绿树丛中明亮的红房子、白房子，只是不间断地点缀，仿佛通体黑装的女人，需要一条粉色纱巾来提亮。在安地镇大街上，密密匝匝的小铺子排列在街道两边；包子店和烧饼店的老板满脸油汗，穿着已看不出底色的围裙；头发花白的老妇用三脚架支着面板，卖自家盐卤做的豆腐；狗在垃圾堆上蹿来蹿去，寻找一顿额外的美食；在小巷深处，粗细不同的电线像渔网一样网住整个村子。秋天是安地镇最好的季节，沿镇子向东、向西、向北，无一不是桂花的海洋。四季桂一年四季都可以开花，但数量少，大部分种的都是丹桂、金桂和银桂。卖桂花和桂花树，做桂花酱和桂花糕、桂花糖，是这些山民的主要活计。曾有一次，我在公路边看到一辆浑身泥浆的五吨大卡车，装着满满一车桂花，三四个农民穿着长筒靴，一箩筐一箩筐地把桂花往车上倒，又拿一把九齿钉耙状的东西，不停地在桂花堆里搅动，这样的场景吓得我一颗文艺的小心脏扑通扑通乱跳，如此肮脏粗鲁，那仙人金小小，怎堪承受？

　　桂花从秋天伊始，一直要开到霜寒露冷，最迟的可以开到农历十一月，有时下雪了，迟桂花还未谢。郁达夫说满觉陇的迟桂花在近冬时节二度开放，以为是天气忽然转暖，又开了一次，那迟来的桂花香，像母亲在寒风中拢过来的温暖的手臂。但我听一个种桂花的朋友说，一般的桂花其实一年会开四茬，四开四谢，只是我们不注意罢了。迟桂花开时，正是万花凋零而寒梅未开时节，花的颜色，已不及初开时的鲜亮，数量也少一些，零零星星藏匿在叶间。迟桂花的香，也不似这般浓郁，转而变成淡淡的，如怨似诉，在清冷的空气里慢慢地走动，像踏在雪上鸟雀们淡而清晰的脚印。又似经霜后的山楂，吃时并不觉得有味道，待过后，才缓缓回过一丝甘甜来。我在雅苑居住的时候，房间在一楼，窗外一排桂花树都长到三米多高，花枝刚好伸到窗边。秋天，金黄色的花朵在窗外探头探

脑，整个房间洋溢着芬芳的桂花香，太阳暖和的午后，满园的桂花在跳舞，空气里滚动着尘埃，电饭锅里，白米饭"噗噗"地冒着热气，生活虽然清贫，仍然有无限的美好等着我们。

第三辑　乡野美食：篱笆墙内的烟火

作糕

汤溪的"作糕",也叫状元糕,不知算不算汤溪特有的一种小食品。米粉糕很多地方都有,形状和名称各不相同,但像汤溪这种形状和具有特殊韧劲的,却不多见。现在,要想吃正宗的汤溪"作糕"也不容易了,原来老街上卖作糕的几家老店,要么改卖馄饨包子,要么改成了服装店。要吃作糕,需寻到乡下做馒头和"四样点心"的人家,这样的店里才有,而且平时并不做,只有在有人办丧事订"四样点心"时才做,平常街上没人卖这玩意儿。

"作糕"是一种白色长方形的米糕,长十三四厘米、宽六七厘米,用粳米、糯米按一定比例混合,加一点儿水揉搓成雪花状,黑芝麻炒熟碾成粉,加白糖、猪油、桂花混合搅拌成馅。将米粉用筛子筛过,去除粗细不匀的颗粒后,压在长方形模子里,中间放馅料,再上笼屉蒸熟。刚出笼的作糕热乎乎的,绵软香甜,散发着一股子粳米的香味儿。我小时候,最喜欢吃作糕夹油条。卖作糕的店,那时候有好几家,正街上供销社的食品店、电影院那边的十间楼都有,东门路的拐角处有一家。汤中正门对过也有一家,店主是一个瘦瘦的中年人,他的女人比他胖,绾着头发,手脚麻利,很能干的样子,这家离汤中最近,我通常到这家吃。卖作糕的店一般

都卖油条大饼馒头包子豆浆，早上生意很好，总有很多人等。笼屉一层层叠着，热气腾腾，老板娘不时地观察水汽，说"快了，快了"。等冒出的蒸气变得又急又直，老板娘揭开笼盖，便看到一方方白白的作糕像粉嫩的婴儿一样躺在笼中。拿来两块，中间放一根刚出锅的油条，两边一压紧，咬一口，米粉的香糯软、油条的松脆、用少量芝麻拌过的白糖的香甜，诸般滋味，一起都到口中来，真是不可言说的口腹之福。

有作糕卖的店，往往叫"水作店"，也有叫"黍作店"的，和普通的早餐店不一样，会做糕的人叫"水作师傅"，而通常只卖烧饼油条的店主是不能叫"水作师傅"的，因为做作糕的人，同样也会做"四样点心"，而通常的早餐店不做"四样点心"。"四样点心"，顾名思义共有四种：甜馒头、咸馒头、作糕、红印粿。它们都做得大而分量足，馒头的个头儿要比过年时吃的大一倍，红印粿也比清明时吃的清明粿大一倍。"四样点心"一般是做丧事的人家用，人死了以后，其至亲：亲家、姨家、舅家、姐妹，通常都要送"四样点心"。丧事结束后，分送各亲友以示"利市"。这四样东西中，红印粿太甜，甜馒头硬邦邦的，咸馒头夹的菜也有许多可疑之处，只有作糕最好吃，放在锅里稍微加一下热，就很香软了，况且吃了又不胀肚子。而且我发现其他人也似乎都爱吃这个，四样东西一拿出来，最先没的肯定是作糕，其他三样热了又热，到最后都没人吃。

到金华后，我有很多年没吃过作糕了，有一回到古子城玩，有人在卖一种切成小小的四方块的香米糕，一块钱一块，白的都叫白米糕，黑的叫黑米糕，买了一尝，跟作糕的味道很像，只是中间不夹白糖，米粉也没有作糕的韧。我的同事张虹群也是汤溪人，她也很喜欢吃作糕。她说有一回到安地去看桂花，那里在卖一种桂花糕，据说是当地特产，一吃，味道跟作糕一样，只是模子的形状不一样而已，看来用米粉做东西，还是很普及的呀。

灰汁糕

农历七月半是中元节，俗称"鬼节"，照例是要给死去的先人们烧香上供的。在汤溪，供品除煮得半生不熟的肉和豆腐外，一盆灰汁糕必不可少。旧时我母亲还会准备米粉和红豆，蒸一笼灰汁糕，现在，都是在菜市场买几斤了事。"太麻烦了，又吃不了。"母亲一个人独居在家，确实吃不了一笼糕。

有意思的是，灰汁糕虽是汤溪特产，但并不是所有汤溪人都会做，大部分的汤溪人，吃的都是只有一层或两层的普通米糕，多达十多层的灰汁糕，只有莘畈一带的山里媳妇才有这样的耐心和手艺。

莘畈乡祝村有很多人会做灰汁糕，我舅母就是其中好手，她做的糕，极薄，一层一层撕下来，薄薄的、软软的、颤颤的，像小兔子惊慌失措的耳朵，对着日光照照，晶莹剔透，也像刚生出来的幼兽的皮。层数也多，且层次分明不粘连，我吃过层数最多的共有十三层。另外一个苏姓女子，手艺也很好。她是我一个中学老师的姐姐，我时常到她家定制灰汁糕，她听人说起她走出农门的弟弟就很高兴，对弟弟的学生，免不了要多给几块。我舅母不仅做灰汁糕好吃，用菜油炒土豆，也格外香，有一回在她家吃饭，那盆土豆快被我一个人吃光了。还有一个姓戴的，夫妻俩以做灰汁糕为生，买了一个巨大的电锅炉,在汤溪附近村庄租了一所房子,晚上做糕,早晨拉到菜市场卖,开始几年,只有他一人在做,生意非常好,八点不到,就销售一空,后来,有样学样的越来越多,两家、三家,灰汁糕的生意有了竞争。可见灰汁糕的利润空间还是蛮大的,一笼糕有十五斤左右,一斤八块钱,但其成本,仅是五六斤米和一点点糖,如果不算人工,其利润率比任何产品都高。但做一笼灰汁糕,最重要的往往就是这费时费力、长达三四个小时的人工。

首先是选米。普通烧饭用的米都是可以的,但要好吃,必须精选。早稻米太硬,蒸出的糕没有韧性。也不能选晚稻中的黏稠度较高的米,而要选用黏稠度适中的粳米。灰汁糕店里一般选用的是产自东北的稻花香珍珠米,这种米不软不硬,做出来的糕十分有韧劲又不糊手不易粘,这是通过多次试验得出的结果。当然,选用何种米,各人可能都有自己的心得。

其次是浸泡。米选好后,接下去是做浸泡米的灰汁,灰汁必须由双季稻中的早稻稻秆烧成。因为早稻长得矮而软而密,烧成灰后,放入水中,可以化成浓稠的汁水,这种汁水特别顺滑,手伸进去摸一摸,如丝缎一般,而且有一股特殊的清香,晚稻的稻秆则又高又硬,柴草似的,化不出汁水。

米放入灰汁水中,浸泡一日一夜后,米变得更白、发涨,像孕妇的肚子,这时,把米和灰汁水、红糖白糖按一定比例调好,送到小钢磨上磨,磨好的米粉叫"水粉",水和米的比例是有讲究的,主妇们一般不轻易透露,这也是做好一笼灰汁糕的关键。

磨好的水粉上笼屉了,圆圆的用竹篾编成的蒸笼,是农家过年蒸馒头、蒸发糕、蒸肉圆用的,栏圈外面用黑漆写着:某某某办。我姐夫家是做土馒头的,过年时,堆叠在两口大锅上的"某某某

办"的蒸笼可以一直摞到房梁，扎围裙的姐姐在雾气腾腾的厨房里忙碌，场面壮观而美丽。

上笼屉蒸时，先用勺子舀上薄薄的一层，待第一层熟了，再浇上第二层，一般人家也就六七层，不怕麻烦的，可以加到十来层，直到把笼屉蒸满。主妇手艺的好坏，全在于对加层时间的掌握。火候没到，里面没熟透，蒸出来的糕是粘牙齿的。另外，笼屉的一边事先要放一块长方形木头隔着，留出一小块空来，方便底下的蒸气上扬，到达笼屉顶部，这是技巧，不然，米糕只能熟第一层和第二层，其他层怎么都蒸不透！蒸一笼合格的灰汁糕，往往需要两个小时，甚至更久一些——假如层数很多的话。

糕蒸好了，放在电风扇下或通风的地方吹凉，再翻一面，倒扣在桌子上，待最上一层似乎结了一层薄皮，就可以切成块了。切块并不用刀，而是用细线。沿着蒸笼的纹路，一条一条线勒进去，再换一个方面勒一遍，使之形成一块块菱形或正方形。

祝村的灰汁糕，一个字：美。两个字：好吃。这是正宗的山里手艺，比机器做出来的更有韧劲儿更香甜，也许其中饱含着原汁原味的柴火土灶的气息，更有农家主妇精心细致的调理的缘故吧。

佛耳草

佛耳草是一种在春天里开着黄花的小草。它是紧跟着春天的脚步来的，是春天的一个小发簪。和春天一起来的东西有很多，杨树的嫩叶啦，柳牙儿啦，油菜花啦，荠菜花啦，青蛙啦，小燕子啦，春天不是独自来的，她携家带口，呼朋引伴，东瞧瞧西望望，热情洋溢，把认识的不认识的一股脑儿都热热闹闹地唤来了。

佛耳草夹在这一大群花红柳绿之间，特别不显眼。它就是个不显眼的家伙。连开花的姿态，也是低低的，伏在地上，把枝叶向四周伸开去。或是躲在草丛中，大于苔藓，却不高过草。在肥硕嫩绿的草中，它的叶子也长得鲜嫩肥硕，若不幸长在光秃秃的田埂上，它就尽量把自己长小，长瘦，紧贴着泥土，似乎想钻回泥土中去。背阴、潮湿、茂盛的草丛中的一棵佛耳草，能长到比男人的巴掌还大，除一个主头，四周还有十多个二十来个小枝，最中间的主头，有二十多厘米高，但向阳地上无遮无拦的地方长的佛耳草，最多只有四五个分枝，有的一个也没有，高度也不过五六厘米。它好像特别害羞，更多的是害怕，不愿意在人多的地方露面，不愿意暴露在太阳光下。在光秃秃的田埂上，它没有安全感，成天担惊受怕——怕被牛踩了，怕被人摘了，怕羊啃，怕尖嘴的鸟啄食。让自己长得难看些，不显眼了，受的伤害就会小，这是植物的智慧。动物也一

样，癞蛤蟆长得这么难看，不招人喜欢，也不招其他动物喜欢，所以就算它慢吞吞地爬，也不会有人去捉它。万一捉到癞蛤蟆，大人也会把它们挑出来，扔掉。青蛙这么敏捷，但每年都有小孩去捉青蛙，每年都有青蛙被端到餐桌上。

佛耳草开的花，也是春天里最普通的小黄花，那么柔和快乐的明黄，跟油菜花、白菜花一个颜色，在万紫千红的田野里一点儿都不显眼。它小心翼翼地开着，心情有些纠结，结了一个又一个黄白色的小球。球与球之间，又连着缠缠绵绵的丝，扯不断，理还乱。它的花期在桃花之前，二月的春风刚刚吹到大地上，它就急急忙忙地撑开黄白色的花蕊。此时荠菜花已开得灿烂，油菜花和萝卜花也争先恐后地赶来，它们还在路上，就急不可待地打开自己的披风，亮出鲜黄的底色。而佛耳草要胆小谨慎得多，它先打开一个小球，探出毛茸茸的头，看了看外面的情况，看到风平了，地暖了，又打开另一个。佛耳草的开花过程是缓慢的，从二月初，一直要开到清明后。站在山坡上望去，有的地方，密密匝匝的一片，有的地方又一棵都没有。在地里干活儿的二顺子说，佛耳草是有根的，它的根在一块地方，就年年生年年长，不会移到别的地方去，就算你今年把它全拔了，全铲了，明年它照样会在这个地方长出来。

佛耳草这么低调、这么谦虚，但它的好处仍然瞒不过聪明的汤溪人。佛耳草在汤溪话中叫"鼠耳"，清明节前，女人们挎着篮子，到田野里去，把它的嫩头一个一个摘来，用开水泡过，挤干水分，除了它的青涩味儿，然后，用刀子细细地切碎，混到炒熟的米粉里，像揉面团一样，使劲地揉。开始的时候，佛耳的青绿色，还是一团团一块块的，夹在白色的米粉团里，很显眼，很刺目，但揉一会儿，佛耳草的青绿，就渐渐地融入米粉中，看不见了，整块米粉团也变成青绿，散发着浓浓的清香味儿。然后用擀面杖擀成圆圆的碗口大小的面皮，就是清明粿的外皮，里面的馅则是九头芥的咸菜、肉、豆腐干和笋丁，喜欢吃辣的还要加上辣椒。手巧的主妇把它们做成饺子状、畚斗状，用手捏成细细的花边，有萝卜丝花、扭花、猫耳朵花等，手笨的就只能捏个光秃秃的大饺子。

汤溪人做清明粿用佛耳草，其他地方就不一样了，相隔几公里的金华地界，用的是一种叫"蓬"的草，塔石山区以及遂昌方向，用的则是一种叫"青"的菊科植物，样子有点儿像艾，但比艾要小一些。用佛耳草做的清明粿，颜色偏灰白，清香味更浓。用"蓬"或"青"做的清明粿，颜色偏暗绿，但韧性更强一些。

我在上中学时，班里有许多从金华或塔石方向来的同学，她们所带来的清明粿，样子跟我们的大不一样。金华地区的颜色深绿，样子像个簸箕。塔石方向的是绿中透着黑，是黑绿，小小的椭圆形的像个大鹅蛋。要说味道，则无论如何都比不上汤溪的好吃。

佛耳草好像是为汤溪人专设的福音草。其实对浙江、江苏、江西、福建等大部分江南省份来说，佛耳草都是一种极其普通的杂草，并没有多少人注意到它，更遑论采来吃了。每次到外地，看到田野上那一丛一丛淡黄色的花，往往会忍不住蹲下身来，轻轻摩挲它们的嫩叶，心里想，如此美味，当地人却随意弃之，多么可惜。

在江南初春的大地上，有多少像佛耳草一样的植物，看似卑微、毫无用处，漫不经心地长在田野里，而细品之下，又有许多别样的美好，比如马兰头、野香荽、荠菜，最叫人吃惊的，就是那漫山遍野的紫云英。现在紫云英已不大看得见了，前几年，春天就是紫云英和油菜花的花海，深紫色、浅紫色的花，星星点点，把整个

大地连成一片锦缎，那时候，我以为紫云英除了肥田之外，唯一的用处就是给猪吃，现在我知道紫云英实际上也是一道美味的时令野菜，只是我孤陋寡闻而已。

第三辑　乡野美食：篱笆墙内的烟火

人间美味番薯干

　　番薯干并不是汤溪特产，很多地方都有，只要是种番薯的地方，秋天霜降之后开始挖番薯，挑出个大无疤体胖的，堆在墙角烧番薯稀饭吃；个大又疤痕累累的、被地蚕吃过的、破了相的、长得难看的，统统拿去做番薯粉；剩下就是相对个小、苗条顺溜、无疤无节的，一定是主妇们做番薯干的首选。

　　做番薯干的办法简单易学，不用教，一听就会，网上晒着的也很多：把番薯挖来堆放几天，去掉一些水分，刨皮洗净，切成长条状，上笼屉蒸熟，放到太阳下晒干即成。我承认这个方法很管用，晒出来的番薯干也很好吃，大部分人家的番薯干都是这么做出来的。但我说的汤溪番薯干可不是这么简单就能弄出来，倘若就是这样，怎么称得上"人间美味"呢，十二三元钱一斤罢了。

　　汤溪的番薯干，并不是晒出来的，晒出来的有"日头气"，晒得太软不经嚼，晒得太硬咬不动。汤溪最美味的番薯干，是用专用的"焙笼"，用微微的炭火，用山里农妇们的耐心和细心，一点一点熬出来的。

　　立冬过后，天气冷下来，稻子归仓，番薯和玉米也收回家中，农田里的活儿少了。农妇们就开始盘算各种吃的——做过年用的米酒、晒番薯粉、芋头丝等等，其中就包括烘番薯干。首先是选材，

这里的讲究可非常多。番薯的品种有许多，以我的经验，最常见的有三种，一种是黄心的，这种番薯软硬适中，烧稀饭和烤番薯都很好吃；一种是红皮的，通常长在沙质土里，果肉紧密结实，煮熟以后像板栗肉一样又香又甜，但这种番薯如做成薯干，会像石头一样硌掉大牙，烧稀饭也不好吃，太粉；第三种是红心番薯，皮是红的，剥开一层是白的，再剥一层是粉粉的红色，这种番薯含糖量高，又软又糯，最适合做番薯干。山里人家别的没有，烧炭用的柴可是现成的。把红心番薯对半剖开（小个的就不用剖了），蒸到筷子刚刚能够戳进去就起锅，晾干后，摊到一个竹制的大焙笼里，底下放上炭盆，炭盆里幽幽地闪着红光，就这样慢悠悠地烘着。在微弱炭火的烘烤下，番薯块中的水分被蒸发，只留下糖分。薯块的表面，慢慢地起皱，像女人蹙起眉头，最终，它的整个身子也像虾米一样躬起来，像一弯新月，也像犯了阑尾炎的人捂着肚子叫疼。薯块的颜色，也从淡黄色慢慢变成晶莹剔透的暗黄乃至深褐色。这个过程是非常缓慢的，有时需三四天，有时需个把星期，主妇们还要视烘烤的情况时时翻动薯块。

烘烤完成的番薯干，软硬适中，韧劲儿十足，在舌尖上一转，其软糯，其包含山野气息的香甜，已非一般常物可比。但这种薯干因为烘制过程烦琐，费工又费炭，一般人家不太愿做。住在平原地区的人，烧灶只用灌木和稻草，家中没有这么多炭，没条件烘。只有住在深山里且不怕麻烦的主妇，才有闲心余力。山里人家物质贫乏，客人来了拿不出什么好的招待，这个炭烘的番薯干，也算是老少咸宜的待客之物了。

我读初中时，班里一同学李娟是井上村人，她差不多一个月才回去一次，回校的时候，会带来山里各种好吃的东西：腌酸豆角、腌黄瓜、腌小笋、野板栗、猕猴桃……最重要的是会带来一小袋番薯干。大伙儿欢呼一声,前呼后拥把她担子接过来,书包拎上,然后把番薯干你一根我一根分掉,不管她如何心痛肉痛。对美味番薯干的记忆,最深刻的都来自李娟。也许那个年代没东西吃,所以番薯干就显得特别好吃。而大多数同学家中的番薯干都是太阳晒的,跟她的比起来,确实有云泥之别。

又一次,我妹夫的山里朋友送他一大袋番薯干,因我比较爱吃这个,他分了一半给我。坐公交车时,竟然把它忘在车上了。回家后想起来,尽管希望渺茫,还是赶紧打电话到公交公司,公交公司只说没有。想来哪位乘客或者司机也爱好此物,不声不响把它吃了吧。心痛半天,只求不要浪费了才好。

现在,山里的年轻人都外出打工,田地荒着,番薯没人种了,更没人愿意花大把的时间精力去烘制番薯干,年轻人更喜欢买买买。山外人用煤气灶,山里人也放弃家门口的柴火,改用煤气灶。炭没有了,火盆消失,烘制的番薯干更不易见,只有一些固守山村的老人,才愿意在过年前后做一点儿,以饱孙子孙女们的口福。去年冬天,我们在塔石登东岭古道,在古道尽头的东岭村遇见一位八十多岁的老妇,家中子女孙辈都在金华,只有她和老翁住在老屋中。见我们要买番薯干,就巍巍颤颤地爬到楼上,从谷柜中取出一包,说,孙女上大学要放寒假了,家中也没什么好的给她吃,只烘了一点儿薯干,谷柜中还有一包,愿意把这包卖给我。用秤一称,有两斤多,不知这老妇要几天几夜才能烘成。

豌豆、佛豆和蚕豆

豌豆、佛豆和蚕豆，粗粗一看，似乎有三种豆，其实只有两种：豌豆和蚕豆，佛豆是蚕豆的别名。在乡下生活过的人都非常熟悉这两种豆，即使没在乡下生活过，菜市场里也几乎时时能看见。农历三四月，豌豆和蚕豆都成熟了，菜场里一堆一堆的到处是圆圆胖胖的豌豆，菜场门外的地摊上，附近农民用蛇皮袋装着卖，这些都是自家种的，有着翡翠一般绿色的身体，新鲜得仿佛还带着露水。蚕豆则要少一些，原因无他，果实的有效率太低，看着满满一大筐豆荚，其实剥出来没几颗果肉。

蚕豆又称罗汉豆、胡豆、佛豆、南豆……别名有十来种，原产于地中海沿岸，相传是张骞出使西域时带回来的，最早称为"胡豆"。至于为何叫"蚕豆"，李时珍认为因其豆荚状似老蚕而得名，《农书》上则说是因为于蚕盛时成熟之故，两个说法都讲得通。而被人叫作"佛豆"，则是宋朝时期，诗人杨万里有诗云："翠荚中排浅碧珠，甘欺崖蜜软欺酥。"依我看来，叫蚕豆是指其豆荚的形状，叫佛豆是指其豆粒的形状——你瞧，那宽大饱满、有着厚厚底座又稍显扁形样子，不正像一个正在打坐的弥勒佛像的剪影吗！江南一带，喜欢在立夏时节食豆，因此又被称为"立夏豆"，立夏时节又逢端午，江南人包粽子，也喜欢用佛豆和大骨肉裹粽，煮得烂熟的佛豆香软糯甜，又融进肉的鲜香，单单只是一闻，便叫人口涎生津。

豌豆与蚕豆其实是姐妹豆，味道相似，生长习性、时间相差无几，只是外观相差较大。与温柔敦厚的佛豆相比，豌豆要纤巧秀丽得多。首先，它是一种攀缘性的藤蔓植物，长到尺把高，便要给它用细竹竿搭架子。它的果实是长椭圆形的，像一艘饱满的小帆船，打开豆荚，里面躺着七八个可爱的圆头圆脑的小宝宝，像一粒粒晶莹剔透的翠玉珠子。其次，它的花开得小而秀，大部分是纯白色，小部分紫红色，像一只微微抖动的小粉蝶一样俏生生立在枝头，让人怜爱怜惜。而蚕豆花大多是紫色的，浅紫、深紫、紫红、各种紫，撑开一双双紫色的翅膀，翅膀上又分明带着两只大大的黑黑的眼睛。走近了细看，那紫像一泓深潭，深不可测，而两只黑眼睛，又确乎总是在盯着你，像一个城府极深的女子，叫人捉摸不透。这样的花叫人不喜，加上蚕豆不仅花上有黑纹，老了以后，连枝、叶都会变黑，所以民间杜撰的故事，说蚕豆是一个恶毒的后娘变的，有歌谣唱道：

萝卜花开白如银，油菜花开满地金，豌豆花开九连灯，蚕豆花开黑良心。

过去的几十年来，我一直搞不清豌豆、佛豆、蚕豆是什么关系，除我自身的孤陋寡闻之外，还要怪罪于这桀骜难懂的汤溪话。在汤溪，"豌豆"这个词是不存在的，说"蚕豆"时，指的就是豌豆，而叫"佛豆"时，指的才是蚕豆。汤溪人叫"蚕豆粽""蚕豆滚豆腐""蚕豆糯米饭"，其实都是豌豆。所以当有人说到"蚕

豆"的时候，我不知她指的究竟是"圆溜溜的像小弹珠一样的豆"，还是"扁圆的像一尊坐佛一样的豆"。另外，鲁迅先生《社戏》中的罗汉豆也把我绕晕了：是佛豆耶？豌豆耶？我猜测可能是佛豆吧。

汤溪乡下，几乎每家每户都会种一两块地的豌豆，像我母亲，每年除田埂上种，空地上还要种两畦，从豌豆结荚以来，便开始吃：嫩时连荚用蒜炒了吃，成熟时剥出籽粒来煲汤、炖骨头、烧豆腐，豆再老时，豆荚和果肉变白，则晒干了炒着吃、油炸着吃。豌豆是春夏之交农家屋里的主菜，因为豌豆本身味道鲜甜，无须多少厨艺，随便一煮，都是极好吃的。而种佛豆的人相对要少，因为佛豆产量太低，一个长长的豆荚，看去厚实无比，其实都是破棉絮一样的外皮，里面只有一两颗籽。剥开豆荚之后，还要剥去一层外皮，里面才是果肉。这层外皮很难剥，它的屁股上有一道黑褐色的横纹，像一个扣子一样把外皮扣牢，必须揭开这个扣子，才能把外皮剥掉。乡人们种佛豆，大多也不是为了当菜吃，而是为了包粽子用。小时候，每逢端午，母亲总把剥佛豆的任务交给我，往往没剥到一半，右手大拇指的指甲已乌漆抹黑，与肉生生分离了。

关于汤溪话的张冠李戴，我还想起一件有趣的事，有一次，一个云南人碰到一个汤溪老头儿，汤溪人不会说普通话，而云南人听不懂汤溪话，时值天下雨，老头儿看到云南人的鞋子破了，袜子也脏了，就对他说：你的"孩子"破了，"马"脏了。他以为他说的是普通话，云南人却丈二和尚摸不到头，心想："我没骑马，也没带孩子啊？"

四月初八，乌饭叠塔

旧时乡村中，若是碰上个值得纪念的人或事，总得吃点儿什么。纪念屈原吃粽子自不必说，正月十五吃元宵、七月半吃糕、清明节吃粿、立夏吃鸡蛋、六月初一保稻节吃保稻饭，都是以"吃"作为主要节目，可见吃是强化记忆的最直截了当的手段。至于几百年后，当初"吃"的本源已被人忘得七七八八了，但吃风依然盛行。为什么吃，又有什么意义，大多是文人的事情，平民们才不会去追究。只是寻个合适的理由，劳作之余，以美食慰劳口舌，为枯燥的日常生活增点儿乐趣而已。

四月初八的"吃"货，便是乌饭。乌饭是以南烛子的嫩叶汁——我们那儿叫乌饭叶，浸泡糯米后，上屉蒸熟，配以红糖或白糖。糯米的软糯、乌饭叶的清香、红糖的甜香，巧妙地混合、交融，酝酿出另一种特殊的美味，从齿颊留芳，到熨熨帖帖地滑进肚肠，无一不叫人心情舒畅。乌饭原料简单，就地可取——糯米是家里现成的，乌饭叶到山上摘就是。制作也简单，乌饭叶洗净切碎，用水泡一晚，第二天滤去叶子，剩下的水泡上糯米，等米变成紫黑色，就可以蒸了。这样的方法，即使是最不善厨事的人，也是一学就会的。但摘乌饭叶，却是一门技术活，并不是谁都可以从满山遍野的灌木丛中认出南烛子的。我第一次去摘乌饭叶，是看了许多图

片后，自以为能认出来，信心满满，到山上一看傻眼了，看这株像，看那株也像，折回一大把。路上碰到一老农，问他是不是乌饭叶，他笑着翻了翻，拣出一细细的枝条，说：就这棵是。第二次摘乌饭叶，是跟老伊的朋友、雅干村的申建安去的，他在杨垯村的荒山中种树养泥鳅，房子周围都是高高低低的浅山。入夏时节，山上长满了各色浆果，当然还有很多南烛子和豆腐柴。他教我们认识南烛子：椭圆形稍尖的叶子，刚长出的红红的嫩叶似一根小蜡烛，边缘没有锯齿。我看了后，和小叶女贞类的灌木还是分不大清，只好想一个笨办法，用一根布条系在枝干上，第二年就很容易找到了。

　　汤溪民间有"四月初八，乌饭叠塔"之说，在这一天，稍微不怕麻烦的主妇，都会蒸上一锅乌饭。孩子们手里捏着乌饭团子，在弄堂里啸叫追逐。大人们则端着盘子——盘子里叠着一块块切成正方形的乌饭，往邻居家送。其实，四月初八吃乌饭的传统，不光汤溪地界，很多地方都有——江苏、江西、安徽、福建、浙江等，可以说是长江中下游一带的共同习俗。四月初八，正是立夏时节，天气渐热，蚊蝇来袭，田地里农事正盛，准备下一轮流血流汗的农人们，也需要一种祛风解毒、补肾益气的食物来安抚自己的身体。

　　我小时候很纳闷，乌饭为什么要在四月初八吃，为什么不初九初十，或者三月的某一天，要知道南烛子的叶子，农历三月初就已长得很好了。乌饭为什么要在四月初八吃，民间流传最广的要数"目莲救母"的故事：目莲和尚的母亲因在人世作恶颇多，死后被打入十八层地狱饿鬼道受苦，目莲修行得道后，去地狱探母，每次备了饭菜，都被沿途的恶鬼抢食一空。目莲为让挨饿的母亲能吃上一顿饱饭，苦思无计，在山上徘徊。四月初八这日，目莲一个人坐在山上想办法，无奈、焦躁之下随手揪下身旁一棵小树上的叶子放入口中咀嚼,发现其味香甜、其汁乌黑,遂想一法,以其叶染米,制成乌饭给母亲送去。小鬼见了,以为有毒,不敢抢食,目莲之母终于吃上了一顿饱饭。但后来读佛教故事,读到"目莲救母",并不和民间传说的一样,跟乌饭也根本没有半毛钱的关系。

乌饭不仅和佛教有关,最早有记载的,还属道教。唐代时,乌饭已有记载,叫"青精饭",是道家追求长生不老的食物。杜甫《赠李白》诗云:

岂无青精饭,使我颜色好。
苦乏大药资,山林迹如扫。

清代诗人屈大均也有诗曰:

社日家家南烛饭,青精遗法在苏罗。

苏罗即罗浮山。相传最早发现南烛子可食用的是罗浮山道士朱灵芝真人,他以南烛叶与白粳米,"九蒸暴之,为青精饭,常服"(清李调元《南越笔记》)。所以朱灵芝真人被人称为"青精先生"。"青精"二字,概括了米的晶莹剔透和南烛叶的山林野气,颇有仙风道骨,想来食用它的一定是餐风饮露、辟谷食气的仙人。后来,这道家的食物,不知不觉又与边远地区的少数民族畲族有了瓜葛。

相传畲族英雄雷万兴在领导畲军与唐军作战时,被围困在大山中,粮草断绝,大家只好采野果充饥。有一种叫"乌稔树"的果子,味道异常甜美,战士常以此物果腹。第二年春天,雷万兴想

起去年吃过的果子，便令士兵去采，但此时是春天，乌稔树还未结果，士兵们只好采了它的叶子，泡以白米，制成和乌稔果一样乌黑的米饭。雷万兴吃后，觉得它的味道比果子更好，遂下令年年此时制乌饭犒军。

　　佛家也好，道家也好，畲族也好，对老百姓来说，究竟还是太远了。乡党们年年四月初八吃乌饭，并不会去想到底是佛家还是道家的渊源，只是觉得它香甜、爽口、吃了还想吃。但乌饭是不能多吃的，因糯米吃多了不易消化。旧时出嫁了的女儿，也有四月初八给娘家妈送乌饭的传统，女儿回娘家时，调皮的小外孙也跟着去，难免会捣蛋——

　　　　吃乌饭，夹（拉）乌疴（大便）
　　　　纸砂包包送外婆
　　　　外婆开启一介朦（一下看）
　　　　一块乌饭疴
　　　　侬个死逗哥（臭小子）
　　　　姓萨么（姓什么）
　　　　姓张
　　　　张萨么（张什么）
　　　　张麦磨
　　　　磨萨么（磨什么）
　　　　磨麦粉
　　　　粉萨么（粉什么）
　　　　粉板壁
　　　　壁萨么（壁什么）

壁（音"逼"）汤水

水萨么（水什么）

水（音"蓄"）铜钿

钿（音"递"）萨么

递侬个老绵壳（老妈妈）

这绕口令般的儿歌是用琅琊话唱的，并不是汤溪土语。琅琊是金华与汤溪之间的过渡，语言既像金华话，又带汤溪腔。语言虽然变异了，但乌饭的味道和吃乌饭的传统，想来应该是一样的吧。

第四辑

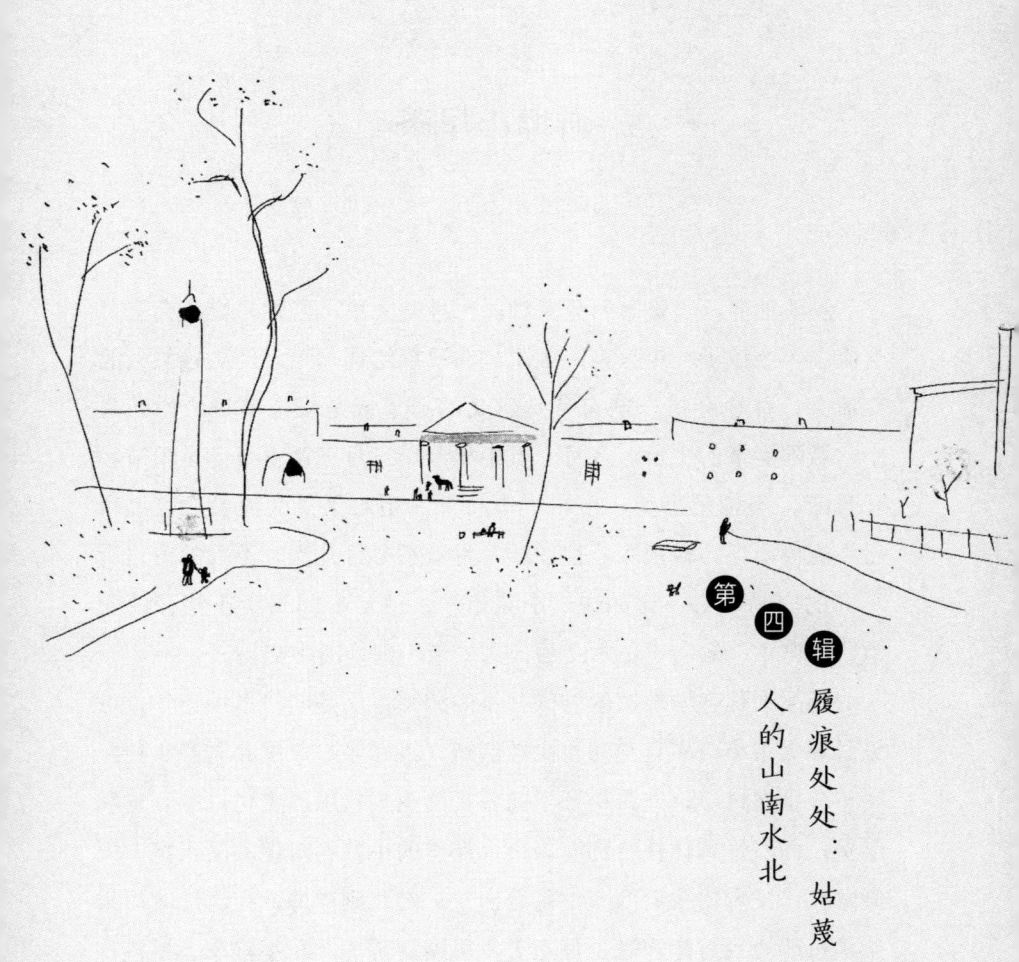

履痕处处：姑蔑人的山南水北

游埠市早茶

汤溪地界,"集市"分两种,一种是大集,俗称"交流会"。交流会一个镇子一年只有两三次,在日期的选择上,历史较悠久的交流会,往往会挑一些有特殊意义的日子或是民俗节日:如四月十六城隍老爷的生日,八月十五中秋节,三月三踏青节,重阳节和元旦等。一种是小集,俗称"市日"。相对于"交流会","市日"规模小但比较密集,往往一个月就举办好几次。不同的市日有不同的交易重心,比如说"小猪市",就是专门买卖小猪仔的集市,"苗市"倾向于苗木交易,"牛市"则是活牛交易日……

汤溪人称呼游埠镇的时候并不叫游埠,而是叫"游埠市",可见游埠大市小市多且交易也比较活跃。小时候,家里养着四头猪,每年分别在过年、九月初开学前各卖两头大猪用以支付过年开支和学费,而买仔猪往往要到游埠市,那里的小猪相对便宜又漂亮。天蒙蒙亮,父母便挑着两个空猪笼出发,走路到洋埠,在洋江渡口乘柴油机船渡到对岸洋港,再走五六里路到游埠。在小猪市上挑挑拣拣,磨嘴皮子还还价,到中午时分,必会有两只嗷嗷叫的小猪仔进到笼子里。

游埠多茶馆,沿游埠河的老街上,三五步,便是一家茶馆店,几张颜色灰暗的方桌、围成一圈的条凳或方凳,大门口一个炉灶,十几把乌黑的铁壶坐在灶上,"噗噗"地冒着热气,地上是一圈五颜六色的热水瓶。在烟雾、水雾蒸腾中,老板娘如蝴蝶一般穿梭在一大群皮肤黝黑、穿着蓝色对襟衫或灰白色衬衫的老头儿中间。有时候茶客多,店里坐不下了,老板娘便把门板卸下来,两条四尺凳一铺,又是一张茶桌。这样简易的设施并没有减少游埠人对茶馆的热爱。老茶客们一起床,双脚便自动往茶馆而来,几十年养成的老习惯,不去茶馆坐坐,一天似乎永远开不了头。到茶馆里,一壶滚烫的含着微苦味儿的茶落肚,心肝肠肺才缓过劲儿来。不一会儿,熟悉的茶友们从东南西北弄堂的角角落落钻出来,谈谈街坊四邻的八卦、吹吹牛、讲讲古,图的就是这个热闹劲儿,至于讲的什么,上至时政新闻、下至李二牛生娃,各有一堆热热闹闹的听众。

游埠人对茶馆的热爱,并不亚于以饮早茶出名的广州人。广州人饮早茶喜欢去茶楼,茶点也比较讲究:叉烧包、芋饺、虾饺、粉果、马蹄糕……老上海人也喜欢饮早茶,但他们的茶点更加精致,吃的人也南腔北调。游埠人的茶点就简单、实惠、亲民得多,大饼夹油条、干菜肉烧饼、包子、酥饼、糖糕、鸡蛋饼、豆腐圆子、炸油馃,都是既管饱又便宜,适于胃容量大且需高强度体力劳动的身体。但近些年,随着知名度扩大,游埠早茶的茶点,据说已达三百余种。

游埠人爱泡茶馆,跟所处的地理位置密切相关。旧时衢江称"瀫水",单从字面上看,便知是一条水流平缓、闪着粼粼波光的河流。没有急滩险浪,没有高崖危瀑,最适于行船运送货物,衢江横贯浙江中西部,是水上交通的主干道。沿衢江的大小码头集镇,大多是商贾云集、物阜民丰的富庶之地,游埠、洋埠、兰溪,包括另一条支流上的罗埠,莫不如此。

有码头的地方流动人口必多，流动人口一多，故事就多。茶馆可是个最好的故事传播基地和新闻发布中心，佐茶不仅要茶点，更需要的是奇闻八卦，不然干巴巴一壶茶，肯定不能吸引茶客。人有猎奇的天性，又有传播的本能，人来客往的码头集镇是故事发生的温床，想当年，蒲松龄大概也会像这样坐在茶馆里，一边摇着蒲扇，一边享受着各种奇闻逸事所带来的快乐吧。

游埠是一个奇怪的地方。其地理位置独特，东南面临阔大的衢江，又有游埠溪穿镇而过，是真正的三县交界之地，其归属问题历史上一直比较混乱，其辖下各村的归属更是你中有我、我中有你。但大体上，因有水路相隔，衢江以南归罗埠、洋埠是比较稳定的，衢江以北，历史上曾和龙游汤溪一起归汤溪县，后又以游埠溪为界，靠兰溪一面归兰溪管辖，靠龙游一面归龙游管辖，现游埠镇所辖各村均归兰溪管辖。行政区划的频繁变动导致游埠周围各村村民的方言错综复杂：会说龙游话、会说汤溪话、会说兰溪话，相互之间都通用。三种语言交汇，又杂糅而成一种似是而非的游埠话：骨子里是兰溪话，披着龙游话的外衣，仔细一听又露出汤溪话的马脚。我们在街上走，用汤溪话与当地人交流，并没有语言障碍。1958 年游埠划归兰溪治下，至今已历六十余年，游埠人已基本认同自己兰溪人的身份，语言渐渐向兰溪靠拢，但仍然脱不了汤溪话坚硬、粗粝的特点，而兰溪话与金华话接近，属绵软的南宋官话系。

游埠溪上横卧着五座桥：潦溪桥、太平桥、永福桥、永济桥、永安桥，俗称"五马归槽"。五座桥或新或旧，或古色古香如长虹高卧，或水泥青砖平铺直叙，其中最有韵味的，当数永济桥和永福桥。永济桥和永福桥均属单孔石拱桥，造型和工艺虽算不上精美，但难得的是其保存基本完好的青石板桥面和古色古香的青石栏柱。桥栏上的石雕人物花草、石雕狮子，经过几百年风吹雨打、岁月剥蚀，依然憨态可掬。

入住游埠镇上的一家乡村旅店，我陷入了一个非常沉闷又缓慢的梦。我梦见我父亲拖着沉重的板车，在一个下着大雨的夜晚，走在泥沼遍地的田野里，每一步都拖得很费力，但车轮陷入泥泞中拔不出来，我站在黑暗中，父亲看不到我，我拼命用力推，却使不上任何劲儿。我紧紧地攥着拳头，把骨头都攥疼了。睁开眼，万籁无声，只有微茫的天光影影绰绰地照在窗玻璃上。窗外没有明月，也没有星星，黑沉沉的像一团灰色糨糊，我陷在这糨糊中，连呼吸都有些发滞。推开窗，一阵冷风灌进来，昏沉着的脑袋霎时清醒，看看手机，四点三十五分，正是早茶开张的时候。

初冬的街道显得格外宽阔，地上湿漉漉的，竟然下着一点儿小雨，似有若无的羊毛丝一般，但树叶还是被打湿了，亮亮地反射着路灯的黄光。

从大街拐入逼仄的小街，两旁的房子渐渐矮下去，店铺里的灯火却渐渐多起来。在老街最热闹的永安桥桥头，溪水还沉在黑暗里，一弯石拱桥被周身披着的彩灯勾勒出漂亮的弧形。桥头的大部分店铺都开门了，卖糕的小铺子里，热腾腾的发糕刚刚出笼，胖胖的紫米发糕和红糖发糕笼罩在一团白雾中，熏得老板娘皱纹丛生的脸也显得格外水润。馄饨店里已经坐了两个客人，皮薄如纸、里面肉馅如少女一点腮红的叫江西馄饨，个大馅厚如两头相接的饺子的叫金华馄饨，江西馄饨配缙云烧饼是一绝，又香又鲜。油条店的老板是一对中年夫妻，丈夫管做大饼，妻子管炸油条，低矮的木板房门前，摆着一个用得极旧的烤饼大圆桶，圆桶里的炭火闪着隐隐微

光,一旁的面板上一排排放着做好的切成长方条的白面团。男店主用水蘸一下手,托起一块面团,啪的一下贴到圆桶内壁上,这个动作他每天重复几百次,做得娴熟无比。转过油条店,是一条极窄的小巷子,泛着油光的石板路被小雨打湿,润润的像涂了一层油。"六指头酥饼"的老板是一个地中海式发型的老头儿,额上绑着一盏大矿灯,他低头往酥饼炉里瞧时,光头皮被灯光照得油光发亮。逼仄的巷子里散发着酥饼中霉干菜肉的咸香味儿、米糕的甜香味儿、油煎葱饼的鲜香味儿,夹杂在早起的清凉的河风中,随煤饼炉上茶壶里的水雾一起氤氲着。

小巷两边的门面房大部分还保存着原来低矮老旧的样子,这是游埠镇原始风貌保存得最好的一条街,各家的门板都已经拆下来,用高脚凳支着,做成一个简易的长条茶桌。门板用久了,变成紫黑色、酱红色,有了厚厚一层包浆。天空零零落落下着牛毛小雨,为了不让茶客淋湿,各家都在门前扯起塑料棚,小巷子显得更挤了。

从街西走到街东,一溜的茶摊走完,不过八九十米,很快便走到另一座石拱桥的桥头。这边桥头稍显冷寂,一家小店门外,三个老汉坐在屋檐下的阴影里,不说话也不动,影影绰绰的面孔看不真切,仿佛入定的老僧。天光还未大亮,茶客不多,茶案大部分空着,衣着鲜丽南腔北调的外地游客倒是不少,也不坐,在窄巷里走来走去拍照。

我们挑了位置稍偏的一张长条桌坐下。茶老板,一个秃顶的老头儿拎着大铝制茶壶迎上来。这里喝茶极便宜,自带茶杯茶叶的一块钱一位,用提供的茶杯茶叶的五块钱一位。他家的茶叶也不错,手工乡村自制茶,清香碧绿,是当年新制的龙井。茶馆叫"武春茶馆",武春,大概是老板的名字吧。一溜五个门面房好像都是他家的,其中一间做早点,由老头儿的妻子和儿子负责,卖鸡子粿、小鲜肉饼、炒粉、馄饨等,鸡子粿6元一个,小鲜肉饼1.3元一个。茶馆由老头儿和媳妇负责,给茶客泡茶、续水,媳妇手脚伶俐,这边得空时,就跑到早点摊上帮忙。早上来茶馆,主要还是吃早餐,来一碗炒粉或两个肉饼,就着滚烫的茶水,浓浓酽酽地喝下,既解腻又管饱。

六点半多,天光大亮,茶客渐渐多起来,两边靠墙的茶桌都坐满了人,小巷里越来越挤,骑着电瓶车穿街而过的人,不得不用脚撑着地慢慢往前移。卖香烟的老妇拎着小篮子,篮子里大多是一些价格极低廉的香烟。挑着箩筐的妇女刚从菜地回来,箩筐里躺着沾满泥土的肥胖的白萝卜、油绿发亮的油冬青。其间有不少拎着相机的摄影者走来走去,挑选合适的拍照角度。本地的喝茶者大多沉默寡言地坐着,拿着大饼油条慢慢嚼,偶尔跟相熟的人说几句话,有很多人不吃早餐,只喝茶,仿佛一大早赶了大老远的路,只为喝一杯这个茶馆的茶。坐我旁边的一个秃顶老头儿,瘦瘦的,佝偻着背,穿着干干净净的老式藏青外套,看上去七十多岁的样子。此人是一个话痨,稍稍两句一搭,就不停地说他家亲戚朋友的一些事,但他口齿并不十分清晰,就算我能听懂游埠话,也只能听个大概。

八点半左右,茶摊上空位置渐渐多起来,本地的茶客们吃完早餐,聊过天,慢慢走回家去,剩下大多是外地游客,或者镇子上的闲客。烤酥饼的"六指头"终于可以直起腰来,长舒一口气了。茶馆老板说,到九点多,早茶基本上就散了。这时候,古镇依然热闹,一拨一拨的游客拥进来,站在嘈杂而又生机盎然的古街上,扑面而来的是上千年积淀而成的浓浓的生活气息。老茶馆、剃头店、包子铺、种子店、黍作店、糕饼店、钉秤店、打铁店、木作坊、酱

坊、锁匠……五行八作,老祖宗留下来的手艺和规矩,被一代一代传承至今。走在街上,仿佛走进历史的某一个章节中,成为某一段故事的背景。

第四辑　履痕处处：姑蔑人的山南水北

古村酿酒人

　　香佰坊设在下伊村七里街一幢六层建筑的地下一层，大约有六七百平方米，院子里密匝匝堆满了酒坛和酒罐，最大的一个罐子能装五吨酒。院墙一侧，装着锅炉和蒸馏白酒的设备。一只肥硕的大白狗躺在地上，它叫蛋蛋，五六岁了，走路慢吞吞的，什么都无所谓的样子，外人走到家里也不叫。

　　我问女主人为啥想到去做酒呢，她说："为啥，自讨苦吃呗！"又笑嘻嘻地说，"那个货哪，最爱喝酒，经常被人叫去，喝得醉醺醺的，躺在沙发上狂吐，现在自己做酒，喝酒的酒友更多了，汤溪金华，人一叫就去。"

　　女主人冬英是一个健康快乐又十分能干的老板娘，脑子好使，会说会做，起先在城里卖床上用品，生意很不错。"自从开了酒坊后，床上用品的生意也做不成了，人还累得很，浸米，蒸饭，装酒，哪样不是重体力活儿。那些床单被套，楼上还堆着一大摞，床上用品讲时兴，一年一个样，过了时就没人要。这样一想，还是做酒好，酒是越陈越值钱的。"她的目光越过坛坛罐罐，看向穿着大雨靴在费力搬动一个大箱子的男人。"那个货"个子不高，但身材矫健，头发已有零星的白，历经沧桑的脸上挂着温暖和煦的笑容，他叫伊建军。我总觉得大部分爱喝酒的男人性格都偏于直率单纯，

有一副好心肠，但喝了酒后打老婆的也不少，所以不能一概而论。

香佰坊并不大，属于家庭作坊，有正规的审批手续。夫妻二人兼任老板、会计、采购、酿酒师、销售员、搬运工，车间就是六层楼的地下一层及加了顶棚和钢架的院子。但就是这样一间小酒坊，一年也能做三百多担粮食。酒的品种，有白酒、黄酒、葡萄酒，大约三十余种。生产出来的酒，他们一般不用出去卖，全都是顾客自己找上门，特别是白酒，几乎全是定制的。有的由顾客提供粮食，他们代做；有的则是原材料也由他们代购，顾客只指定粮食的配比。一般情况下，顾客愿意委托他们采购的多，因为做白酒的原料是很讲究的，比如高粱，就有糯高粱和硬高粱之分，产地不同，出酒率和味道都不一样，他们十分清楚哪里的高粱做白酒最好，哪几种粮食的配比最划算。

香佰坊的仓库里，最显眼的是一溜三十多个可装一吨酒的大陶罐，地上一列一列摆满封了泥的酒坛，这里有些是自家各年份的酒，有些则是顾客付过钱迟迟不来取的酒，没办法，人家不来取，只能帮他存着。整个小酒坊洋溢着醉人的酒香味儿。

"酒和人一样，是有生命的呢。"老板娘说，"酒也会呼吸，会变化，会生长，遇到好的环境，它就会变成好酒，遇到差的环境，它就死了，死了的酒，要么酸，要么臭。"

"那么，我们对着一坛酒天天骂，它是不是也能感受到，一生气就变酸？"

"也许是这样的吧。"老板娘笑着说，"你这是个奇思妙想。"

做白酒需要先浸，再蒸，再发酵。发酵期长短及发酵质量的好坏是做白酒的关键。香佰坊的白酒，发酵期一般都在两月左右。老板娘说，他们做的都是私人定制酒，不求快，只要质量好就行，所以发酵期长一些，一般的酒厂，发酵期是没这么长的。

酒发酵好了，接下去就是蒸馏，汤溪话叫作"吊"。吊白酒是一项技术活，出酒率高低，全凭师父一双眼一双手。酒坊的老板建军，之前干过各种各样的活儿，在社会上摸爬滚打多年，中年之后因为喜欢酒，家里又造了一幢六层楼，场面足够大，开酒坊十分合适。他在外遍尝了各种各样的酒后，总觉得自己能做出更好喝、性价比更高的酒，所以决定回村做酒。做酒说起来容易，但要做好却难，他凭着一股执着劲儿，到处拜师学习，先后拜过十多位酒师父。在此基础上，他融合各家所长，融会贯通，对白酒、黄酒的古法酿制进行苦心研究，又投入大量资金采购设备和最优质原材料，渐渐地，他的酒越做越好，在十里八乡有了一定知名度。他做的任何一种酒，不掺一滴酒精，不用添加剂，完全是纯粮食古法酿造，这样的酒越陈越香，不容易挥发，而且对身体是完全无害的。建军说酒精勾兑的白酒，初喝时可能比纯粮食酒口味还好一些，实在叫人难以分辨，这种酒成本低，又快，摇一摇晃一晃，几天就出来了，但勾兑酒最终会毁了人的身体，所以做酒这个行当，确确实实是个良心活儿，做酒的人要问心无愧，才能对得起那些爱酒的、信任你的人。

吊白酒一般用五种粮食：高粱、玉米、小麦、苦荞、小米。高粱的出酒率在百分之四十到五十，小麦百分之四十，苦荞在百分之三十左右，最高的是糯米，到百分之六十至七十，但糯米一般用来做黄酒，白酒是不舍得用糯米的。农户自家做，一般用玉米。

香佰坊的白酒产量最大，但最好喝的是一种叫"蜜酒"的黄酒，最有特色的是各种各样的果酒。

蜜酒，顾名思义，是甜的。这是一种用白酒当水制作的黄酒，其色如琥珀，入口绵软甘甜，回味无穷，酒下肚后，唇齿之间尚留有丝丝香甜，如最丝滑醇美的巧克力。这种酒，十分适合酒量较小不适应高度酒的人喝，喝完后，一点儿也不上头，即使醉了，也不会出现头痛欲裂的感觉，更不会吐。这种酒虽然口感绵软，但其实酒精度还是蛮高的，不知不觉间就醉了。

我的妹夫是一位"酒老师"，原先是汤溪酒厂的工人，他最擅长的就是做"蜜酒"。"蜜酒"是汤溪的特有称呼，这种"酒中酒"不知外地人叫什么，总之在汤溪地界，它是黄酒里的奢侈品，因为它的成本比一般黄酒高许多，制作难度也较大，并不是人人都能做的。妹夫每年过年，都会做两三担糯米的蜜酒，各亲戚家分十来斤，妹妹一家拎着蜜酒来拜年，是我最开心快乐的时候。

建军让大家给蜜酒取个名字，观其色品其味，我提议叫"秋日私语"或者叫"一见喜蜜酒"。

除了蜜酒，黄酒的品种还有普通的寿生酒和"缸边红"。

"缸边红"也叫生酒，是黄酒发酵成熟后不经隔水蒸，直接用酒挈舀了便喝。这种酒酒劲儿大，酒味儿刚猛直接，不像熟酒那样含蓄内敛，但喜欢它的人就是喜欢它那股直白凌厉的冲劲儿。老板娘喜欢喝生酒，老板喜欢喝熟酒，两人经常在饭桌上怼来怼去。

旧时粮食珍贵，一年只酿一次酒，农人们都喜欢"缸边红"，因为生酒变成熟酒，还会挥发掉一部分，哪里舍得呢。酒缸上盖着蓑衣，酒在里面"哔哔剥剥"地发酵，父亲每每满头大汗地从地里回来，总要俯身去听一听声音。新酒榨出来装在坛子里，坛子放在床头，父亲有时睡到半夜，还要偷偷地用酒挈舀一点儿酒喝，他自以为做得很隐蔽，但其实我们都醒着。

下伊村因青阳山上有土夯古城墙，所以叫古城下伊，村西北面的青阳山、村东南的三潭山，以及离村不远的山下周，都是跨越万年的上山文化遗址。旧时，因下伊人口众多，越溪又经常发大水，村民们的收入来源，并不仅仅限于田产，历朝历代，村中读书人、医生、手工业者都很多。下伊有一句古语："前有滩，后有山，裁缝剪，百廿三，放割犁，空米缸。""滩"是指越溪溪滩；"山"是白鹤山（青阳山、三潭山均与之接壤）；"割犁"是指收割用的镰刀，汤溪话叫"钐絜"；"放割犁"，就是放下镰刀，米缸就空了。古时一季稻靠天吃饭，产量确实有限，所以出去做手艺的下伊人也不少。

伊建军也许秉承了下伊人做生意的精明头脑，他胆子大，敢想敢做，行动力强，有比较开放的市场理念。现在最希望的是能把小酒坊做成精品，把蜜酒和果酒系列推向市场。

香佰坊的果酒，有覆盆子酒、杨梅酒、无花果酒、青梅酒、梨酒、猕猴桃酒等十多种，因原料不同，酿出的酒香型和口感各具特色。建军好客，到他家喝酒，他会一溜摆开十多种酒，然后叫客人挨个品尝，选取最适合的口味喝。其中，最具保健作用的是黄精酒，黄精来自深山，有较好的补气作用。而最好喝的是无花果酒，这种果酒口感清淡，微有甜味儿，果香蕴含在酒味儿里，像沐着初冬的暖阳，赤足走过冰凉的小溪，有小小的刺激却又意外地舒适。

这几种酒，都带有一点儿甜味儿，酒精度不高，但要吸引年轻人来喝，必须进行包装，讲好酒文化，还要做市场调研，看看他们到底爱喝什么，这是一件费脑子的事。

建军告诉我们，在外地，他有专门的无花果园，专供他做无花果酒。做酒做到上下游产业链一条龙，这样的小酒坊老板，确实是用了心在做哪。